Zu diesem Buch

Der *tanqueuer* ist in der feinen Küche New Orleans' ein unerläßliches Messer. In der Hand eines begnadeten Meisterkochs kann sich die hilfreiche Klinge in ein vorzügliches Mordwerkzeug verwandeln. Jacques Forte alias Joseph Fontenot alias James French stirbt so den würdigen Tod eines kulinarischen Hochstaplers und verblutet stilecht beim festlichen Preisverleihungsbankett der *Great Chefs of New Orleans*.

Linda Barnes geht in ihrem Michael-Spraggue-Krimi streng nach Rezept vor: Ambiente plus Neid und Haß plus Shakespeare-Zitate ergeben eine würzige Melange. Angesichts der Köstlichkeiten der französischen Küche, die serviert werden, darf jeder auf Nachschlag hoffen, um wie der hartgesottene Literaturkritiker Heinrich Vormweg nach der Lektüre von Linda Barnes' Krimi «Carlotta fängt Schlangen» euphorisch ins Schwärmen zu geraten: «Die Frauen bleiben hart am Ball, und die meisten von ihnen überraschen durch Erfindungsgabe und Realitätssinn gleichermaßen. Frauen gelten zu Recht als Raymond Chandlers bessere Schülerinnen.»

Ob nun Marlowes Töchter oder Chandlers Schülerinnen, diese akademische Frage wird hinfällig angesichts des smarten, weltgewandten Schnüfflers Michael Spraggue, der im swinging *Nuuorliins* seiner Tante Mary Spraggue Hillman und ihrer Köchin Dora Levoyer zu Hilfe eilt. Denn die gute Dora soll nicht nur zu Gaumenfreuden den Kochlöffel, sondern auch jenen tödlichen *tanqueuer* geschwungen haben. Mit tatkräftiger Hilfe von Tante Mary, Detective Sergeant Rawlins («Nennen Sie mich Rawl!») und Albert Flowers, Taxifahrer, Voodoo- und Friedhofskenner, sticht Spraggue nun seinerseits bei seinen Ermittlungen unter den großen Küchenchefs in ein Wespennest aus Intrigen («Haltet den Rezeptdieb!»), Konkurrenzneid («Mon dieu, Cajun-Küche ist Bauernfraß!») und blinder Verehrung sowie alten und neuen Lebenslügen.

LINDA BARNES

ZUM DINNER EINE LEICHE

Deutsch von Jürgen Bürger

Mit einem Linda-Barnes-Interview

rororo

Rowohlt

rororo thriller
american crime scene
Herausgegeben von Bernd Jost

Das Interview mit Linda Barnes erschien zuerst 1987 in
«.38 Special» (Ullstein-Kriminalmagazin)
und wurde von Sabine Hübner übersetzt.

Deutsche Erstausgabe
Veröffentlicht im Rowohlt Taschenbuch Verlag GmbH,
Reinbek bei Hamburg, November 1993

Die Originalausgabe erschien 1987 unter dem Titel
«Cities of the Dead» bei Ballantine Books, New York

Redaktion Sigrid Ruschmeier
Umschlagfoto Fred Dott
Umschlagtypographie Peter Wippermann / Susanne Müller
Satz Aldus (Linotronic 500)
Gesamtherstellung Clausen & Bosse, Leck
Printed in Germany
990-ISBN 3 499 43049 5

Zur Erinnerung an Paul J. Barnes

Linda Barnes und Carlotta Carlyle: «Carlotta jagt den Coyoten» und «Carlotta spielt den Blues» (beide: Wunderlich Verlag), «Carlotta fängt Schlangen» (Nr. 2959), «Carlotta steigt ein» (Nr. 2917).

Linda Barnes und Michael Spraggue: «Blut will Blut» (Nr. 3064), «Früchte der Gier» (Nr. 3029) und «Marathon des Todes» (Nr. 3040).

Linda Barnes über Linda Barnes:
«Ich wurde am 6. Juni 1949 in Detroit geboren. Meine Familie wohnte in einem Haus neben einem Polizisten, der eines Abends einen jungen Mann auf unserem Rasen erschoß. Der Junge wollte die Radkappen vom Auto des Polizisten abmontieren. Aber der Polizist hatte dessen Schraubenschlüssel für einen Revolver gehalten. Ich erinnere mich, wie sehr ich von den Blutspuren auf dem Gras fasziniert war.

Mit zwölf Jahren entschloß ich mich, Schauspielerin zu werden, und verfolgte diesen unrealistischen Traum bis zur School of Fine and Applied Arts der Universität von Boston. Nach meinem mit Auszeichnung bestandenen Abschlußexamen 1971 wollte ich nicht nach New York ziehen, um dort zu verhungern, deswegen lehrte ich Schauspiel an mehreren Schulen in verschiedenen Vororten von Boston.»

Tony Hillerman über Linda Barnes:
«Mir gefällt die Art, wie Linda Barnes schreibt: klar, präzise und aufregend.»

Robert B. Parker über Linda Barnes:
«... aufregend, mitreißend, voller Witz.»

George Baxt über Linda Barnes:
«Linda Barnes muß man für ihre erstklassige Arbeit gratulieren.»

Sue Grafton über Linda Barnes:
«Mehr! Mehr! Mehr!»

Danksagungen

Lieutenant Byron L. Anderson, Chef der Mordkommission des New Orleans Police Department, hat liebenswürdigerweise meine vielen Fragen nach der Arbeitsweise der Mordkommission beantwortet. Für seine Hilfe möchte ich ihm danken.

Meine Freunde in Louisiana, Craig Braquet, Mike Broussard, Marcy Clerc und David Landskov, haben mich durch Restaurants und Friedhöfe geführt und das Manuskript auf sachliche Richtigkeit hin überprüft. Ihre freundliche Hilfsbereitschaft weiß ich sehr zu schätzen.

Steven Appelblatt, Richard Barnes, Susan Linn, James Morrow und Karen Motylewski haben sich zu verschiedenen Fassungen des Manuskriptes geäußert. Ihre Vorschläge wurden großzügig gegeben und dankbar angenommen.

PROLOG

Wo versteckt man auf dem Friedhof eine Leiche?

Der *Saint-Louis-Friedhof Nummer drei* war eine von einer Mauer umgebene Stadt. Geschlossen. Abgeschieden. Eine Stadt der Toten mit dreieinhalb Meter hohen und drei Meter dicken Mauern für die Wandgräber. Die alten Kreolen nannten sie *Öfen* – weil sie so aussahen wie Backöfen. Kein Lebender bewegte sich nachts innerhalb dieser Mauern. Deshalb hatten sie beschlossen, sich dort zu treffen. Wo sie völlig ungestört waren.

Der Mann stand zwar noch auf den Beinen, aber er stöhnte und ließ die schwere Schaufel auf den Pfad zwischen den Grabstätten fallen. Das dumpfe Scheppern auf dem Kies ließ ihn zusammenfahren.

Hatte es jemand gehört?

Er war durchgeschwitzt. Brust, Achseln und Leisten fühlten sich unangenehm feucht an. Mit zitternden Fingern nestelte er an den Knöpfen seines karierten Hemdes, riß in der Eile einen Knopf ab und stopfte es, leise fluchend, in die Jeans. Die leichte Brise, die durch das Spanische Moos in den hohen Bäumen am Bayou St. John fuhr, drang nicht vor bis zum Friedhof, um ihn zu kühlen oder zu trocknen.

Die Kopfwunde des Toten blutete nicht mehr. Blut sprenkelte den Kiesweg. Der Lebende kniete sich hin, tastete den Boden vor seinen Knien ab, fand die Taschenlampe, richtete sie vorsichtig auf das nächstgelegene Grab und fragte sich, ob das Blut wohl bis auf den Marmor gespritzt war.

Es war eines der älteren Familiengräber, eines in einer langen Reihe. Manche erinnerten an griechische Tempel en miniature, andere waren winzige Häuser mit Spitzdächern. Dieses war aus Granit. Drei Stufen führten hinauf zu einem Grabstein mit vielen Namen. Eine Marmortafel unter dem Dach verriet den Familiennamen. *La Famille Hubèry*. Aus einem Spalt im Granit wuchs an einer Seite ein Büschel Gras. Zwei große, leere Vasen flankierten die Stufen. Kein

Schmutz, keine Blumen. Im Schein der Taschenlampe schimmerte der Marmor sauber und weiß.

Louise Hubèry. 1794–1866. Natif de St. Dizier, décédée le 29 Décembre à l'âge de 72 ans et demi. Chère épouse d'Estephan, mère de…

Er las die Tafel zweimal. Fing wieder mit Louise an. Zweiundsiebzig Jahre. Mehr als dreimal so alt wie der Mann zu seinen Füßen. Und Louise Hubèry war vielgeliebt gestorben, hatte einen Mann und Kinder, die das teure Einmeißeln der Zeilen in die Marmortafel bezahlen konnten. Ein Familiengrab als letzte Ruhestätte. Freunde, die trauerten.

Wo versteckt man auf dem Friedhof eine Leiche?

In einem Grab.

Irgendwo mußte eine offene Grabstätte sein. Es gab immer Beerdigungen, fast täglich. Die entsprechenden Unterlagen befanden sich im erzbischöflichen Büro, zusammen mit der Parzellennummer der frisch geöffneten Gruft und einem Plan, auf dem die genaue Lage verzeichnet war, an welchem Weg, an welcher Kreuzung.

Was machte es schon, welcher Name auf der Tafel stand und ob Leute in endloser Prozession kamen, um Vasen zu füllen, Kerzen anzuzünden oder zu beten? Für Louise Hubèry hatte es keine Rolle mehr gespielt, als sie nach einem erfüllten Leben vor über hundert Jahren gestorben war. Auch für den toten Mann vor seinen Füßen würde es keine Rolle mehr spielen. Für ihn würde nichts mehr eine Rolle spielen. Es würde regnen. Es würde schneien. Erdbeben, Feuer oder Sturm – von nun an war ihm alles einerlei.

Der lebende Mann merkte, daß auch sein Gesicht naß war. Er wußte nicht, ob es Schweiß oder Tränen waren.

EINS

«Erzählen Sie mir von dem Mann, der ermordet wurde», sagte Spraggue.

Das Bezirksgefängnis von New Orleans roch nach Desinfektionsmittel und Schweiß. Auf der schmalen Pritsche der Arrestzelle saß eine Frau, das Gesicht in den Händen vergraben. Als Spraggue zu ihr hinunterblickte, dachte er, jede x-beliebige andere hätte eine dramatischere Heldin für ein Kriminalstück abgegeben. Dora Levoyer, Tante Marys langjährige Köchin, wirkte so klein und eingefallen, als hätte sie versucht zu verschwinden und nur teilweise Erfolg gehabt.

«Ich frage mich», sagte sie leise, «ob ich Ihnen das klarmachen kann.» Sie schaute auf und musterte sein Gesicht, als sähe sie ihn zum ersten Mal.

«Versuchen Sie's einfach.»

Früher hatte sie immer mitternächtliche Snacks für ihn im Kühlschrank versteckt. Vor vielen Jahren. Blätterteigtörtchen mit Erdbeeren und Schlagsahne. Selbstgemachte Pastete auf knusprigem, frisch gebackenem Brot. Wenn er sich für ihre Liebenswürdigkeiten bedanken wollte, war sie immer errötet und hatte nervös an ihrer Schürze genestelt. Komplimente an den Küchenchef mußten über die richtigen Kanäle laufen. Als er aus dem großen Haus fortgezogen war, hatte er die Familiengeister, die dicken Orientteppiche, das Sèvresporzellan und die Hausangestellten nicht vermißt. Aber von Doras Kochkünsten träumte er noch immer.

Sie holte tief Luft, ihr Blick wanderte auf die nackte Wand aus Hohlblocksteinen und blieb dort haften. Trotz ihres französischen Akzentes, der ihre Sprechweise sonst so melodisch machte, klang ihre Stimme schroff. «Es fällt mir schwer, überhaupt mit jemandem darüber zu sprechen – und es diesem Anwalt zu erzählen, einem Mann, den ich überhaupt nicht kenne, ist bestimmt noch schwerer, als mit Ihrer Tante darüber zu reden. Sie hat eine so hohe Meinung von mir, daß ich es einfach nicht ertragen kann, die Enttäuschung in ihren Augen zu sehen.»

«Niemand ist enttäuscht, Dora. Niemand verurteilt Sie. Erzählen Sie mir nur nicht das Schlimmste, okay? Ich bin weder Priester noch Arzt noch Anwalt, also beichten Sie mir keinen Mord. Dann müßte ich nämlich ...»

«Müssen Sie diesen Polizisten alles wiederholen, was ich sage?»

«Alsooo ...» Spraggue schaute sich verstohlen nach dem Wärter um. «Nicht alles», raunte er.

«Wie es aussieht, bleibt mir keine Wahl. Also hören Sie zu und seien Sie nicht böse, wenn ich weine. Ich weine viel zu schnell. Auch ein Grund, warum ich keinen Fremden sehen will. Es ist so frustrierend, so demütigend, vor Fremden zu weinen – und doch, jedesmal, wenn ich daran denke ... Es ist sehr schwer für mich. Es geht um eine Sache, über die ich fünfzehn, achtzehn Jahre nicht gesprochen habe. Und wenn Denise Michel nicht gewesen wäre ...»

«Ist sie nicht Köchin? Sie schreibt doch Kochbücher, oder?»

«Denise Köchin zu nennen ist das gleiche, als würde man einen bildschönen, vollkommenen, silbernen Rolls-Royce als Auto bezeichnen. Aber ja, sie verdient sich ihren Lebensunterhalt mit Kochen. Sie hat mich hierher zu diesem Treffen von Köchen eingeladen, die *Great Chefs of New Orleans* nennen sie sich, und sie hat hartnäckig darauf bestanden. Jetzt weiß ich auch, warum.»

«Ah, ja.»

Dora zögerte. «Was glauben Sie, wie alt ich bin, *Monsieur*?»

«Ich kann nicht gut schätzen, wie alt Leute sind», log er. Er hätte locker mit sechzig angefangen, meinte sich aber zu erinnern, daß Tante Mary einmal erwähnt hatte, Dora sei jünger, als sie aussehe.

«Schon gut. Ich bin im Krieg in Frankreich aufgewachsen, es mangelte damals an vielem, und bei mir vor allem an Eltern, Lebensmitteln und an jemandem, der sich um mich kümmerte. Richtig jung war ich nie. Aber das tut jetzt nichts zur Sache, außer daß mich dieses neuerliche Unglück wahrscheinlich noch mehr altern läßt ...»

Er hätte gern ihre Hände genommen und sie getröstet, aber ihr steifer Rücken und ihre traurige Würde waren hart erkämpfte Barrieren, die ihn ermahnten, Abstand zu halten. Wenn die zusammenbrachen, würde er die Geschichte vielleicht nie mehr erfahren.

«Tut mir leid, *Monsieur.* Es ist sogar noch schwerer, als ich dachte.» Sie holte stockend Luft und begann erneut. «Denise hat mich eingeladen, damit ich ihr helfe. Ich sollte einen Workshop leiten, und ich dachte, na gut, eine Freundin habe ich immer noch. Wenn sie mich darum bittet, sollte ich kommen, denn ich habe nicht gerade viele Freunde. Außerdem hatten wir uns nicht mehr gesehen, seit ich New Orleans vor vielen Jahren verlassen habe.»

«Vor wie vielen Jahren?»

«*Mon Dieu! Aidez-moi.*» Unbewußt sprach sie französisch. Als sie ihren Lapsus bemerkte, spielte die Andeutung eines Lächelns um ihre Lippen. «Vor sehr langer Zeit. Ich bin in Lyon geboren, da gibt es die beste Küche der Welt. Als junge Frau fand ich keine Arbeit, meine Eltern waren tot, und besonders viele junge Männer gab es damals auch nicht – also ging ich nach New Orleans, weil es einen französischen Namen hat und in den Reiseführern so romantisch aussah. Vielleicht 1960. Da war ich etwa sechsundzwanzig.»

Zehn Jahre jünger, als er getippt hätte. «Hm-hmh», machte er.

«Es ist nicht leicht, eine alte Geschichte zu erzählen. Man erinnert sich, wie man früher einmal war, und dann sieht man, was aus einem geworden ist. Und man weint. Nicht wegen des Aussehens, sondern um seine Träume.»

Trotz des zerzausten Haars, der Falten und ihres schlabbrigen, farblosen Kleides, wenn Dora lächelte, bekam Spraggue eine Ahnung von einer eigenartigen, vagen, tiefsitzenden Schönheit, die über die Jahre nicht völlig verschwunden war.

«Ich habe einen Mann kennengelernt – wie viele Geschichten beginnen so... Ich habe in New Orleans einen Mann kennengelernt. Ich war Souschef, kleine Angestellte eines alten Mannes, der schon lange tot sein muß, in einem Restaurant, das es heute nicht mehr gibt... und ein Mann kam in das Restaurant. Wir unterhielten uns über Essen und das Leben und seine Familie und meine. Ich war einsam, und ich suchte jemanden. Das will ich nicht leugnen, denn zu diesem Zeitpunkt war ich – wie alt? – schon über dreißig, und das ist ein Alter, da wird einem bewußt, was Einsamkeit bedeutet. Und ich heiratete diesen Mann – und er verließ mich. Natürlich versuchte ich, ihn zu finden, aber dann empfand ich es als so demütigend, daß ich es nicht ertragen konnte. Denn mein Mann war weder tot, noch hatte er einen Unfall, er mußte mit einer anderen weggelaufen sein. So ein guter Ehemann war er schließlich nicht. Aber er gehörte mir. Ich dachte...»

«Weiter.»

«Ich dachte, weil ich...»

«Weil Sie was?»

Sie schüttelte den Kopf, ein unbestimmtes wehmütiges Beben. «Ich war einmal betrogen worden. Tief in meinem Inneren wußte ich, daß ich nicht wieder heiraten würde. Ich hätte den Schmerz nicht noch einmal ertragen. Vielleicht wußte ich auch, daß mich keiner mehr fragen würde. Wer weiß. Ich ließ meine Erinnerungen hinter mir zurück. Ich ging nach New York und arbeitete dort in vielen Lokalen, und die Tatsache, daß ich verheiratet war, erwies sich als recht nützlich, wenn ich eine Entschuldigung brauchte, wissen Sie, dafür, daß ich mich nicht mit einem der anderen Köche oder dem Besitzer einließ. Manchmal war es sehr praktisch, verheiratet zu sein, denn die meisten Männer können sich nicht vorstellen, daß eine Frau allein leben kann und doch nicht verbittert, aggressiv oder auf Konkurrenz aus ist. Als verheiratete Frau war ich sicher, und nur selten fragte man mich nach meinem Mann. Manchmal antwortete ich dann, er sei gestorben oder wir lebten getrennt. Irgendwann hatte ich keine Lust mehr, in Restaurants zu arbeiten. Ich zog nach Boston, um für Ihre Tante zu kochen. Ich erfuhr nie, was aus dem Mann geworden war, den ich geheiratet hatte. Ein paar Freunden, wie Denise, hinterließ ich meine Adresse, damit er mich erreichen konnte, wenn er wollte. Aber nach so vielen Jahren, nach fast zwanzig Jahren, war sicher, daß er entweder tot war oder glücklich woanders lebte. Ich dachte nicht mehr an ihn. Verstehen Sie?»

Spraggue nickte.

«Denise erwähnte nichts davon, als sie mich einlud. Nur daß es eine große Ehre für sie sei, bei dieser Sache die Gastgeberin zu sein, und daß sie sehr dankbar wäre, wenn ich als ihr Gast ebenfalls daran teilnähme. Ich hatte noch eine Menge Urlaub bei Ihrer Tante, deshalb schrieb ich Denise, daß ich kommen würde.»

«Seit wann sind Sie hier?»

«Welcher Tag ist heute? Freitag? Eine Nacht wie die letzte läßt sich nicht messen. Ich bin seit Samstag in der Stadt, aber erst Dienstag wurde mir klar, was Denise veranlaßt hatte, mich einzuladen. Jetzt scheint es mir, als wäre ich naiv und dumm gewesen, aber mir ist erst am Dienstag bewußt geworden, warum mir dieser Mann, dieser Joseph Fontenot, so bekannt vorkam. Er hat sich sehr verändert, wissen Sie? Es ist mehr als nur der Altersunterschied. Er humpelt. Mein Jacques hat nicht gehumpelt, und er hat auch nicht so eine starke Brille getragen. Dieser Mann ist dick, er hat einen Bauch, und mein Jacques war schlank wie eine Gerte, ein gutgebauter Mann. Dieser Mann hat einen Schnurrbart und schütteres Haar. Mein Jacques war glattrasiert und hatte einen Lockenkopf wie ein Junge. Aber etwas ist gleich... Und als ich beim Dinner zwischen ihm und Denise sitze, weiß ich plötzlich, daß er nicht Joseph Fontenot ist, sondern mein Mann. Und ich weiß, daß das der Grund ist, warum Denise mich geholt hat, auch wenn ich nicht sagen kann, was sie dazu veranlaßt hat. Falls sie mir weh tun wollte, wüßte ich zumindest nicht, warum. Falls sie der Frau weh tun wollte, die jetzt mit Jacques verheiratet ist, wüßte ich auch nicht, warum. Aber jetzt weiß ich, daß ich nicht verheiratet war...»

«Sie sagten doch, Sie hätten ihn geheiratet...»

«Ist in diesem Land eine Ehe rechtmäßig, wenn einer der Partner bereits verheiratet ist? Gestern abend hat Denise diesem Mann, der sich Joseph nennt, Fragen gestellt. Denise und ich hatten uns schon vorher darüber unterhalten, verstehen Sie, als ich ihn wiedererkannt hatte, als mir plötzlich klar wurde, was hier vor sich geht. Und Denise sagt, ich werde ihn fragen, und dann wirst du die Wahrheit erfahren. Ich rufe daraufhin Ihre Tante an und bitte sie zu kommen. Niemals würde ich um eine solche Gefälligkeit bitten, aber, wie sagt man, ich befand mich in einem Dilemma. Ich weiß nicht, was ich tun soll, was ich rechtlich unternehmen kann, damit dieser Mann niemandem erzählen darf, daß ich einmal seine Frau war. Und Ihre Tante kennt sich mit Anwälten und solchen Dingen aus. Also stellt Denise Fragen: Wie lange sind Sie schon verheiratet? Und Jeannine, seine Frau, antwortet, vierundzwanzig Jahre. Also war er schon verheiratet, lange bevor er mich geheiratet hat. Sie haben auch ein Kind, eine achtzehnjährige Tochter. Bestimmt will ich nicht, daß die Tochter erfährt, ihr Vater wäre gleichzeitig mit zwei Frauen verheiratet gewesen...»

«Haben Sie sich jemals scheiden lassen?»

Mit dem rechten Zeigefinger rieb sie über ihre linke Handfläche und zog die roten Stellen nach, wo sich ihre Nägel ins Fleisch gegraben hatten. «Nein», sagte sie. «Zuerst wollte ich nicht. Und dann war es nicht mehr nötig. Es gab keinen anderen, den ich heiraten wollte.»

In dem vergeblichen Versuch, sich unsichtbar zu machen, wendete sie ihr Gesicht ab. Tränen rollten ihr über die Wangen. Vor vielen Jahren, als er noch Privatdetektiv gewesen war, hatte Spraggue die erzwungenen Vertraulichkeiten von Fremden als schmerzhaft empfunden. Der Schmerz von jemandem, den man kannte, war schlimmer. Und so anders als die angenehm vorgetäuschten Qualen von Schauspielern. Schauspieler platzten genußvoll mit dunklen Geheimnissen heraus; das war ihre Funktion. Echte Menschen ließen ihre Wunden vernarben oder versteckten sie, bis sie eiterten.

«Okay», sagte er behutsam. «Dienstag wurde Ihnen also klar, daß Joseph Fontenot Jacques sein könnte, ihr verschwundener Ehemann. Sie haben mit Ihrer Freundin Denise darüber gesprochen. Sie haben für gestern abend ein kleines Verhör arrangiert...»

«Ja.» Sie schien wieder stark zu sein, sich erholt zu haben. «Ich habe Ihre Tante gebeten, sich jede Einzelheit des Gespräches einzuprägen, damit wir später die beste Lösung finden konnten. Aber ich habe Ihrer Tante nicht gesagt, daß ich mit ihm verheiratet war.»

«Und nach dem Abendessen wurde er dann ermordet.»

«Ja, und, oh, *Monsieur*, hören Sie mir jetzt genau zu. Vielleicht habe ich diesen Mann einmal genausosehr gehaßt, wie ich ihn geliebt habe, aber das ist alles längst vorbei. Ich glaube, es war eine völlig andere Frau, die so leidenschaftlich geliebt und gehaßt hat. Eine bessere Frau vielleicht, aber auf jeden Fall nicht der Mensch, der ich jetzt bin. Als ich ihm am Tisch gegenübersaß, war er für mich ein Fremder. Ich habe versucht, wütend zu sein, mich betrogen zu fühlen, wozu ich jedes Recht habe, sagt Denise, aber ich empfand nichts, nur eine tiefe Traurigkeit wegen dem, was ich einmal war und nie wieder sein werde.»

Ihre Stimme klang tonlos, verhuscht, war kaum mehr als ein Flüstern. Spraggue wußte, was eine gute Schauspielerin aus einem solchen Text machen konnte, und halb glaubte er ihr bereits, einfach weil sie keine Tricks mit der Stimme benutzt hatte. Er glaubte nicht, daß er jemanden kannte, der so gut lügen konnte, daß er so etwas ohne Ausschmückungen auftischte, ohne daß ihm auch nur einmal die Stimme brach.

«Sie haben ihn nicht umgebracht?»

«Oh, nein. Gewiß nicht. Glauben Sie mir. Ich bin keine Heldin aus einer griechischen Tragödie. Ich bin nur die Köchin.» Ihr Lächeln war trocken, mit einem Hauch Verbitterung. «Und», fügte sie hinzu, «ich möchte Sie engagieren, damit Sie meine Unschuld beweisen.»

«Ich glaube, meine Tante hat mich bereits engagiert.»

«Sie hat schon genug für mich getan. Ich will Sie engagieren.»

«Ich tue, was ich kann.»

«Bitte!» Sie richtete ihre Aufmerksamkeit auf die grauen Hohlblocksteine, als versuchte sie sich durch schiere Willensanstrengung davon abzuhalten, etwas anderes zu sehen. Sie schluckte schwer, öffnete den Mund und schloß ihn wieder, ohne einen Laut von sich zu geben.

«Gibt es sonst noch etwas, das ich wissen sollte?» fragte er.

Dora schüttelte den Kopf und preßte die Lippen fest aufeinander.

«Sind Sie sicher?»

«Ich habe Ihnen alles erzählt, *Monsieur*. Mein ganzes Leben.»

Spraggue nickte nur. Niemand erzählte einem jemals alles.

ZWEI

«Hat sie gestanden?»

Der Mann, der die Frage hinaustrompetete, sah aus, als hätte er in den Kulissen gewartet, um die Rolle des Südstaaten-Sheriffs zu spielen. Kurz vor der Pensionierung, der übliche Wanst, dichtes weißes Haar, volle Wangen und eine Knollennase. Seine ruhigen grauen Augen schienen in ein anderes Gesicht zu gehören.

Auch Tante Mary wartete. Und selbst Typen vom Schlage eines Südstaaten-Sheriffs fügten sich Tante Mary. Wenn sie auch winzig und alt war, strahlte sie doch die Autorität aus, die man erwirbt, wenn man jahrelang Befehle gibt. Unter ihrem Charme lag Stahl.

Sie schenkte dem Sheriff ein Lächeln, das Grübchen auf ihr Gesicht zauberte. «Darf ich unter vier Augen mit meinem Neffen sprechen?»

«Hast du Dora schon einen Anwalt besorgt?» fragte Spraggue.

«Natürlich.»

«Dann hol ihn jetzt und laß die Cops ran.» Zu dem Sheriff, der hier die Hauptrolle spielte, sagte er: «Dora ist bereit, Ihnen alles zu erzählen, was sie mir erzählt hat.»

«Aha?» sagte der fette Kerl. «Und wieso, bitte schön, war vorher ‹alles› so heikel und privat und ist jetzt so verflucht öffentlich?»

Spraggue zuckte mit den Achseln. Cops sollten wissen, daß es weniger weh tut, wenn man es zum zweitenmal erzählt.

Der hier sagte nur: «Sie können in das Büro des Lieutenant gehen. Hayes, begleiten Sie bitte Miz Hillman und ihren Neffen, alles klar? In diesen Korridoren kann man sich leicht verlaufen.»

Das Büro war klein. Ein Metallschreibtisch stand einen halben Meter vor einem Fenster, das von kaputten Lamellenjalousien verschönert wurde und auf eine Ziegelwand hinausging.

Mary stellte sich auf die Zehenspitzen und drückte ihrem Neffen einen Kuß auf die Wange. Dann ließ sie sich vorsichtig auf dem einzigen zerbrechlichen Besucherstuhl nieder und zeigte auf den Drehstuhl mit rissigem Lederimitat hinter dem Schreibtisch. Spraggue nahm Platz. Ihr zerknittertes graues Seidenkostüm und die schief sitzende rosa Schleife – ihre Abendgarderobe – bedeuteten, daß sie vergangene Nacht nicht geschlafen hatte. Sie lächelte, und die zarten Falten verschwanden. Sie wirkte erheblich jünger als siebzig und ein paar Gequetschte, auch die silbernen Strähnen in ihrem rotgelockten Haar taten ihrer Vitalität keinen Abbruch.

«Tut mir leid, Michael», sagte sie. «Hoffentlich hattest du keine allzu großen Probleme, dich freizumachen.»

Probleme? Woher denn? Ganz und gar nicht. Bin einfach nur sang- und klanglos aus einem Engagement ausgestiegen. Habe den Regisseur mit einer lahmen Ausrede und einem Schwachkopf von Ersatzmann abgespeist. Und damit meine Chancen, noch in irgendeinem Theater der bekannten Welt die Zuverlässigkeitsprüfung zu bestehen, versaut. Nein, überhaupt kein Problem.

Laut sagte Spraggue nur: «Nein», und Tante Mary strahlte, als hätte sie es die ganze Zeit gewußt.

«Schnell», sagte sie. «Was hat Dora dir erzählt?»

«Stell dir meine Überraschung vor, als ich hörte, du wärest in New Orleans», erwiderte Spraggue und hob eine Augenbraue. «Da verlasse ich dich abends gesund und munter in Boston, und dann ...»

Mary wedelte mit den Händen. «Ich weiß. Ich weiß. Ich hätt's dir sagen sollen. Ich entschuldige mich tausendmal. So was kommt vor. Also, was hat Dora nun gesagt?»

«Zuerst verrätst du mir bitte, was überhaupt los ist, damit ich etwas besser kapiere, wovon sie gesprochen hat.»

«Ich weiß nicht, was los ist», protestierte Mary. «Ich komme mir vor wie jemand, dem man ein schrecklich großes Puzzle gegeben hat, und die Teile sind mit denen eines anderen Spieles vermischt, und jetzt habe ich die Hälfte der Giraffen-Teile und die Hälfte der Leoparden-Teile, und beide haben Punkte auf dem Fell, aber zusammenpassen werden sie nie.»

«Möchtest du dich vielleicht erst mal richtig ausschlafen, Tante Mary?»

«Ach, mein Lieber. Nein. Eigentlich nicht. Ich *bin* müde, aber ich *kann* reden. Ich höre auch sofort auf, über Giraffen und Leoparden zu plappern, und fange ganz von vorne an.» Sie schloß die Augen. «Vielleicht sind das die ersten Zeichen von Senilität.»

«Quatsch. Mir tut das Police Department leid, das mit dir aneinandergerät, Lady.»

Sie reckte sich. «Okay. Der Bericht. Von Hillman an Spraggue. Ich versuche, mich so sachlich und kurz zu fassen wie möglich. Sollte ich doch abschweifen, hab etwas Geduld mit mir.»

Spraggue unterdrückte mit Mühe ein breites Grinsen. «Schieß los.»

«Mittwochmorgen – laß mich nachdenken, es war gegen zehn, weil die Börse gerade geöffnet hatte – habe ich einen Anruf bekommen. Pierce bestand darauf, daß ich ihn annahm. Es war Dora, die ziemlich merkwürdig klang. Sie arbeitet nun schon seit – wieviel? – acht Jahren für mich, kocht wunderbares Essen und beklagt sich nur, wenn ich nicht genug Gäste habe. Und sie wird auch nie zickig, wenn mir nach mehr Knoblauch ist. Sie ist ein Juwel. Jedenfalls, all die Jahre hat sie nicht ein einziges Mal um Urlaub gebeten und sich ihre freien Tage nur dann genommen, wenn ich selbst auf Reisen war. Ich meine, es muß doch ziemlich langweilig für sie sein, immer nur für eine ältere Witwe zu kochen, wo früher die New Yorker Restaurantkritiker in Ehrfurcht vor ihr erblaßt sind. Doch sie wollte es ja nach so vielen Jahren Hektik unbedingt gemächlicher angehen lassen. Ich habe sie immer wieder gedrängt, mal zu verreisen, etwas Aufregendes zu machen, und schließlich hat sie mich letzte Woche gefragt, ob es in Ordnung sei, wenn sie zu irgendeinem Köche-Kongreß nach New Orleans führe, und natürlich war ich begeistert. Pierce und ich kommen auch allein zurecht, obwohl meine Kochkünste bestenfalls langweilig und seine entschieden bizarr sind. Immer soviel Curry...»

Spraggue räusperte sich. Mary bekam rote Wangen. «Ich schweife ab, was? Also gut, zurück zum Wesentlichen: Doras Anruf. Sie bat mich – flehte mich förmlich an –, für ein oder zwei Tage nach New Orleans zu kommen. Normalerweise käme das überhaupt nicht in Frage, aber irgend etwas war in ihrer Stimme, und, na ja, wenn jemand acht Jahre für einen gearbeitet hat und nie auch nur eine Silbe über sein Privatleben verliert und nicht einmal auch nur um den winzigsten Gefallen bittet – also, ich war neugierig. Und flog los. Dir habe ich nichts davon gesagt, weil ich dachte, daß ich lange vor unserer nächsten Verabredung zum Dinner mit einer faszinierenden Geschichte aufwarten könnte, statt nur die gewohnte alte Langeweilerin zu sein.

Pierce hat sich um alles gekümmert. Um den Flug, die Suite im *Imperial Orleans*. Ich war entzückt über die Aussicht, all diese phantastischen Köche kennenzulernen und ihre Kreationen zu kosten. Dora muß ein aufgehender Stern am Himmel der Kochkunst gewesen sein, als sie damals in New Orleans gearbeitet hat, sonst wäre sie sicher nicht in einen solch erlauchten Kreis aufgenommen worden. Denise Michel – du weißt schon, sie hat *Ein Hauch Frankreich in New Orleans* geschrieben – und Paul Armand und Joseph Fontenot... Wenn ich nur daran denke, was dieses Trio allein mit Austern anstellt! Dora sagte jedenfalls, sie könne mich nicht am Flughafen abholen, da sie ihrer Freundin Denise helfe und einen Workshop veranstalte. Es hatte was mit Messern zu tun. Ausgerechnet. Aber Pierce hat an alles gedacht, und ich fuhr hochherrschaftlich mit einer Limousine ins Hotel, richtete mich dort ein, und da war sie dann.

Ich war aber davon ausgegangen, daß Dora in New Orleans etwas mitteilsamer wäre. Ich dachte, sie hätte nur am Telefon nicht über ihre Schwierigkeiten reden wollen, würde aber unter vier Augen sofort mit allem heraussprudeln. Als ich sie dann im Hotel traf, war sie stumm wie ein Fisch. Sie sagte nur, ich würde schon bald alles verstehen und sollte bitte noch etwas Geduld haben. Ich argwöhnte ja schon fast, sie hätte sich einen kleinen Scherz erlaubt. Wäre es mein Geburtstag gewesen, hätte ich angenommen, daß sie mit dir und Pierce ein Komplott geschmiedet hätte, um irgend etwas Schrilles abzuziehen, mich aus einer Torte hüpfen zu lassen, oder noch Schlimmeres. Aber sie lud mich zum jährlichen Dinner der Meisterköche ein, einem Preisverleihungsbankett am gleichen Abend – Donnerstag abend, weißt du, am Mittwoch konnte ich noch nicht weg. Ich hatte einfach zuviel zu erledigen. Sie sagte, ich solle mir etwas Nettes anziehen. Das Essen wäre einfach vorzüglich, und ich würde an ihrem Tisch sitzen und solle bitte aufmerksam der Unterhaltung folgen. *Achten Sie bitte ganz besonders auf die Unterhaltung*, hat sie wörtlich gesagt.»

Tante Mary schob sich eine Locke aus der Stirn. «Wie detailliert möchtest du es haben?»

«Wenn du nicht zu müde bist...»

«Wenn ich's für die Polizei konnte, kann ich es ganz sicher auch für dich. Ich weiß nur nicht mehr genau, ob ich mich wirklich daran erinnere, was geschehen ist, oder ob ich nur nachplappere, was ich der Polizei gesagt habe. Es ist alles ein bißchen konfus.»

Eben, dachte Spraggue. Genau, was dieser Cop auch hätte wissen müssen. Das erste Mal ist immer am schwersten. Beim zweiten Mal wird man zu einem schlechten Schauspieler, wiederholt nur die Worte, statt die Ereignisse noch einmal zu durchleben.

«Schließ die Augen», sagte er leise, «und versetz dich in den Augenblick unmittelbar vor Beginn des Banketts zurück.»

«Schauspielerkram», brummte Mary skeptisch.

«Genau», sagte Spraggue. «Aber es funktioniert.»

«Ich komme mir albern vor. Als würde ich so tun, als ob ich in Trance falle.»

«Versuch's!»

Mary preßte die Hände gegen die Schläfen. «Michael, alles wirbelt kunterbunt in meinem Kopf herum – Farben und Lichter und Menschen...»

«Du versuchst zuviel auf einmal. Wo warst du, als du Dora am Donnerstagabend das erste Mal gesehen hast?»

«Laß mich nachdenken ... Sie hat an meine Tür geklopft, leise und zaghaft. Ich war früh fertig, trug schon mein graues Kostüm. Dieses hier. Ich erinnere mich, daß ich Schwierigkeiten hatte, die Schleife zu binden, aber am Ende hab ich's geschafft. Ich saß auf dem Sofa, hoffte, daß ich nicht verknitterte – also, das Kostüm, meine ich. Ich war ...»

«Versuch's mal mit dem Präsens, Tante Mary. Ich *bin* –» Spraggue sprach leise und unaufdringlich wie ein Schauspiellehrer. Er erinnerte sich noch gut an den ersten Regisseur, der so mit ihm gesprochen hatte, damals, während seiner Ausbildung an der *Royal Academy of Dramatic Art*. Nach einer Weile geht es in Fleisch und Blut über, wird zu einer unbewußten, inneren Stimme ... wird zu einem Teil von einem und steht doch irgendwie außerhalb.

«Ich *lese* gerade Lillian Hellman. *Pentimento*. Und dann klopft Dora an. Ich erwarte ihr Klopfen. Hoffe, daß sie mir endlich mehr von dieser ‹Unterhaltung› erzählt, die ich so aufmerksam verfolgen soll. Ich mache die Tür auf. Sie sieht nett aus. Kein Make-up, aber ein Hauch Lippenstift, was bedeutet, sie hält dieses Ereignis für so förmlich, wie es nur geht – und sie trägt ihr beigefarbenes Crèpekleid. Ein sehr gutes Kleid, das ein Vermögen gekostet haben muß, aber überhaupt nicht ihre Farbe. Eben eines von Doras ‹Am-liebsten-steh-ich-im-Hintergrund›-Kleidern ...»

«Kommt sie herein?» Die Worte paßten sich mühelos ein, soufflierten, ohne den Informationsfluß zu unterbrechen.

«Sie sagt, wir sollten jetzt gehen. Das Bankett findet im Großen Festsaal auf dem Zwischengeschoß statt. Meine Suite befindet sich im sechsten Stock. Ich erinnere mich, wie ich ... Nein, ich sehe in den Spiegel, während wir auf den Fahrstuhl warten, und Doras Gesicht wirkt, hm, irgendwie abgespannt und grau. Ich lege eine Hand auf ihre Schulter, und, Michael, sie umklammert meinen Arm, hält ihn so fest, daß ich zusammenzucke. Dann lockert sich ihr Griff wieder, aber sie läßt ihre Hand auf meinem Arm liegen – genau hier –, als wäre ich ihr Anker, als wäre sie ein kleines Mädchen, das Angst hat, in der Menge verlorenzugehen ... Und es war ...»

«*Ist*, Tante Mary.»

«Es ist wirklich ein ziemliches Gedränge. Leute strömen die Treppe herauf, die Männer alle im Smoking, manche Frauen tragen lange Abendkleider. Schmuck glitzert. Gesprächsfetzen und Lachen. Vor der Tür drängeln sich die Massen. Die Tür ist nicht breit genug für den starken Andrang. Ein Kleiderständer hängt voller Mäntel, und ich muß lächeln, denn an so einem milden Abend würde im Norden kein Mensch einen Mantel tragen.»

«Spricht Dora mit jemandem?»

«Mit keiner Menschenseele. Sie klammert sich an mich, und damit sie etwas lockerer wird, sage ich, was für ein wunderschöner Raum, und dergleichen Dinge mehr. Es ist wirklich ein hübscher Raum, alles in Gold und Elfenbein, mit pink- und goldfarbenem Teppich. Die Kronleuchter müssen tags zuvor gereinigt worden sein. Sie funkeln und glänzen. Vielleicht zehn, zwölf runde Tische und ein großer rechteckiger Tisch oben auf einem Podium. Weiße Tischtücher und spitz gefaltete Servietten. Geschliffene Glasvasen mit dicken Sträußen gelber Rosen...

Durch eine Tür gelangt man in einen weiteren, kleineren Raum, in dem Transparente und Schilder hängen. Der Ausstellungsraum. Kochutensilien, Töpfe und Pfannen, Küchenmaschinen und Schneebesen. Messer...» Sie stockte. «Ich will mir alles anschauen, aber Dora lotst mich an unseren Tisch. Sie ist immer noch so still.»

«Woher wußtest du, welcher Tisch eurer war?»

«Dora wußte es. Es war, als hätte sie jeden Schritt vorher einstudiert. Wir waren – sind – an Tisch Nummer eins, was mich überrascht. Nicht an dem großen, rechteckigen Tisch, aber am Nachbartisch direkt rechts davon. Der große Tisch ist für die Juroren und den Zeremonienmeister reserviert. An unserem Tisch sitzen lauter Berühmtheiten. Denise Michel persönlich. Sie ist Gastgeberin der ganzen Veranstaltung und verantwortlich für das Essen des heutigen Abends. Eine gewaltige Frau. Nicht fett, aber groß. Einsachtzig oder sogar noch größer. Stattlich. Markantes, herbes Gesicht, gebogene Nase. Schnelles Lächeln. Mir gefällt sie. Mir gefällt ihr Händedruck und ihre tiefe Stimme. Sie löst Dora ab und stellt mich den anderen vor.

Michael, ein ganzer Haufen fremder Menschen. Du weißt ja, wie sehr ich so etwas hasse. Ich lächle und nicke und kann sie erst viel später einigermaßen auseinanderhalten. Vier sind Köche, fünf, wenn man Dora mitrechnet. Fünf Köche. Ich. Das sind sechs. Am Tisch sitzen acht Personen. Fehlen also zwei. Oh, weißt du, wer auch da war, direkt mir gegenüber? Dieser Journalist und Restaurantkritiker, na, wie heißt er noch gleich? Immer, wenn man den Fernseher einschaltet, sieht man den Burschen. Harris Hampton, genau, so heißt er. Ein widerlicher Mann, wirklich. So selbstgefällig und überheblich. Fett und laut und, ach, irgendwie schmierig. Scheißfreundlich, wie ein Lexikonvertreter, der als erstes seinen Fuß in die Tür schiebt. Man merkt sofort, daß keiner am Tisch ihn mag. Und alle naselang kramt er sein Notizbuch raus und kritzelt was über das Essen hinein. Sehr geheimnistuerisch, weißt du, wie ein streberischer Zweitkläßler, der beim Diktat auch nur ja keinen abschreiben läßt.»

«Wer sitzt noch an deinem Tisch?»

«Laß mich nachdenken. Fünf Köche. Ich. Dieser fürchterliche Kritiker. Dann noch eine Ehefrau, ebenfalls Köchin. Aber ich werde das Gefühl nicht los, daß sie nicht vom gleichen Kaliber wie die anderen ist. Jeannine Fontenot. Josephs Frau. Drall. Dunkeläugig. Recht attraktiv. Trägt prächtige, rubinrote Seide. Sie ist ruhig, vielleicht ein bißchen schüchtern.»

«Erzähl mir von den Köchen.»

«Denise Michel habe ich bereits beschrieben. Und Dora. Paul Armand. Sogar noch größer als Denise. Dünn. Sehr distinguiert. Europäische Manieren. Du hast seine Künste selbst schon gekostet. Ihm gehört das *Café Creole*.»

«Hmmmmmm.»

«Ja, genau. Dann Henri Fiorici vom *Fiorici's* in New York. Ich weiß nicht, ob er nur zufällig in der Stadt war oder extra für das Dinner gekommen ist. Einer dieser winzigen, eitlen Männer. Ein eingebildeter Fatzke. Scharlachroter Kummerbund und gepunktete Fliege. Sehr gediegen. Und so höflich. Er versucht immer wieder, die peinlichen Augenblicke zu überspielen ... Aber ich greife voraus.

Der letzte Koch ist Joseph Fontenot. Ein fetter, häßlicher Mann. Nein, häßlich sollte ich nicht sagen. Er versteckt sich hinter einem buschigen Schnurrbart und dicker Brille und wirkt so unansehnlich, weil er am Stock geht. Trotzdem hätte er durchaus nett sein können. Aber er hatte so eine unangenehme Art zu argumentieren. Wenn ich jetzt an ihn denke, sehe ich ihn immer nur als Toten.»

«Mary, vielleicht solltest du mal eine Verschnaufpause einlegen...»

«Behandle mich nicht wie eine alte Tante», fuhr sie ihn an. «Wir schenken uns jetzt erst mal alle weiteren Kommentare zu Joseph Fontenot, und ich mache mit dem Tischgespräch weiter.

Zuerst ist es zwanglos, mal wird wie wild geredet, dann wieder Schweigen. Fontenot erwähnt irgendwas von einer Beerdigung, der Beerdigung eines alten Freundes, glaube ich, und das ist völlig daneben. Niemand will beim Essen über den Tod reden. Jemand kommt mit einer Geschichte über Gemüse an, wie schwer es ist, heute noch gutes, frisches Gemüse zu bekommen. Ich habe das Gefühl, alle anderen wissen genau, warum wir an einen Tisch gesetzt worden sind. Du weißt schon, bei großen Feiern setzt man normalerweise alle Leute aus Peoria zusammen, oder alle Politiker. Nach einer Weile gelange ich zu dem Schluß, daß – natürlich abgesehen von mir – alle Leute am Tisch am Nachmittag zuvor an einem Seminar teilgenommen haben. Denn sie fangen an, sich zu streiten, und ich werde das Gefühl nicht los, daß es die Fortsetzung eines Streits ist, der schon eine ganze Weile läuft.»

«Worüber?»

«Küchenmaschinen und Messer, Reiben und Raspeln. Mir kommt es wie die übliche Bilderstürmerei vor. Ich frage mich, *warum* in drei Teufels Namen Dora möchte, daß ich besonders darauf achte, ob Joseph Fontenot lieber durch ein feines Baumwolltuch passiert oder in einer *Cuisinart* zerkleinert. Mr. Fontenot ist sehr lautstark in all seinen Meinungsbekundungen und scheint sich einzubilden, er hätte einen direkten Draht zum Gott der feinen Küche. Ich verfolge also brav das allgemeine Geschwafel, als Dora mir beim Hauptgericht – Forelle in gerösteten Mandeln, die ich selbst angesichts eines Mordes nicht vergessen könnte; eine dieser traditionellen, schwimmend in Fett ausgebackenen New-Orleans-Forellen, genau richtig mit dem Geschmack nach Limonen – den Ellbogen in die Rippen stößt. Es ist das Zeichen, daß ich von nun an besonders aufmerksam zuhören soll. Ich bin ein wenig ungehalten, nachdem ich schon all dieses Küchenmaschinen-Gelaber intus habe, aber gleichzeitig auch fasziniert, also raffe ich mich noch einmal zu höchster Konzentration auf.

Denise Michel fängt an, Fragen zu stellen. Nun ist Denise alles andere als die reizende Gastgeberin. Sie ist furchterregend. Jedesmal, wenn ein neues Gericht serviert wird, probiert sie es zuerst, und ich habe den starken Eindruck, daß sie all dieses Gerede mißbilligt. Es lenkt vom Essen ab. Das einfach spektakulär ist. Möchtest du mehr über das Essen hören?»

«Später. Im Flugzeug hat man mir ein Sägemehl-Omelette kredenzt.»

«Oh, tut mir leid. Denise legt Messer und Gabel aus der Hand und beginnt mit einer förmlichen Inquisition. Ihr Opfer ist Joseph Fontenot, obwohl sie hin und wieder auch eine Frage an Fontenots Frau richtet. Und offensichtlich ist die ganze Sache geplant. Ich meine, diese Frau besitzt keinerlei gesellschaftliche Umgangsformen. Sie streut diese Fragen nicht in ein allgemeines Gespräch darüber ein, wie jeder in seinem Beruf angefangen hat. Nein, unverblümt verlangt sie klare Antworten. Wie lange sind Sie verheiratet? Wie lange leben Sie schon in New Orleans? Wo haben Sie 1962 gearbeitet? Vierundsechzig? Sechsundsechzig? Ich weiß nicht, was ich davon halten soll.»

«Weiß Fontenot es?»

«Ich denke schon.» Mary saß sehr still da. «Ja. Ich glaube, es amüsiert ihn.»

«Und Dora?»

«Sie wird blasser und blasser. Sie sitzt direkt neben mir, daher kann ich sie nicht ständig sehen, aber einmal drückt sie unter dem Tisch meine Hand, und ihre Finger sind eiskalt.»

«Weiter.»

«Denise führt ihn durch dieses Verhör, und als es ihm zu bunt wird, steht er einfach auf. Ißt nicht einmal seine Forelle zu Ende, was Denise wiederum als Affront auffaßt. Er brummelt, er müsse an einem anderen Tisch einen Freund begrüßen. Und geht. Ich bin erleichtert. Fiorici und ich sehen uns zufällig an, und ich merke, daß auch er erleichtert ist. Er lächelt und versucht, mit Dora ein Gespräch zu beginnen. Etwas über die guten alten Zeiten in New York. Aber Dora ist praktisch stumm. Denise widmet sich wieder einer genauen Inspektion des Salats. Ein paar andere verlassen jetzt ebenfalls den Tisch, um sich unter die Leute zu mischen, allerdings erst, *nachdem* sie ihren Fisch gegessen und Denise Komplimente gemacht haben. Aber alle kommen relativ schnell zurück. Erst als das Dessert serviert wird, bemerkt überhaupt einer von uns, daß Fontenot nicht wiedergekommen ist. Hast du schon mal von Denise' Soufflés gehört? Sie hat ein Himbeersoufflé und eins aus weißer Schokolade gemacht, und beide sind einfach traumhaft, weiß und pink wie der Raum und verziert mit Minzeblättchen. Jemand am Jurorentisch applaudiert, als die Tabletts hereingebracht werden, und Denise läuft puterrot an, weißt du, ganz und gar nicht attraktiv. Wir klatschen, bis sie aufsteht. Man sieht, wie sehr sie sich freut, auch wenn ihr alles schrecklich peinlich ist. Das Dessert wird also serviert, und dann wird es problematisch. Wir sind ja schließlich höflich an unserm Tisch. Bisher haben wir artig gewartet, bis allen serviert worden ist, bevor wir unser Besteck in die Hand nehmen und reinhauen. Aber Joseph Fontenot ist nicht da. Mrs. Fontenot kichert nervös und bittet uns, doch ruhig ohne ihn anzufangen. Aber Denise macht ein finsteres Gesicht. Und wir sitzen da. Die Situation wird ziemlich unbehaglich. Nach ein, zwei Minuten springt Dora plötzlich vom Tisch auf. Sie sieht aus, als fühle sie sich nicht wohl, und ich frage, ob mit ihr alles in Ordnung sei, und sie bringt den Anflug eines Lächelns zustande und sagt, ich solle mich doch bitte nicht inkommodieren. So, jetzt haben wir also sechs nervös hin und her rutschende Gäste und acht Soufflés, die jeden Augenblick in sich zusammenfallen können.

Denise gibt nach und nimmt ihre Gabel. Unter allerlei Lobreden machen wir anderen uns ebenfalls über das Dessert her. Die Soufflés sind grandios. Aber Fontenots Soufflé sitzt einfach da und kriegt Schlagseite – es ist ausgesprochen unangenehm. Ich konstatiere, der Mann soll zurückkommen und essen. Ich, der Racheengel. Er sollte seine Gastgeberin nicht so vor den Kopf stoßen. Mir war gar nicht klar, daß ich soviel von einer Gouvernante habe.»

Spraggue lächelte.

«Ich entschuldige mich, sage, ich wolle nach Dora sehen, was ja keine direkte Lüge ist. Ich gehe wirklich auf die Damentoilette, aber sie ist nicht da.»

«Nicht da?»

«Ich sehe natürlich nicht in jeder einzelnen Kabine nach, aber ich rufe ihren Namen, und sie antwortet nicht.»

«Aha.»

«Dann gehe ich in den Ausstellungsraum. Auch Fontenot entdecke ich nicht im Bankettsaal, aber es kann gut sein, daß ich ihn übersehen habe. Überall laufen Leute herum. Der Ausstellungsraum wirkt ruhig und friedlich, und ich will einen Augenblick ungestört nachdenken, und, na ja, ich will mir natürlich auch die Ausstellungsstücke ansehen. So rechtfertige ich es vor mir selbst und rede mir ein, ich suche Fontenot.»

«Und?»

Mary senkte ihre Stimme zu einem Flüstern. «Ich finde ihn.»

«Sei jetzt bitte sehr präzise, Tante Mary. Sag mir, was du siehst und berührst und hörst und riechst...»

«Der Raum ist dunkel. Das Licht ist wohl über einen Dimmer geschaltet und ganz heruntergedreht. Es ist irgendwie unheimlich, mit all diesen Töpfen und Pfannen, die über meinem Kopf hängen. Tiefe Schatten. Die Vorhänge und alles, was sonst noch so da hängt, schlukken jedes Geräusch. Man hat den Eindruck, als sei der Bankettsaal Meilen entfernt und nicht direkt hinter dem Durchgang. Alles glitzert. Kupfer und Messing und Aluminium. Vielleicht hatte ich ein wenig zuviel getrunken.»

«Fahr fort.»

«Ich trete gegen etwas. Es jagt mir einen Schrecken ein. Ich trage Sandalen, die an den Zehen offen sind, und Visionen von kleinen Nagetierchen jagen mir durch den Kopf. Ich schaue nach unten, und da liegt diese kleine Ledertasche, sieht aus wie ein Tabakbeutel. Ich hebe das Ding auf und erkenne, daß es kein Tabakbeutel ist...»

«Warum?»

«Man kann ihn nicht öffnen. Zugenäht. Und dieser Geruch. Süßlich. Penetrant. Nach Kräutern. Ein merkwürdiger Geruch...»

«Und dann?»

«Dann werfe ich einen Blick auf den Teppich. Wahrscheinlich um nachzusehen, ob vielleicht sonst noch etwas dort liegt. Die Decke auf einem Ausstellungstisch hängt schief. Auf allen Tischen liegen diese rot-weißen Decken, Vichy-Karo. Ich denke, ich streiche das Tuch mal glatt, und dann sehe ich etwas... etwas, das so falsch, so fehl am Platz ist, daß mein Herz einfach stehenbleibt, wirklich stehenzubleiben scheint.»

«Was siehst du?»

«Einen Schuh. Einen großen, schwarzen Schuh. Und dieser Schuh liegt nicht einfach so da, er ragt schräg hoch, also kann er unmöglich leer sein.»

«Was machst du dann?» sagte Spraggue leise.

«Ich hebe vorsichtig, mit Daumen und Zeigefinger, eine Ecke der Tischdecke an.» Ihre Hände bewegten sich, aber sie schien es nicht zu bemerken. «Ich bücke mich. Das Licht ist wirklich sehr schlecht.»

«Und?»

«Er liegt da. Ich finde ihn.»

«Joseph Fontenot.»

«Ja», sagte Mary. «Mit einem Messer in der Brust.»

DREI

«Gestanden?»

Der stämmige Cop sprach die Frage aus, als habe er um die Uhrzeit gebeten. Er hatte die Tür des Büros mit dem Fuß aufgestoßen, da er auf den Händen zwei braune Papiertüten balancierte und sich eine Thermoskanne an den Bauch drückte. Er schien nicht weiter überrascht, Spraggue hinter seinem Schreibtisch zu sehen.

«Schon gut», sagte der Cop, als Spraggue Anstalten machte aufzustehen. «Bleiben Sie ruhig sitzen. Das ist der einzig anständige Platz, auf den man in diesem Büro seinen Arsch pflanzen kann. Ich setze mich hier auf den Aktenschrank. Der Lieutenant benutzt den Besucherstuhl zum Foltern. Gegen so was müßte es eine gesonderte Bestimmung in den Vorschriften zur Behandlung Verdächtiger geben. Ist Ihre Tante schon nach Hause?»

«Sie hat mir ein bißchen was erzählt und ist dann zurück ins Hotel gefahren.»

«Schade. Sieht gut aus, die Frau. Ich heiße übrigens Rawlins. Detective Sergeant Rawlins.»

«Michael Spraggue.»

«Tja, wo Ihre Tante jetzt weg ist, wie wär's, wenn ich Ihnen statt dessen was zum Futtern gebe. Und dann erzählen Sie ihr, wie gut ich kochen kann.»

«Was ist mit Doras Kaution?»

«Ihr Schicki-Anwalt kümmert sich darum. Sie haben meine Frage noch nicht beantwortet.»

«Welche?»

«Hat sie gestanden?»

«Ich habe ihr geraten, genau das zu sagen, was sie mir auch gesagt hat», erwiderte Spraggue.

Rawlins kniff die Augen zusammen, aber sein Tonfall blieb unbeteiligt. «Sie meinen, das mit ihrer geheimnisvollen Ehe mit Fontenot?»

«War das für Sie ein Geheimnis?» fragte Spraggue. «Oder wußten Sie es bereits?»

Rawlins grunzte und packte emsig die Papiertüten aus. «Schon zu Mittag gegessen?» fragte er.

«Nein.»

Als die erste Tüte ausgepackt war, riß Rawlins sie an der Schreibtischkante in der Mitte durch und breitete das braune Papier auf der fleckigen Schreibtischunterlage aus. Tolle Tischdecke.

«Ich hab ungefähr eine Stunde, bevor der Lieutenant zurückkommt, und ich schätze, ich werde mich hier verkriechen und mein Mittagessen verputzen. Ich hab immer reichlich dabei. Sie können mir gern Gesellschaft leisten.»

«Mein Magen ist sich noch nicht ganz darüber im klaren, in welcher Zeitzone er sich befindet. Ich denke, ich werde passen», erwiderte Spraggue.

Rawlins nahm den gesprungenen roten Plastikbecher von der Thermoskanne und schraubte den inneren Deckel ab. Aus der zweiten Papiertüte nahm er einen großen Löffel und schaufelte eine Hälfte Reis aus einem Pappschälchen in den Becher der Thermoskanne. Das Zeug, das er aus der Kanne in den roten Plastikbecher kippte, war im wesentlichen rot mit grünen Pfefferschotenscheibchen und glasigen Zwiebelstücken. Vom bloßen Riechen spuckte man schon Feuer.

«Wenn Sie was wollen, brüllen Sie einfach», meinte Rawlins. «Das ist *Gumbo*. Ich koche immer einen ganzen Topf voll und nehm's mit hierher. Die Jungs sagen, davon lösten sich ihre Zähne auf, aber für meinen Geschmack ist's noch ziemlich mild. Es liegt am Cayennepfeffer, wissen Sie.»

«Kochen Sie das selbst?»

«Hab ich doch gesagt. Ich bin ein einsamer Wolf. Übrigens, lebt Ihre Tante allein?»

In der Frage steckte mehr als nur beiläufiges Interesse. Spraggue dachte an das geschäftige Treiben in Marys hochherrschaftlicher Villa in Chestnut Hill. An Pierce, ihren Butler, das Geschwader an Sekretärinnen und Wirtschafterinnen, den alten Chauffeur.

«Ja», sagte er. «Sie lebt allein.»

«Witwe?»

«Seit dem Zweiten Weltkrieg.»

«Lange her.»

«Sie hat nie wieder geheiratet.»

«Mögen Sie sie?» Rawlins leckte den großen Servierlöffel anerkennend ab, bevor er ihn in die Tüte zurücklegte.

«Sie hat mich seit meinem vierzehnten Lebensjahr großgezogen. Mögen beschreibt es auch nicht annähernd.»

«Kommt mir vor wie eine anständige Frau. Mir gefällt der Gedanke überhaupt nicht, daß ihre Köchin in so eine Geschichte verwickelt ist. Mrs. Hillman, Ihre Tante, muß aber eine ziemlich reiche Frau sein, wenn sie eine eigene Köchin hat und diesen Mr. Jackson kommen lassen kann. Angeblich eine ziemlich große Nummer. Hab ich jedenfalls gehört.»

«Mary Spraggue Hillman. Leitet von ihrem Wohnsitz in Boston aus die *Spraggue Foundation.*»

«Spraggue wie Davison Spraggue?»

«Ja», antwortete Spraggue knapp. Der Name seines Raubritters von Urgroßvater wirkte auch noch Jahre nach dessen Tod wahre Wunder.

«Meine Güte, ja.» Rawlins verzog das Gesicht. «Und Sie sind... ich hab's noch nicht ganz zusammen. Verdammt, da sollte ich dann wohl lieber nicht mehr mit ihr flirten.»

«Bitte», sagte Spraggue, «vergessen Sie die *Foundation*. Vergessen Sie den alten Tyrannen. Es ist schon lange her, seit jemand mit ihr geflirtet hat. Ich glaube, daß es ihr gefällt.»

«Ich weiß nicht. So was könnte falsch verstanden werden. Ich will nicht, daß die Leute, und am allerwenigsten Sie, auf die Idee kommen, mit Geld ließe sich hier unten Gerechtigkeit kaufen.»

Auf Rawlins' rundem Gesicht war dieser mißtrauische Ausdruck aufgetaucht, den Spraggue nur allzugut kannte, wenn die Leute herausfanden, daß er einer «dieser» Spraggues war. Eine der Freuden ererbten Reichtums.

«Kann ich uns hier irgendwo einen Kaffee besorgen?» fragte Spraggue. «Ich bezahle, falls Sie das nicht gleich als Bestechung auslegen.»

Die Lippen des Sergeant verzogen sich zu einem breiten Grinsen. «Mit dem Kaffee hier können Sie todsicher niemanden bestechen. Der ist nicht mal den Namen wert. Ich bringe mir immer meinen eigenen mit.» Er manövrierte eine weitere Thermoskanne aus der Tüte. «In der obersten Aktenschublade da drüben sind zwei Tassen.»

In der obersten Schublade eines neueren Aktenschranks hingen ein paar Hängeordner. Statt Papieren enthielten sie Päckchen, kleine Dosen und winzige Flaschen. Kreolischen Senf. Ein Fläschchen Tabasco. So starkes Zeug, daß der scharfe Geruch sogar durch die verschlossene Flasche zu riechen war. Zwei klobige Becher waren unter *C* abgelegt.

«Das ist meine Überlebensschublade», erklärte Rawlins. «Der Lieutenant vermietet sie mir als Gegenleistung für Kaffee. Wenn ich schon gezwungen bin, Fertigfraß an meinem Schreibtisch runterzuwürgen, kann ich wenigstens nachwürzen, bis es halbwegs genießbar ist.»

Der Kaffee war stark und hatte einen leichten Zichoriengeschmack.

«Leitet dieser Lieutenant die Ermittlungen in Doras Fall?»

«Nee», sagte der Sergeant. «Ich. Wir wechseln uns bei den Fällen ab, und mein Name stand auf dem Dienstplan.»

«Welcher brave Bürger hat Ihnen denn nun erzählt, daß Dora mit diesem Fontenot verheiratet war?» fragte Spraggue.

«Denise Michel heißt die Frau. Eine hiesige Berühmtheit.»

«Sie ist doch angeblich mit Miss Levoyer befreundet. Finden Sie das nicht ein merkwürdiges Verhalten für eine Freundin, Sergeant?»

«Nee. Ich finde es nie merkwürdig, der Polizei die Wahrheit zu sagen.»

«Okay. Sie haben also Beweise, daß Dora diesen Fontenot nicht mochte, aber...» fing Spraggue an.

«Hören Sie, mein Junge, ich verhafte niemanden, nur weil er ein Motiv hat. Eine Menge Leute haben Joe Fontenot gehaßt. Alle, die ich verhört habe, haben gesagt, daß der Mann ein ausgemachtes Arschloch war. Aber ich habe hier mehr als nur ein Motiv, ich habe die ganze Chose – die Mordwaffe, die Gelegenheit, das ganze Drum und Dran eben.»

«Können Sie deutlicher werden?»

«Das Messer gehört Ihrer Miss Levoyer. Bestreitet sie auch gar nicht. Ihre Fingerabdrücke sind überall. Meiner Meinung nach haben wir damit die Tatwaffe.»

«Ziemlich dumm, eine so leicht zu identifizierende Waffe zu benutzen.»

«Ich habe noch keine Studie gelesen, nach der Mörder immer Oxford-Absolventen sind.»

Spraggue nippte an seinem Kaffee.

«Und sie war auf dieser Dinnerparty», fuhr Rawlins fort. «Hat Ihre Tante Ihnen das gesagt? Die Gelegenheit hatte Ihre Miss Levoyer also auch.»

«Genau wie ein paar tausend andere Leute.»

«Nicht ganz so viele, wie Sie denken.»

«Hotels sind öffentliche Orte.»

«Gewiß doch», stimmte Rawlins zu. «Aber die Privaträume im *Imperial Orleans* können verdammt privat sein. Sie wissen, daß ein Wächter an der Tür die Einladungen entgegengenommen und die Namen auf einer Liste abgehakt hat?»

«Aber es könnte doch auch jemand durch eine andere Tür hereingekommen sein.»

«Es gibt keine andere Tür, durch die man reinkommen konnte. Die beiden Räume, der Festsaal, in dem das Bankett stattfand, und der zweite Raum, wo sich die Ausstellung befand, besitzen tatsächlich separate Eingänge, damit sie, sagen wir, von zwei verschiedenen Gesellschaften benutzt werden können. Aber an diesem Abend war die Tür vom Korridor in den Ausstellungsraum verschlossen. Der einzige Zugang war durch den Haupteingang des Festsaals, und an dieser Tür war den ganzen Abend jemand postiert. Der Mörder stand auf der Gästeliste.»

«Was ist mit den Kellnern? Die sind doch nicht durch den Haupteingang gekommen... und wo Kellner ein und aus gehen, können andere das auch.»

«Stimmt. Aber das Hotelpersonal ist kein wild zusammengewürfelter Haufen Kellner, die nur für ein spezielles Bankett angeheuert werden. Im *Imperial Orleans* findet immer das eine oder andere Bankett statt. Und die Kellner sind allesamt gut bekannt.»

«Was aber noch lange nicht heißen muß, daß nicht einer von ihnen Fontenot gehaßt hat.»

«Nach allem, was ich höre, hassen alle Kellner alle Köche, und umgekehrt. Wir haben das Personal verhört und uns überzeugt: Keiner von ihnen hat einen Aushilfskellner erwähnt oder jemanden, der unbekannt war.»

«In einer Kelleruniform kommt einem jeder bekannt vor.»

«Sie vermuten also, jemand gibt sich als Kellner aus, lauert in der Küche und ergreift die erstbeste Gelegenheit...»

«Möglich wär's.»

«Aber das ist viel zu raffiniert», sagte Rawlins. «Und hier haben wir eine saubere, einfache Lösung. Ich mag einfache Lösungen. In neun von zehn Fällen hat man die Nuß damit geknackt.»

«Dann ist das hier eben der zehnte Fall.»

«Da sind Sie sich so sicher?»

«Wie viele Leute waren bei dem Bankett?»

Rawlins zuckte mit den Achseln. «Achtzig.»

«Gut, selbst wenn kein Außenstehender hereinspaziert ist und die Angestellten so unschuldig sind wie die Lämmer, dann bleiben immer noch achtundsiebzig Leute, die genauso viele Gelegenheiten hatten wie Dora.»

«Aber nur einer mit diesem Messer. Haben Sie sie nach dem Messer gefragt?»

«Das werde ich schon noch, Sergeant.»

«Wollen Sie mich weiter ‹Sergeant› nennen?»

«Wäre Ihnen ‹Detective› lieber?»

«Ich kann's nicht ausstehen, Leute nach dem zu nennen, *was* sie sind, statt danach, *wer* sie sind. Wenn Sie mich ‹Sergeant› oder ‹Detective› nennen, nenne ich Sie ‹Mister›. Sie haben doch einen Vornamen, oder?»

«Michael.»

«Ich heiße Gorman, deshalb nennen mich auch alle ‹Rawl›, nach meinem Nachnamen.»

«Ich bin meistens Spraggue. Damit niemand ‹Mike› zu mir sagen muß.»

«Ich verrat Ihnen was, Spraggue. Die meisten Morde laufen immer nach dem gleichen Schema ab. Frau bringt Ehemann um. Mann bringt Ehefrau um. Dann finden wir den Burschen mit dem Messer oder der Kanone in der Hand bei der Leiche, und er fragt sich immer noch, was er da getan hat. Oder er stellt sich einen oder zwei Tage später und sagt, ich weiß nicht, was über mich gekommen ist, aber sie hat mich fürchterlich beleidigt, und das konnte ich mir doch nicht gefallen lassen, oder? Die meisten Morde gleichen sich wie ein Ei dem anderen.»

Rawlins schenkte sich Kaffee nach, schaufelte zwei Löffel Zucker in den Becher und sagte: «Hören Sie, es tut mir ja wirklich leid. Lieber hätte ich Ihre Tante unter anderen Umständen kennengelernt. Aber ich bin zufrieden, daß wir die Richtige haben. Der Staatsanwalt sieht das genauso. Und damit ist mein Job beendet.»

«Nicht unbedingt.»

«Nein?»

«Sie könnten mir helfen, ein loses Ende zu finden, an dem ich ziehen kann.»

«Häh?»

Aus einer Plastikhülle in seiner Brieftasche zog Spraggue eine verblichene Fotokopie und legte sie auf den Schreibtisch.

Rawlins nahm die Karte und studierte sie gründlich. «Eine Privatdetektivlizenz aus Massachusetts, abgelaufen», sagte er. «Ihre Tante hat gesagt, Sie wären Schauspieler oder so.»

«Im Augenblick bin ich in der ‹oder so›-Phase.»

Rawlins studierte die Karte. «Einsfünfundachtzig. Wiegen Sie immer noch neunundsiebzig Kilo?»

Spraggue zuckte mit den Achseln.

«Ich bin kleiner als Sie, wiege aber bestimmt mehr. Hier steht ‹Augenfarbe braun›, aber Ihre Augen sehen eher gelb aus, doch das will ich mal übergehen. Hier steht aber nicht, was jemand mit Ihrem Familiennamen mit einer miesen Schnüffler-Lizenz will?» Das Mißtrauen war wieder in Rawlins' Stimme.

«Lieber würde ich am Broadway Hauptrollen spielen. Aber ich kriege ja keine Angebote.»

«Gibt's irgendwen oben in Boston, der Auskunft über Sie geben kann?»

«Captain Hurley. Mordkommission.»

«Gut, das überprüf ich.»

«Ich würde gern den Bericht des Coroner sehen. Ich möchte wissen, wieso Sie so gottverdammt sicher sind, daß es Doras Messer ist. Ein Messer ist ein Messer, und nach allem, was Mary erzählt hat, wimmelte es in dem Raum nur so von Messern. Ich würde gern wissen, was Fontenot bei sich hatte, als er starb ...»

«Sie verlangen wirklich nicht viel, was?»

«Ich greife nur ein bißchen vor. Was meinen Sie, wie lange dieser teure Anwalt braucht, bis er eine gerichtliche Anordnung auf Akteneinsicht durchgebracht hat?»

«Es ist, äh, nicht vorschriftsmäßig.»

«Wissen Sie, diese Frau, die jetzt in Ihrer Zelle schmort, macht den besten Kaffee, den ich je getrunken habe.»

«Nimmt sie auch Zichorien?»

«Ihre eigene Mischung. Bohnen aus Kolumbien und Kenia. Mahlt sie jedesmal frisch.»

«Okay», sagte Rawlins. «Okay. Tun Sie mir aber auch einen Gefallen. Sagen Sie Ihrer Tante, daß ich mit Ihnen zusammenarbeite.»

«Klar. Dora hat gesagt, daß Fontenot sie unter einem anderen Namen geheiratet hat. Wenn ein Bursche einmal einen falschen Namen benutzt, tut er es vielleicht auch ein zweites Mal. Wie wär's, wenn Sie seine Fingerabdrücke mal durch den Computer jagen?»

«Sieht für mich ziemlich danach aus, das Opfer zum Täter zu machen. Der arme Teufel ist tot ...»

«Richtig. Jenseits von Lob und Tadel und Gefängnis und der ganzen Scheiße. Aber Dora nicht.»

«Tjaaa ...» Rawlins holte tief Luft. «Wenn ich das tue, müssen Sie Ihrer Tante aber sagen, daß ich das beste *Gumbo* der Stadt koche. Was bedeutet, Sie wollen eine Kostprobe.»

«Ich habe meinen Kaffee ausgetrunken. Kippen Sie mir einfach ein bißchen in den Becher.»

«Scharf» beschrieb auch nicht annähernd Rawlins' *Gumbo*. Es war so was wie ein Test. Spraggue spürte, wie seine Kehle brannte und sein Gesicht rot anlief. Als er weder hustete noch würgte und sogar ein Lächeln zustande brachte, wußte Spraggue, daß er den Test bestanden hatte.

VIER

«Mann, bei Ihnen hab ich voll danebengelegen», sagte Albert Flowers empört.

Der Name des Taxifahrers stand auf dem vorderen Kotflügel des verbeulten Oldsmobile. Der kaffeebraune Mann mit dem betörenden Lächeln hatte Spraggue bereits mit seiner Stadtkenntnis, den Bemerkungen zur Macht der Hoodoo-Talismane, die am Innenspiegel baumelten, und dem Angebot beeindruckt, tagsüber dem Nordstaatler zu Diensten zu sein, der erst noch lernen mußte, richtig locker zu werden und das lässige New Orleans zu genießen.

«Ich denke, oh, Mann, hier kommt wieder einer von diesen Yankees, denen das Geld locker sitzt», fuhr Flowers fort. «Frisch aus dem Flieger und will mal ordentlich einen draufmachen. Genau der Richtige für Albert. Und dann wollen Sie sofort als erstes zum Polizeirevier. Und jetzt wollen Sie was über einen Lederbeutel wissen, der komisch riecht. Klingt für mich ganz nach einem *gris-gris*.»

«*Grie-grie*? Ist das Französisch?» fragte Spraggue verwirrt. «Was macht man damit?»

Flowers zuckte mit den Achseln. «Ein *gris-gris* ist für eine Menge Sachen gut. Man besorgt sich ein *gris-gris*, wenn man jemanden mit einem Fluch belegen oder sich selbst vor einem Fluch schützen will. Es gibt welche für Geister und welche für Menschen. Alle sind verschieden. Es kommt also darauf an, wer den Beutel, von dem Sie da reden, gemacht hat.»

«Und wer könnte es gewesen sein?»

«Das kann *ich* Ihnen nicht sagen. Ich könnte's nicht mal sagen, wenn ich ihn sehen würde, nicht mal, wenn ich ihn anfassen würde, und ich bin auch nicht scharf drauf, so ein Ding anzupacken, auf keinen Fall. Aber soviel kann ich Ihnen verraten: Wenn's ein Lederbeutel ist, hat er eine Kleinigkeit gekostet. Dann ist es keins von diesen Dingern, die Touristen aus Jux kaufen, sondern auf Bestellung angefertigt worden. Gehört das *gris-gris* jemandem, der im Knast sitzt? Wenn Sie mir vielleicht sagen, weswegen er verhaftet worden ist...»

«Er ist nicht im Gefängnis», sagte Spraggue. «Er ist tot.»

«Dann hat das *gris-gris* wohl nicht besonders gut funktioniert», sagte Flowers. «Sein Geld verlangt der Mann aber garantiert nicht zurück.»

Spraggue lächelte. «Ich vermute», sagte er, «das *gris-gris* hat dem Mörder des Mannes gehört, falls er so entgegenkommend war, es zurückzulassen. Sie haben gesagt, es wäre nicht die Sorte, die Touristen kaufen. Ist es denn was Besonderes?»

«Nein, so was Besonderes auch wieder nicht. Nicht hier und bei den richtigen Leuten.»

«Und wenn es neben der Leiche eines Mannes gefunden wurde, der hier in New Orleans als Koch gearbeitet hat?»

«Spricht nichts dagegen, daß sich ein Koch auch ein bißchen für Hoodoo interessiert.»

«Heißt es ‹Voodoo› oder ‹Hoodoo›?»

«Hoodoo. Ist so was wie ein Gemisch, ein Mischmasch aus Voodoo von den Inseln, vermengt mit hiesigem Katholizismus. Ihr Koch, also, ist er ein Farbiger?»

«Ein Weißer. Cajun, glaube ich.»

«Meistens findet man so einen Talisman bei Farbigen, aber wir haben hier auch ein paar weiße Hoodoo-Anhänger.»

«Vielleicht können Sie mir sagen, wo ich am ehesten etwas über diesen Talisman erfahre», sagte Spraggue.

«Ja, vielleicht.»

«Natürlich zahle ich Ihnen mehr, wenn Sie mich nicht nur fahren, sondern mir auch ein wenig helfen.»

«Helfen, bei was?»

«Ich bin so eine Art Privatdetektiv», sagte Spraggue. Einer von der Sorte mit abgelaufener Lizenz, fügte er stumm hinzu.

«Wollen Sie mich bestechen? Tja, okay, alles klar, alles klar. Ich überlege nur gerade, wo man am besten anfangen sollte. Eigentlich stehe ich ja nicht auf Voodoo, Hoodoo, Hexerei, müssen Sie wissen. Ich hab selbst Talismane und so weiter, aber eigentlich nur, weil die Touristen das erwarten. Die wollen was über Voodoo hören und über die Friedhöfe, die gruselig aussehenden Gräber, alle über der Erde. Aber wenn mich nicht alles täuscht, arbeitet doch diese Frau in dem Touristenladen, in diesem Hexerei-Museum. Und die Frau heißt, lassen Sie mich nachdenken – Del, genau, die Abkürzung für Delores. Sister Del, so nennt sie sich. Wenn wir rausfinden, wann sie arbeitet, kann sie uns wahrscheinlich jemanden nennen, der etwas über ein altes Leder-*gris-gris* weiß.»

«Können Sie mir einen Termin bei dieser Sister Del machen?»

«Ich tu mein Bestes.»

Die ganze Zeit, während sie sich unterhielten, kurvte Flowers durch Straßen, die mit jedem Block schmaler wurden. Sie überquerten einen breiten Boulevard, und plötzlich fand Spraggue sich wieder zurecht, wußte genau, wo sie sich im Moment befanden. Sie hatten das French Quarter erreicht, das *Vieux Carré*, einen Teil von New Orleans, den er noch von einem sechswöchigen *Tennessee Williams Festival* vor vielen Jahren kannte, bei dem er als zweite Besetzung für den Brick in der *Katze* und den Stanley in *Endstation* dabei war und jeden Abend darauf gewartet hatte, daß der Hauptdarsteller zu betrunken aufkreuzte, um spielen zu können. Das war schon mehr als zehn Jahre her, überlegte er, erschreckt, wie schnell die Zeit verflogen war. Damals hatte es ausgesehen, als sei das Quarter auf dem absteigenden Ast. Die eleganten spanischen Fassaden zerfielen. Jetzt erlebte das Viertel eine Renaissance. Frische Anstriche. Neue Dachrinnen. Die alten schmiedeeisernen Balkone glänzten.

Flowers fuhr die Bourbon Street hinunter, ein Kunststück, das Spraggue weder betrunken noch nüchtern gewagt hätte. Die Straße kannte keinen Feierabend; Touristen und Einheimische tanzten wie in einer nicht enden wollenden Conga-Linie von einem schäbigen Nachtclub in den nächsten, von einem Strip-Lokal, einer Bar, einem eleganten kreolischen Restaurant, kurz, einer Touristenfalle in die nächste, und das alles auf einer einzigen Straße, so daß die Menschen noch bizarrer schienen als die Läden. Ein gutgekleideter Mann lotste eine mit Schmuck behangene Frau um einen barbrüstigen Tätowierten in Motorrad-Lederhose, Huren warfen Cops schräge Blicke zu.

Spraggue erinnerte sich an ein *Mardi Gras*, als er noch so jung gewesen war, daß ihn die zehntausend Betrunkenen, die die Straßen verstopften, nicht weiter störten, er erinnerte sich an den Glamour aus der Ferne und die Erbärmlichkeit aus der Nähe. Er hoffte, daß *Mardi Gras* dieses Jahr spät war, daß die Sache mit Dora längst erledigt war, bevor die Menschen am *Fat Tuesday* völlig aus dem Häuschen gerieten.

«*Mardi Gras* ist dieses Jahr am sechzehnten März», meinte Flowers. «Aber trotzdem kommt jetzt schon alles auf Touren. Bald fangen die Bälle an. Gute Zeiten für einen Taxifahrer.»

«Ja, wenn Sie's gut finden, daß die Leute Ihnen ins Taxi kotzen.»

«Die mit den grünen Gesichtern nehme ich nie mit, aber manchmal legen sie mich rein. Dann fahre ich ganz schön vorsichtig. Keine scharfen Kurven.»

Vor dem *Imperial Orleans* standen zwei Portiers, der eine zum Tür aufhalten, der andere für die Gesichtskontrolle. Argwöhnisch beäugte er Spraggues schäbigen Matchbeutel und seine zerknitterte Kleidung. Das Foyer tat's nicht unter Marmorböden und Säulen, mit dunkelgrünem Samt bezogene Bänke und Kristall-Kronleuchter, Vasen mit Lilien und Freesien dufteten, als lüden sie zum Verweilen ein. Die Frau hinter der Rezeption hatte eine so wohltuend sanfte Stimme, daß Spraggue schon beim bloßen Zuhören eindöste.

Ja, Mrs. Hillman hat Suite 6L. Ja, sie hat dem Gentleman einen Schlüssel hinterlegt. Benötigt der Gentleman einen Pagen? Nein? Der Fahrstuhl befindet sich links. Ich wünsche einen angenehmen Aufenthalt.

Von einem Neffen hatte Mary an der Rezeption nichts gesagt, soviel war der Art und Weise zu entnehmen, wie die Frau ihn musterte.

Er steckte den Schlüssel in die richtige Tür.

Mary riß die Tür so schnell auf, als ob sie auf der anderen Seite auf ihn gewartet hätte. Sie trug einen roséfarbenen Morgenrock, aber ihre Augen waren hellwach.

«Ich dachte, du wolltest schlafen», sagte Spraggue.

«Ich habe geschlafen», konterte Mary. «Gut drei Stunden. Ich fühle mich absolut phantastisch, zu allem bereit.»

Spraggue schloß die Augen und atmete tief durch. Für Tante Mary waren vier Stunden Schlaf bereits ausreichende Nachtruhe. «Ich brauche was zu essen, und dann will ich nur noch ins Bett.»

«Die jungen Leute von heute haben einfach keinen Schwung mehr», erwiderte Mary streng.

«Ich altere rapide», sagte Spraggue. «Sobald ich mit der Schnüffelei für deine Mordermittlungen fertig bin, trete ich wahrscheinlich in den vorzeitigen Ruhestand. Ich rieche wie ein ganzes gottverdammtes Polizeirevier...»

Mary schnaubte leise und verächtlich. «Dann geh duschen und wasch dir das Polizeirevier ab. Zu deinem Bett und Bad geht es hier entlang. Ich bestelle dir etwas beim Zimmerservice. Ein Hotel mit Denise Michel als Chefköchin sollte doch wohl in der Lage sein, ein angemessenes Dinner zu servieren...»

«Denise Michel?»

«Was ist mit ihr?»

«Hmh», machte Spraggue, «*sie* hat Dora doch beschwatzt, hier herzukommen. *Sie* wußte von Doras Ehe mit Fontenot. Und freundlicherweise hat sie den Cops das auch sofort erzählt. Falls Dora unschuldig ist, würde ich sagen, daß Denise Michel sofort zur Verdächtigen Nummer Eins avanciert.»

«Andererseits», sinnierte Mary mit geschürzten Lippen, «könnten wir auch essen gehen.»

«In ihrem eigenen Hotel wird sie uns wohl nicht vergiften.»

«Geh duschen», sagte Mary streng. «Wenn sich dein Polizeirevierduft gebessert hat, findest du mich im Arbeitszimmer... durch den Durchgang da zu deiner Rechten.»

Die Dusche half. Das mußte er zugeben. Das Wasser – heiß, kalt, heiß, und dann so kalt, wie er es gerade noch ertragen konnte – machte ihn hellwach. In der gold-grauen Pracht seines Schlafzimmers trocknete er sich schnell ab und nahm dann den Telefonhörer, um an der Rezeption nachzufragen, ob Nachrichten für ihn eingegangen seien. Nichts. Sein Agent hatte ihn noch nicht gefunden. Vielleicht hatte er dem alten Harry nun doch den seit langem überfälligen Herzstillstand beschert. Einen Tag vor der Premiere eines Stücks einfach sang- und klanglos zu verschwinden... Er fragte sich, welche Gerüchte nach seiner Abreise wohl ausgebrütet würden. Spraggue? Der reiche Bastard? Ach, ja. Krankhaft neidisch auf den Hauptdarsteller. Konnte sich seinen Text nicht merken. Alkoholiker, wissen Sie. Sehr traurig. Und ganz zu schweigen vom Kokain...

Er schaltete den Teil seines Gehirns aus und kippte den Inhalt seines Matchbeutels auf das footballfeldgroße Bett. Nachdem er eine verwaschene Jeans angezogen hatte, legte er sich ein Handtuch über die nackten Schultern und rieb mit der Hand über sein stoppeliges Kinn. Er versuchte sich zu erinnern, ob er sich während des morgendlichen Chaos aus Telefonaten, heimlichen Abgängen und Flugzeugen rasiert hatte.

Und rasierte sich.

Während er sich immer noch mit einem Handtuch die nassen Haare rubbelte, betrat er blinzelnd, aber hellwach Marys Arbeitszimmer. «Hi.» Er beugte sich vor und drückte ihr einen Kuß auf die Wange. «Willst du noch mal von vorn anfangen?»

«Du riechst phantastisch», sagte Mary. «War der Flug schön?»

«Schrecklich.»

«Du hättest mich den *Learjet* schicken lassen sollen.»

«Nein», sagte Spraggue. «Vielen Dank, aber nein.» Er wohnte nicht in der bescheuerten Villa, und er dachte gar nicht daran, den bescheuerten *Learjet* zu benutzen. Seine Mundwinkel zuckten. Der Linienflug, mit Verspätung in Boston gestartet und im Nebel in Pittsburgh festgehalten, hatte beinahe gereicht, seine Unabhängigkeit gründlich zu erschüttern. Und dazu sein schrumpfendes Bankkonto. Hollywood hatte in letzter Zeit nicht gerufen.

Mary wechselte geschickt das Thema. «Sie haben hier eine *Forelle Marguery* auf der Speisekarte, die laut Dora ganz ordentlich sein soll.»

«Ist sie wieder draußen?»

«Nein, mein Lieber. Mr. Jackson, unser Anwalt, tut sein Bestes, aber er wollte auf einen anderen Richter warten, auf einen, der ein winziges bißchen weniger auf Law and Order pocht. Dora hat Denise' Forellen vor ihrer – äh, Einkerkerung erwähnt. Ich habe zwei Portionen bestellt, und sie müßten eigentlich jeden Augenblick hier sein.»

«Fein.»

«Und eine Flasche Sauvignon blanc. Vielleicht hätte ich doch lieber zwei Flaschen bestellen sollen.»

«Vielleicht», stimmte Spraggue zu.

«Es sieht schlimm aus, stimmt's?» fragte Mary leise.

«Ich habe gerade meine Karriere ruiniert und einen Taxifahrer engagiert, der mich zum Hoodoo-Unterricht anmelden soll.»

«Du weißt, was ich meine, Michael. Dora.»

«Ja.» Spraggue ließ sich aufs Sofa fallen und schloß die Augen.

«Und? Was denkst du?» fragte Mary. Als ihr Neffe nicht antwortete, beugte sie sich vor und legte ihm einen dicken Aktenordner auf die Brust.

Spraggue stöhnte, setzte sich aber und blätterte die Akte mit zunehmender Geschwindigkeit durch. Der Ordner war voll Fotos, Zeitungsartikeln und mehrseitigen Berichten aus Hochglanzmagazinen, in denen ausnahmslos die Karriere von Joseph Fontenot nachgezeichnet wurde.

«Tante Mary», sagte Spraggue, «ich dachte, du hättest geschlafen.»

«Habe ich auch», erwiderte sie. «Aber vorher habe ich ein bißchen rumtelefoniert. Du erinnerst dich an Joanna, die Wirtschaftsjournalistin beim *Globe*? Sie hat jedenfalls einen Kollegen bei der *Times-Picayune*. Und Pierce ist aus Boston gekommen.»

Das erklärte alles. Pierce, Marys Butler, Bridge-Partner und Hauptgegner beim Zocken war ein Wunder, ein wahres Organisationsgenie.

Spraggue nahm ein dreizehn mal zwanzig großes Foto aus der Mappe. Joe Fontenots glattes, rundliches Gesicht versteckte sich hinter einer dicken Brille und einem buschigen Schnurrbart. Er hatte keine Altersfalten, weil er so dick war, man sah nur pausbäckige Ausdruckslosigkeit. Seine Ohren waren winzig, geradezu zierlich. Beinahe stieß der Kragen seiner Smokingjacke daran, so wenig Hals besaß dieser Mann.

«Liebling», sagte Mary und faltete die Hände auf dem Schoß, «ich bin deine Assistentin und deine Klientin.»

Spraggue las den ersten Absatz eines Artikels mit der Überschrift CAJUN-KÜCHE WIRD HAUTE CUISINE. «Mary», sagte er, «du solltest selbst in diese Branche einsteigen.»

«Ich wünschte, *du* würdest wieder einsteigen», erwiderte sie. «Die *Foundation* könnte einen guten Detektiv brauchen.»

«Ich bin Schauspieler», sagte Spraggue. «Ich gehe der Wirklichkeit aus dem Weg. Besorg dir selbst eine Lizenz.»

«Wie denn? Ich kann keine dreijährige Berufserfahrung in der Ermittlungsbranche vorweisen. Und das wird in Massachusetts verlangt, glaube ich.»

«Besorg dir deine Lizenz so, wie sie sich andere auch beschaffen. Bestich einen Politiker.»

«Und wieder eine Illusion zerschmettert.»

«Du kannst mich nicht engagieren, Tante Mary. Ich habe bereits einen Klienten.»

«Unsinn. Ich habe um Hilfe gerufen. Ich gedenke dafür zu bezahlen, daß du diesen Fall übernimmst.»

«Das tut Dora auch. Die Leute stehen Schlange, um mir ihr Geld in den Rachen zu werfen.»

«Ich stehe in dieser Schlange aber ganz vorn», brummte Mary.

«Quatsch.»

«Selber Quatsch. Du hattest eine Rolle. Und jetzt bist du ein Engagement los. Und von deinem Konto bei der *Foundation* hast du schon seit... ich weiß nicht mehr, wie lange, kein Geld abgehoben. Was verdient ein guter Privatdetektiv heutzutage so?»

«Du wärst schockiert!»

«Wann war ich das letzte Mal schockiert?»

«Fünfhundert pro Tag plus Spesen.»

«Betrachte mich als schockiert.»

«So viele Tage arbeiten sie nicht», sagte Spraggue. «Und es werden auch Rabatte gegeben, wenn ein Fall interessant oder ein alter Freund darin verwickelt ist.»

«Ich gedenke, die normalen Tarife zu zahlen.»

«Ich schicke dir eine Rechnung», versprach Spraggue. Was er nicht tun würde, aber damit war diese Diskussion wenigstens vom Tisch.

«Gut. Das wäre dann erledigt. Wo fangen wir an?»

«Mit dem Messer», sagte Spraggue. «Wieso sind die so sicher, daß es Doras Messer ist?»

«Weil es ein Einzelstück ist. Ein französisches Messer, für das es nicht einmal einen englischen Namen gibt. Ein *tanqueuer*. Ein Stich-Werkzeug, das dazu verwendet wird, ein Stück Fleisch auf einem Tranchierbrett festzuhalten.»

«Und warum ist Dora mit diesem Dingsbums durch die Gegend gerannt?»

«Mit dem *tanqueuer*. Sie hat ihre ganze Schatulle Messer aus Boston mitgebracht. Anscheinend benutzen Köche immer nur ihre eigenen Messer. Ungefähr so, als würde ich ohne meine Zahnbürste verreisen.»

«Aber warum ist Detective Rawlins so sicher, daß Dora Fontenot mit dem Messer bearbeitet hat?»

«Das kann ich dir beantworten», sagte Mary. «Ich habe ein ganzes Weilchen mit Rawl ver-»

«Aha, bei Kosenamen sind wir schon?» Spraggue hob eine Augenbraue.

«Weißt du», fuhr Mary fort und ignorierte seine Bemerkung, «Dora hat das *tanqueuer* bei ihrem Seminar um zwei Uhr benutzt. Sie hat Tatarbeefsteak gemacht, und dazu hackt sie das Fleisch immer von Hand. Jeder Teilnehmer des Seminars hat gesehen, wie sie das Messer benutzte. Und auch gesehen, wie sie es in ihre Schatulle zurückgelegt hat. Da sie schwört, daß sie die Schatulle abgeschlossen, in ihr Zimmer gebracht, in ihren Schrank gelegt und die Zimmertür abgeschlossen hat – da verstehst du wohl, daß die Polizei schnell gewisse Schlüsse zog.»

«Ich hätte gern eine Teilnehmerliste des Seminars», sagte Spraggue.

«Jede Wette», sagte Mary, «daß die meisten gestern abend bei dem Bankett an meinem Tisch saßen. Erinnerst du dich? Ich habe dir erzählt, daß sie sich über Messer und Küchenmaschinen und was weiß ich nicht alles gestritten haben. Die Diskussion kann durchaus schon bei Doras Seminar begonnen haben.»

«Finde es heraus. Wenn du recht hast, werden die Leute an deinem Tisch zu unseren Hauptverdächtigen. Mit Denise Michel an vorderster Stelle.»

«Möchtest du, daß ich sie im Auge behalte?»

«Lieber wäre mir, wenn du ein bißchen in finanziellen Dingen herumschnüffeltest.»

«Wie langweilig!» mäkelte Mary. «Wieso bleibt an mir immer der finanzielle Aspekt hängen?»

«Weil Bankdirektoren für gewöhnlich vor dir katzbuckeln.»

«Heuchler. Und was hast du vor, während ich mich bei grauhaarigen, wortgewandten Bankern einschmeichle?»

«Ich dachte, ich fange mit der Witwe an. Wahrscheinlich hat sie den besten Grund, Fontenot umzubringen.»

Mary nickte. «Mit diesem Mann zu leben war bestimmt keine Freude. Wenn ich zwei statt nur einen Abend mit ihm verbracht hätte, wäre ich womöglich selbst versucht gewesen, ihn umzulegen.»

«Sie kann mir mehr über ihn erzählen. Er muß irgend etwas getan haben, wodurch er den Mord heraufbeschworen hat, muß jemanden tief beleidigt oder bedroht haben ...»

«Ich versuche mal, anhand der Zeitungsartikel, die ich bereits habe, sein Leben zusammenzufügen», sagte Mary. «Ich habe sie in eine chronologische Reihenfolge gebracht. Eine Menge Artikel aus jüngster Zeit. Ein paar frühere Erwähnungen. Dann in der Mitte eine Lücke von etwa zehn Jahren. Ich glaube, er war in Europa, um kochen zu lernen.»

«Vielleicht hat er dort ja noch ein paar andere Frauen geheiratet, und dann haben sie sich zusammengetan, um ihn zur Strecke zu bringen.»

«Ich zumindest glaube, sie waren erleichtert, als er aus Frankreich verschwand», sagte Mary.

«Eines noch, Tante Mary, wo du ja auf so freundschaftlichem Fuß mit den Cops stehst.»

«Was?»

«Tu dein Bestes, um mit deinem Charme dem guten Detective Rawlins diesen kleinen Lederbeutel abzuschwatzen, den du am Tatort gefunden hast. Ich würde gern mal aus der Nähe einen Blick auf das Ding werfen.»

Mary strich sich durchs Haar. «Das dürfte nicht besonders schwierig sein», meinte sie mit selbstzufriedener Stimme.

«Wahrscheinlich ist er nur auf dein Geld aus», sagte Spraggue.

Mary warf ihm ein Sofakissen ins Gesicht.

FÜNF

Tante Mary hatte den Zettel auf das Kissen neben seinem Kopf geheftet. Sie wußte, wie fest er schlief, wußte, daß sie die Nachttischlampe aus großer Höhe auf den nackten Fußboden hätte fallen lassen müssen, um ihn zu wecken.

Auf dem Zettel stand mit rotem Filzstift auf dezentem, blauem Briefpapier: *Schlaf! Was für eine unglaubliche Zeitverschwendung! Pierce und ich holen Dora aus dem Knast! Die Kaution ist exorbitant. Ein reizender Mann namens Flowers hat vor dem Hotel in einem Taxi auf dich gewartet, also habe ich ihn heraufgebeten. Er frühstückt gerade. Vergiß unsere Verabredung zum Mittagessen nicht. Halb zwei.* Café Creole. *Sei pünktlich.*

Das Telefon kreischte. Jemand mit einem näselnden Südstaatentonfall trällerte «Weckruf!» in sein rechtes Ohr und legte sofort wieder auf. Nach der Uhr auf dem Nachttisch war es halb zehn. Er hatte darum gebeten, um acht geweckt zu werden. Er hütete sich, dem Telefondienst des *Imperial Orleans* einen Vorwurf zu machen. Bestimmt hatte Tante Mary beschlossen, daß er exakt anderthalb Stunden mehr Schlaf brauchte, als er sich selbst zugestanden hatte, und alles nach ihrem Gutdünken umorganisiert. Was die Bedeutung des Wortes *imperial* betraf, konnte sie dem Hotelpersonal noch das eine oder andere beibringen.

Spraggue schwang die Beine aus dem Bett und pflanzte die Füße auf den dicken, weichen Teppich. Das Summen der Klimaanlage überdeckte alle anderen Hotelgeräusche. Er schaltete das Ding aus und hörte das leise *Tapp-tapp* eines Computers, das *Klick-klick* eines Druckers – Marys Geräusche; wohin sie auch ging, sie folgten ihr. Tellergeklapper. Also war Albert Flowers Frühstücksgast. Er schien Tante Mary beeindruckt zu haben.

Spraggue öffnete die Tür und rief den Taxifahrer.

«Yo!» kam prompt die Antwort.

«Gibt's für mich auch noch Frühstück?»

«Ich habe die Order, es in dem Augenblick zu bestellen, in dem ich Sie höre.»

«Tun Sie das», sagte Spraggue und schloß die Tür.

Er ließ sich auf dem Boden nieder, machte fünfundzwanzig Liegestütze und fünfzig Sit-ups. Er duschte, rasierte sich und zog eine leichte, marineblaue Hose sowie ein hellblaues Button-down-Hemd von der *Harvard Coop* an, beides vom Transport im Matchbeutel verknittert – Kleidung, mit der man improvisieren konnte. Er war nicht sicher, wer er heute sein mußte, um zum Ziel zu kommen.

Zusammengefaltet neben der Serviette an seinem Platz erwartete ihn eine weitere Mitteilung von Mary. Die Eier waren heiß, und der Zettel hatte Zimmertemperatur, daher widmete er sich zuerst den Eiern. Von wegen Eier – *Eggs Sardou*, die Frühstücksschlemmerei der alten Pflanzer von New Orleans: pochierte Eier auf einem Nest aus Rahmspinat mit reichlich Sauce hollandaise. Was seine Morgengymnastik mehr als neutralisierte.

Albert Flowers hatte seinen Teller zurückgeschoben und trank jetzt zufrieden Kaffee, weiß vor lauter Sahne. «Ihre Tante hat gesagt, ich soll auf jeden Fall darauf achten, daß Sie den Zettel da lesen.»

Spraggue hob eine Augenbraue. Mary hatte Flowers mit Charme und Frühstück bestochen.

Auf dem Zettel stand nur eine Adresse, aber Spraggue wußte, wie der Verstand seiner Tante funktionierte und daß es sich um Jeannine Fontenots Anschrift handeln mußte.

«Wo liegt Gretna?» fragte er Flowers.

«Auf der anderen Seite des Flusses. Nicht weit von hier.»

Er nannte Flowers die Adresse. «Sind Sie fertig?»

«Klar. Übrigens ein guter Kaffee.»

«Ich hole schnell noch ein paar Sachen, und dann brechen wir auf.»

«Okay. Mit Sister Del habe ich alles geklärt. Die Hoodoo-Frau, Sie erinnern sich? Sie haben heute abend um neun einen Termin für eine PSI-Lesung.»

«Eine was?»

«Eine ‹parapsychologische Sitzung›. So nennt sie das.»

Spraggue ging in sein Schlafzimmer und zog den Bezug von einem der dicken Daunenkopfkissen. Einen Augenblick blieb er in der Mitte des Raumes stehen, dann schlenderte er durch die Suite und legte den einen oder anderen Gegenstand in den Kissenbezug.

«Wollen Sie das Zeug versetzen?» Besorgt folgte Flowers ihm auf seinem Rundgang. «Ist Ihre Tante damit einverstanden?»

«Das hier sind Theaterrequisiten», sagte Spraggue, und als Flowers ihn immer noch fragend ansah: «Vergessen Sie's. Gehen wir.»

Im Quarter stand der Verkehr. Der beißende Teergeruch, der Dunstschleier, das Beben und Dröhnen von Baumaschinen sagte alles. Jede Straße, auf die sie hätten ausweichen können, wurde aufgerissen und neu asphaltiert. Spitze Asphaltbrocken ragten aus riesigen Schlaglöchern. Flowers fluchte und fuhr schließlich über den Bürgersteig, um der Royal Street zu entfliehen. Spraggue saß auf dem Beifahrersitz, kurbelte die Seitenscheibe runter und beobachtete, wie die Schleppkähne über den breiten, braunen Mississippi glitten, während das Taxi die Brücke überquerte.

Die Adresse lag in der Mitte eines Blocks, der von zuviel Sonne ausgebleicht war und sowohl ein Spirituosengeschäft an der Ecke als auch eine Kirche besaß. Hausnummer 18, ein altersschwaches Gebäude in einem undefinierbaren Baustil, war zu groß für eine Privatwohnung. Wenn das Viertel noch weiter herunterkam, würde es als Leichenhalle enden.

Der allgegenwärtige Verfall war vorübergehend gestoppt worden, der hellblaue Anstrich so neu, daß er noch glänzte. Der Balkon mit filigranem schmiedeeisernem Geländer zog sich um den ersten Stock und verlieh dem Haus die typische Atmosphäre des French Quarter. Ein Neonschild – gewaltige Lettern in Schreibschrift verkündeten *Fontenot's.*

Der Name des Restaurants überraschte Spraggue nicht weiter. Sergeant Rawlins hatte Mary eine Liste mit dem Tascheninhalt des Toten gegeben. Unter den Schlüsseln und Kreditkarten befanden sich zwei interessante Dinge: fünf Hundert-Dollar-Scheine und eine vorbereitete Rede für die Entgegennahme des diesjährigen Preises der *Great Chefs of New Orleans* für den besten Küchenchef. Die Rede war alles andere als bescheiden. Wenn Fontenot Gelegenheit bekommen hätte, sie zu halten, hätten die Zuhörer Schlange gestanden, um ihn zu erstechen.

Mrs. Fontenot öffnete nach dem ersten Klingeln und blinzelte in die Sonne.

Sie trug eine frische, weiße Faltenbluse, in einen dunklen, weiten Rock gesteckt, wodurch die Taille viel zu schmal für ihre dralle Figur wirkte. Sie hatte markante Gesichtszüge und war sorgfältig geschminkt; eine Maske, die beinahe ihre geröteten Augen verbarg. Über Vierzig, dachte er, guter Teint, guter Kopf. Ihr dunkles Haar war aus der Stirn zurückgekämmt und hochgesteckt. Sie verströmte soviel angestrengte Munterkeit, daß Spraggue sich fragte, ob sie seit dem Mord überhaupt geschlafen hatte; sie sah aus wie jemand, der mit einer Katastrophe fertig wird, indem er jeden einzelnen Gegenstand aus einem Schrank nimmt, ihn abwischt und wieder zurückstellt.

«Oh, Gott», sagte sie. «Ich habe Sie schon erwartet.» Ihre Stimme klang müde und aufgeregt. «Von welcher Zeitung, sagten Sie, kommen Sie?»

Na, bitte. Deshalb betonten gute Schauspiellehrer immer, man solle sich nie auf eine Improvisation vorbereiten.

«Von der *Times*», nuschelte er schnell. Am ehesten würde natürlich jemand von der *Times-Picayune* hier aufkreuzen. Wenn er danebenlag, konnte er seinen Fehler immer noch überspielen und behaupten, er habe nach der Uhrzeit gefragt – und sich für vermeintliches Zuspätkommen entschuldigen.

«Ich hätte nie gedacht...» begann sie begeistert, dämpfte dann aber ihre Stimme, wie es sich bei einem Todesfall gehörte. «Ich, ich lese immer diese Geschichten in der Zeitung, wenn ich im Supermarkt vor der Kasse anstehe. Sie wissen schon: ‹Mutter von ermordetem Mädchen packt aus›, aber nie hätte ich mir träumen lassen, daß ich mal mit einem Reporter über meinen eigenen Mann reden würde, der in der Blüte seines Lebens dahingerafft wurde.»

Die falsche Zeitung, dachte Spraggue. Mrs. Fontenot hörte sich an, als hätte sie eines der schwülstigen Seifenoperndrehbücher auswendig gelernt, die sein Agent ihm immer wieder zuschickte. Ihre Worte besaßen einen merkwürdigen Rhythmus, eine unbekannte Melodie, die ihn an andere Stimmen erinnerte, an Doras französischen Singsang und Rawlins' näselnden Südstaatenakzent. «Von welcher Zeitung kommen Sie noch gleich?» wiederholte sie.

«Vom *Star*», korrigierte er hastig.

«Ich lese meistens den *Enquirer*», sagte sie entschuldigend. «Das hier sollte mal unser Restaurant werden.» Sie winkte ihn herein. «Sie sagten, Sie wollen vielleicht auch ein paar Fotos machen... Die Küche hat mein Mann entworfen. Wenn Sie eine Kamera hätten...»

«Ich wollte Sie gerade fragen, wo ich hier den nächsten Drugstore finde», unterbrach Spraggue sie aalglatt. «Mein Fotograf hat keine Filme mehr. Wenn ich ihn jetzt losschicke, damit er Nachschub holt, könnten wir die Story noch heute morgen unter Dach und Fach bringen.»

«Wunderbar. Ich hatte schon Angst, Sie würden es vielleicht erst am späten Nachmittag schaffen, wie Sie gesagt haben. Ein Drugstore. Wie wär's mit einem normalen Fotogeschäft? Es gibt eins ganz in der Nähe.» Sie deutete auf eine entfernte Kreuzung und sagte: «Es sind nur drei Blocks rechts von der Ampel dort. Direkt neben dem *KB*. Ein großes Geschäft. Man kann's gar nicht verfehlen.»

«Danke.» Spraggue hoffte, der «andere» Reporter würde zu einem Großfeuer gerufen. Er ging zum Taxi zurück, gab detaillierte Anweisungen zum hinteren Fenster und baute darauf, daß die grelle Sonne die Tatsache verbarg, daß lediglich Flowers im Wagen saß.

Dann öffnete er die Beifahrertür, wühlte in dem Kopfkissenbezug und kramte ein Notizbuch, zwei Kugelschreiber für seine Brusttasche und den Kassettenrecorder heraus, den er immer auf Reisen mitnahm, wenn er ein Engagement hatte. Versehentlich, aus reiner Gewohnheit, hatte er das Ding diesmal wieder eingepackt, um seinen Text und seine Einsätze zu üben. Jetzt war er froh über das Versehen. Als er den Recorder in die Hand nahm, merkte er, daß er sich in der Rolle des Reporters wohl fühlte. Er hatte mal einen in einem Fernsehkrimi gespielt. Damals hatte er Hornbrille und Mütze getragen.

«Kommen Sie doch bitte herein», sagte Mrs. Fontenot, als er wieder auf der Veranda stand.

Im Foyer war es dunkel und kühl und roch nach frisch lackierten Holzfußböden. Mehrere Innenwände waren eingerissen worden, um Platz für einen großen Speiseraum zu schaffen. Deckenventilatoren drehten sich träge. Die Inneneinrichtung wirkte etwas planlos, hier und da der Versuch, einen auf elegant zu machen: rote Velourstapete, goldene Wandleuchter. Aber der Boden war kahl, und an den Wänden hingen ungerahmte Stadtpläne und Speisekarten. Der Raum war mit Tischen und Stühlen vollgestopft, als hätte Fontenot mit großem Andrang gerechnet. Der Gesamteindruck war ein einziger Widerspruch: eine noble Imbißbude.

«Ich höre meinen Joe noch sagen, was für eine prächtige Reklame wir bekommen würden», seufzte Mrs. Fontenot traurig. «Nur, jetzt weiß ich nicht mehr so recht. Ich bezweifle, daß ich dieses Lokal je eröffnen werde. Wegen Joes Küche wären die Leute nach Gretna rausgekommen. Ganz gewiß. Meilenweit wären sie gefahren. Ich selbst bin auch eine gute Köchin. Kaum schlechter als Joe. Aber ich habe nicht Joes Ruf, und jetzt, tja, jetzt weiß ich nicht, ob ich noch die Kraft dazu habe.»

Spraggue brummte mitfühlend und kritzelte was in sein Notizbuch.

«Vermutlich könnte ich's verkaufen», fuhr sie fort. «Aber das käme mir wie, oh, wie Verrat vor. Joe hat so verdammt hart für dieses Restaurant gearbeitet. Es war sein großer Traum. Kommen Sie, Sie müssen sich einfach die Küche ansehen.»

Spraggue erhielt eine richtige Führung komplett mit Reliquienschau (Fontenots Lieblingspfanne für Crêpes) und Anekdoten (wie Fontenot Brotpudding mit Bourbon und Limonensauce für, äh, eine bekannte Schauspielerin gemacht hatte, die ein wenig übergewichtig ist, und sie – Mrs. Fontenot wollte aber bitte nicht, daß das gedruckt wurde!). In seiner Küche hatte Joe Fontenot an nichts gespart; entweder war sein Restaurant hochverschuldet oder finanziell ausgezeichnet ausgestattet. Seine Frau schwärmte in den höchsten Tönen von dem achtflammigen *Vulcan*-Gasherd und den Bratpfannenstapeln. Eine Zeitlang schien sie den Anlaß für seinen Besuch völlig vergessen zu haben. Ihr eher alltägliches Gesicht strahlte, und die scharfen Konturen wurden weich, was sie geradezu attraktiv erscheinen ließ. Sie beschwor den Eröffnungsabend herauf, die ersten begeisterten Gäste – und dann fiel ihr alles wieder ein, und ihr Gesicht zeigte ernste, niedergeschlagene Falten.

«Sie und Ihr Mann haben hier auch gewohnt?» erkundigte sich Spraggue.

«Ja, im ersten Stock. Dort oben haben wir noch gar nichts gemacht. Unsere gesamte Zeit, unsere ganze Energie ist in das Restaurant gegangen.»

«Ich würde gern Ihre Wohnung sehen. Das gibt der Story einen, wie soll ich sagen, warmen Akzent.»

«Aber es ist ein einziges Chaos. Die Kartons sind noch nicht ausgepackt, an den Wänden hängen keine Bilder ...»

«Das verstehe ich, Mrs. Fontenot. Ich werde keine Fotos machen.»

Sie zuckte mit den Achseln, als könnte das sowieso niemand verstehen. Aber sie gab nach. «Tja, wenigstens kann ich Ihnen oben einen Kaffee anbieten. Sie trinken doch Kaffee, oder?»

«Ja, sehr gern.»

«Ich glaube nicht, daß Sie mir schon Ihren Namen genannt haben. Falls doch, ist er mir leider entfallen.»

«Ed», sagte Spraggue. «Ed Adams.» Während er das sagte, fiel ihm ein, daß der Name aus einem *film noir* aus den Vierzigern mit Alan Ladd stammte, der einen Journalisten spielte, der in einem billigen Hotelzimmer eine Leiche fand.

«Sie sind nicht von hier?»

«Nein.»

«Das höre ich an Ihrem Akzent.»

Bisher hatte Spraggue immer geglaubt, er hätte keinen.

Oben war der Anstrich schmuddelig gelb. Keine Bilder an den Wänden, wie Mrs. Fontenot schon gesagt hatte, aber an den verblichenen Rechtecken war noch zu erkennen, wo die Vormieter ihre hängen hatten. An den Fenstern einfache, weiße Jalousien, keine Gardinen. Das gesamte Mobiliar sah abgelegt aus – ausgeleierte Sprungfedern, abgewetzte Polster.

«Wir wollten hier oben noch soviel machen», rief Jeannine Fontenot aus der winzigen Küche. «Ich habe die absolut perfekte Tapete gefunden, hellblau mit gelben Rosen. Wir wollten uns komplett neu einrichten, den ganzen alten Müll rausschmeißen.»

Kostet noch mehr Geld, dachte Spraggue. Er betrachtete zwei billig gerahmte Fotos auf dem staubigen Couchtisch. Das eine zeigte Joseph Fontenot; das andere war ein verblichener Schnappschuß von einem kleinen Kind, einem Mädchen mit Ringellöckchen und weißem Rüschenkleid. Wie sie lächelnd und in solch fröhlicher Unschuld zu dem Fotografen aufschaute, dachte Spraggue nur ungern daran, daß auch sie erwachsen wurde.

«So», sagte Fontenots Witwe, als sie sich mit einem Becher Kaffee, den sie mit Zichorien zubereitet hatte, auf dem Sofa niederließ, «was möchten Sie hören?»

«Alles», erwiderte Spraggue freundlich. «Ich brauche Hintergrundinformationen. Macht es Ihnen etwas aus, wenn ich den Kassettenrecorder mitlaufen lasse? Er hilft meiner Erinnerung auf die Sprünge, und ich möchte Sie auf jeden Fall richtig zitieren. Alles, was Sie mir vertraulich sagen, bleibt auch vertraulich.» Er lächelte zu ihr hinab und fragte sich, ob er vielleicht eine Spur zu sehr schleimte. Sein Bild von Boulevardzeitungs«reportern» war ausgesprochen negativ, bewegte sich in Richtung schmieriger, aalglatter Typen. Wenn er Zeit gehabt hätte, sich seiner Rolle entsprechend anzuziehen, hätte er sich für einen abgewetzten Anzug und eine knallige Krawatte entschieden.

«Ich glaube, das geht schon in Ordnung. Macht mich ein bißchen nervös. Was meinen Sie mit Hintergrundinformationen?»

«Ich möchte einen Artikel schreiben, der unseren Lesern ein zutreffendes Bild von Ihrem Mann vermittelt. Woher er stammt. Wie er gelebt hat. Was er erreicht hat. Wenn jemand auf so spektakuläre Art getötet wird, unmittelbar vor der Verleihung eines Preises, den er womöglich gewonnen hätte...»

«Mit *Sicherheit* gewonnen hätte. Da gibt's kein ‹womöglich›. In der Kategorie ‹bester Koch› hätte mein Mann genausogut allein kandidieren können. Niemand konnte ihm das Wasser reichen.»

Mrs. Fontenot hatte eines mit ihrem Mann gemeinsam – den festen Glauben, daß er in kulinarischer Hinsicht immer recht hatte. Sie biß sich auf die Lippe und fuhr fort: «Vielleicht ist das der Grund...»

«Der Grund für was?»

Sie dachte über ihre Worte nach, bevor sie weitersprach, und senkte ihre Stimme, als könnte ein Flüstern den Kassettenrecorder überlisten. «Es gibt ja soviel Neid. Sie würden es nicht für möglich halten. Man sollte meinen, es gäbe immer noch Platz für einen mehr, für einen talentierten Mann oder eine talentierte Frau mit Geschmack und Stil. Aber mein Mann – Sie würden es nicht glauben, wenn Sie ihm nur kurz begegnet wären, er war so charmant...»

Wenn er sich die Rede zur Annahme des Preises und Marys Urteil über den Mann vor Augen hielt, bedurfte es aber noch einiger Argumente, um ihn davon zu überzeugen.

«Er war so charmant», wiederholte Jeannine Fontenot angestrengt flüsternd, «aber viele Köche hier erkannten ihn nicht an, weil... es stimmt einfach und ist nicht geprahlt, weil er einfach besser war als sie.»

«Und Sie glauben, daß ...»

«Ich weiß, was Sie fragen wollen. Ob ich glaube, daß ihn einer der anderen Köche aus Eifersucht oder Mißgunst umgebracht hat?»

«Glauben Sie das?»

«Das muß jetzt unter uns bleiben», sagte sie. «Aber, ja. Ja, ich glaube, da könnte etwas dran sein. Eifersucht ist ein sehr starkes Gefühl.»

Die letzten Worte sagte sie mit solcher Eindringlichkeit, daß Spraggue sich schon fragte, wieviel sie über ihren Mann und Dora wußte.

«Oh», sagte sie entschuldigend. «Ich bin ziemlich weit vom Thema abgekommen. Sie wollen also mit der Herkunft meines Mannes anfangen?»

«Bitte, ich bin an Ihren Theorien über seinen Tod durchaus interessiert.»

Doch sie ließ sich nicht aufs Glatteis führen. Sie murmelte, daß sie später noch einmal darauf zurückkommen könnten.

«Vielleicht könnte ich mit der Ausbildung eines großen Kochs anfangen. Ist Ihr Mann in einer Familie aufgewachsen, die viel Wert auf gute Küche legte?» fragte Spraggue.

Sie lachte. «Er ist in einer Familie aufgewachsen, die viel Wert auf Essen legte. Sie waren arm wie die Kirchenmäuse! Sie hatten nicht einmal einen Topf, um Jambalaya darin zu kochen. Mein Mann ist im Bayou geboren. Ein echter Bayou Cajun, genau wie ich.»

Das erklärte den schwer definierbaren Akzent. Spraggue freute sich, daß er es aufnehmen konnte.

«Er war der Jüngste», fuhr sie fort, «der einzige Junge, und noch dazu ein richtig wilder Bengel. Komisch, bei all diesen Frauen war er derjenige, der am Ende in der Küche stand. Er hat immer gesagt, wenn ich jemals die Kochkünste seiner Mutter kennengelernt hätte, würde ich verstehen, wieso er selbst kochte – aus reiner Notwehr. Er hatte schon immer eine Nase für Essen. Wissen Sie, große Köche riechen oder schmecken nicht wie andere Leute. Es ist eine Gabe, genau wie das absolute Gehör eine Gabe ist. Es ist eine Kunst. Die Leute in New Orleans wissen das mehr als alle anderen in diesem Land zu schätzen, fast wie die Menschen in Frankreich.»

«Leben die Eltern Ihres Mannes noch?»

«Nein. Nein. Die Bayou Cajuns leben schnell. Die Mädchen sind mit siebzehn verheiratet und Mütter. Mit fünfzig sind sie so alt wie andere erst mit achtzig. Seine Eltern sind schon vor Jahren gestorben. Und seine Schwestern sind alle unter der Haube, und wir haben uns aus den Augen verloren. Kein besonders enger Familienzusammenhalt wie bei anderen. Er hatte einen Halbbruder – oder war es ein Stiefbruder? Etwa in seinem Alter. Sie waren enge Freunde, T-Bob und Joe, sind zusammen aufgewachsen. Zwei der drei Musketiere. Wir haben T-Bob eine Menge zu verdanken.»

«T-Bob? Warum ‹T›?»

«Sie sprechen kein Cajun. Eine Mischung aus Französisch, Englisch und ein paar eigenen Wortschöpfungen. T-Bob wurde wahrscheinlich nach seinem Vater benannt, und da hieß er eben ‹Petit Bob›, wissen Sie, *kleiner Bob*. Und daraus wurde dann ‹T-Bob›.»

«Verstehe.»

«Aber an T-Bobs Nachnamen kann ich mich nicht mehr erinnern.» Es war, als führte sie ein Selbstgespräch.

«Sie sagten, Sie hätten diesem T-Bob eine Menge zu verdanken.»

Überrascht schaute sie auf, als hätte sie vergessen, daß Spraggue da war.

«Ihm verdanken wir dieses Restaurant», sagte sie einfach. «Den Traum. Das alles hier ist unser Erbe von T-Bob. Er war so eng mit meinem Mann befreundet.»

«Ihr Mann muß sehr traurig gewesen sein, einen so guten Freund zu verlieren.»

«Ach, er hatte T-Bob schon lange nicht mehr gesehen.» Sie zögerte beklommen. «Und das Geld, das war schon eine wunderbare Überraschung. Die Antwort auf so viele Gebete.»

«Wann war das? Wann ist T-Bob gestorben?»

«Ich weiß nicht genau, wann er gestorben ist, aber das Geld kam vor etwa sechs Monaten. Wir haben in diesen sechs Monaten viel erreicht, dieses Haus gefunden, es umgebaut...»

«Sie erwähnten vorhin die ‹drei Musketiere›. Ihr Mann, T-Bob und...?»

«Ach, das ist schon so lange her», sagte sie. «Ich habe ein schlechtes Namensgedächtnis. Sie wollten doch etwas über die Kochkünste meines Mannes wissen?»

Spraggue lächelte unverbindlich, verfluchte aber stumm Mrs. Fontenots Hingabe, sich streng an ihr Manuskript zu halten. «Wann hat Ihr Mann zum erstenmal als Koch gearbeitet?»

«Freunde kamen immer wieder auf Besuch zur Essenszeit, wenn sie wußten, daß Joseph kochte. Sie brachten immer etwas mit. Sie wissen schon: ‹Ich hab ein Kaninchen. Wenn Ihr kleiner Joseph Lust hat, Kanincheneintopf zu machen, den er ja so verflixt gut hinkriegt, hilft meine Familie Ihnen bestimmt gern, alles aufzuessen.› Er lernte mit Nichts zu kochen. Er hatte auch keine Ausbildung. Er improvisierte einfach. Alles, was kreuchte und fleuchte, kochte er. Später machte er natürlich eine richtige Ausbildung. In Frankreich.»

«Das war vor Ihrer Ehe?»

«Nein. Nein. Bevor wir geheiratet haben, war noch gar nichts. Er war erst achtzehn, als wir geheiratet haben, und ich, ich war gerade eine Woche älter als siebzehn.» Der Schatten eines Lächelns huschte über ihr Gesicht, und zum erstenmal hatte Spraggue den Eindruck, daß sie den Ermordeten geliebt hatte.

Aber vor wie langer Zeit?

«Ich verstehe», sagte er. Es war ein Nicken mit Worten, eine Aufforderung – und sie fuhr fort.

«Wir lebten, wie unsere Eltern gelebt haben. Meistens sprachen wir Cajun-Französisch, und wir stellten Fallen und angelten und hatten unser Auskommen. Es gab immer genug zu essen, aber von dort, wo wir herkommen, bis hierher ist ein weiter Weg, glauben Sie mir.»

«Der Kaffee ist wirklich ausgezeichnet», sagte Spraggue aufmunternd. Er fragte sich, wieviel Band noch auf der Kassette war.

«Danke», sagte sie. «Es ist schon eine ziemlich gute Story, aber meine Story ist es nicht. Es ist Joes Story. Er wollte schon immer mehr. Er war im Bayou nicht glücklich, träumte immer von der großen Stadt. Allerdings nicht von Abbeville. Er träumte von Paris. Und eines Tages sagt er zu mir, daß er nach Frankreich müßte. Er sagt: ‹Kommst du eine Weile allein zurecht?› Sie müssen wissen, wir hatten nicht das Geld, daß wir beide reisen konnten. Er sagt: ‹Ich komme zurück, aber ich muß etwas anderes lernen. Ich kann nicht mein ganzes Leben hier bleiben.›»

In Gedanken in einer anderen Zeit, schwieg sie einen Moment.

«Es war schwer für mich, als er ging. Ich dachte, ich würde sterben, und das Baby, tja...» Sie lächelte das Foto auf dem Tisch an. «Das Baby war noch so klein. Ich, ich hatte meine Familie, und ich wußte, daß er zurückkommen würde... aber ich hätte nie gedacht, daß er so lange fortbleiben würde.»

«Wie lange?» hakte Spraggue schnell nach, dachte an die fehlenden Jahre, die Tante Mary nicht hatte nachprüfen können.

«Oh», sagte Jeannine, die Frage war ihr unangenehm, «sehr lange.»

«Und während dieser Zeit, was hat Ihr Mann da getan?»

«Alles, wovon er immer geträumt hat, vermute ich. Er lebte in Paris, und er wurde Koch. Er hat in ganz Frankreich gewohnt.»

Und in New Orleans mit Dora. «Hat er Ihnen geschrieben?»

Sie nahm einen Schluck Kaffee. «Mein Mann ist kein – war kein großer Briefeschreiber.»

«Aber Sie haben auf ihn gewartet.»

«Er hat gesagt, er würde zurückkommen, und er ist zurückgekommen. Zuerst habe ich ihn kaum wiedererkannt – er war krank gewesen. Aber nach einer Weile, als er wieder bei Kräften war, haben wir unsere Sachen gepackt und sind nach New Orleans gezogen, und er hat eine Stelle als Koch gefunden und hart gearbeitet und ist berühmt geworden – und dann das eigene Restaurant. Bei einem schicken New Yorker Verlag sollte auch ein Kochbuch von ihm erscheinen – und jetzt...»

Es klingelte an der Haustür. Als würde unten im Restaurant ein großer chinesischer Gong geschlagen.

«Das muß mein Fotograf sein», sagte Spraggue. Oder der echte Reporter, dachte er.

«Oh.» Mrs. Fontenot schob sich ein paar Haarsträhnen aus der Stirn und probierte ein zaghaftes Lächeln. «Wollen Sie nur Fotos vom Restaurant oder...»

«Es wäre wunderbar, wenn wir Sie auf ein paar Fotos mit drauf hätten. Falls es Ihnen nichts ausmacht.»

«Also...» sagte sie unsicher.

«Denken Sie darüber nach», drängte Spraggue, als sie die Treppe hinuntergingen. «Ich möchte nicht, daß Sie etwas tun und sich dann unwohl fühlen.» Er zitterte leicht, als er das sagte. Kannte dieser Reporter denn überhaupt keine Grenzen?

Als die Tür aufging, stand dort ein völlig verwandelter Flowers, ein Flowers, dessen Erfahrungen mit Berufsfotografen wahrhaftig bizarr gewesen sein mußten.

Er trug etwas, das wie eine kugelsichere Weste aus einem alten Kriegsfilm aussah, und hatte sich soviel Krempel umgehängt und umgeschnallt, daß er sich seitlich durch die Tür schieben mußte. An seinem Hals baumelte ein Belichtungsmesser wie ein überdimensionales Medaillon. An seinem Gürtel steckten Kleinbildfilme wie Kugeln in einem Patronengurt. Er trug eine verspiegelte Sonnenbrille und war ganz der dynamische, freundliche Fotograf.

«An was für Aufnahmen haben Sie gedacht?» fragte er Spraggue sofort, während er Jeannine Fontenot zur Begrüßung kurz zunickte. «Farbreportage à la *Schöner Wohnen*?» Er war kurz angebunden und geschäftsmäßig, ein echter Profi. Er amüsierte sich prächtig.

«Schießen Sie von jedem Raum ein paar Aufnahmen», sagte Spraggue. «Ich verlasse mich ganz auf Ihr Urteilsvermögen.» Leise fügte er hinzu: «Und lassen Sie sich Zeit.»

Solange Flowers mit soviel Genuß mitspielte, würde er sehen, was er oben in der Wohnung an persönlichen Gegenständen finden konnte. Gedankenverloren klopfte er auf seine Gesäßtasche und sagte: «Ich bin sofort wieder zurück. Ich habe mein Notizbuch oben liegenlassen.»

Was gelogen war, aber Mrs. Fontenot war bereits mit Flowers beschäftigt und diskutierte die besten Perspektiven. Spraggue fragte sich, ob Flowers überhaupt fotografieren konnte. Mit dem Mund auf alle Fälle.

Wieder oben, fragte sich Spraggue, wie lange er wohl rechtfertigen konnte, sein Notizbuch zu suchen. Er stopfte es unter ein Sofakissen.

Die in einer Ecke aufgestapelten braunen Kartons waren etikettiert, aber die Aufkleber verrieten nur den Raum, in den jeder Karton sollte: ERSTER STOCK, WOHNZIMMER. Weitere Informationen gaben sie nicht her. Das Klebeband, mit dem der oberste Karton verschlossen war, war locker, also half Spraggue ein wenig nach.

Bücher. Große Bücher. Zuerst dachte er, es wären nur Kochbücher, aber eines, senkrecht hineingesteckt, war so dick wie ein Sammelalbum.

Ein Fotoalbum. Den vergilbten Seiten nach zu urteilen, ein altes.

Ja. Wenn das Mrs. Fontenot war, mußte es, oh, zwanzig Jahre alt sein. Schnell blätterte er die Seiten durch. Offensichtlich hatte Joe Fontenot seine Frau gern fotografiert. Er war ein guter Amateurfotograf. War sie damals schon seine Frau? Sie hatte ein fotogenes Lächeln. Seite um Seite nur Jeannine Fontenot. Dann Seite um Seite die Tochter, das kleine Mädchen von dem Foto auf dem Couchtisch. Die Aufnahmen waren allerdings sehr viel unschärfer.

Das Telefon klingelte. Spraggue steckte das Buch wieder in den Karton und drückte das Klebeband fest. Zweimal läutete es, dann hörte es auf, unten im Restaurant wurde abgenommen. Er atmete wieder.

Dann ging er den Flur hinunter.

Küche, Schlafzimmer, Bad. Ob Fontenots Papiere alle noch in braunen Kartons verstaut waren?

Flowers hob seine Stimme, damit Spraggue ihn deutlich von der Treppe aus hören konnte. «Ich würde gern noch ein paar Aufnahmen von der Küche machen, aber wenn Sie meinen, das genügt...»

Spraggue drehte sich um und lief ins Wohnzimmer zurück. Er öffnete den Sicherungsbügel eines Fensters nach hinten hinaus. Dann zog er die Jalousie noch einen Zentimeter weiter runter, damit der Riegel nicht mehr zu sehen war, kniete sich vor das Sofa und schob eine Hand unter das Kissen.

«Da», sagte er triumphierend, zog das Notizbuch heraus und drehte sich um, als er Schritte auf der Treppe hörte. «Muß wohl hier reingerutscht sein. Sie hätten sich nicht bemühen müssen.»

Mrs. Fontenot war nervös. Entweder der Anruf oder Flowers hatte sie aus der Fassung gebracht. «Nein», sagte sie schnell, «darum geht es nicht. Ich habe einfach nur die Zeit vergessen. Ich muß Sie jetzt bitten zu gehen.»

Er hielt ihr den Recorder hin. «Aber ich habe noch Fragen.»

Sie schaute auf ihre Armbanduhr. «Nur noch ein paar», sagte sie.

«Sie wissen, daß wegen des Mordes an Ihrem Mann eine Frau verhaftet wurde, eine gewisse Dora Levoyer.»

«Das hat man mir gesagt.»

«Hat die Polizei Ihnen auch gesagt, warum gerade sie verhaftet wurde?»

«Schalten Sie den Kassettenrecorder aus.»

«Okay.»

«Ja, ich weiß, es wird erzählt, daß diese Frau vor langer Zeit seine Geliebte gewesen sei...»

«Seine Frau.»

«Lächerlich. Ich glaube es nicht. Punktum. Meiner Meinung nach ist es einfacher, sie zu verhaften, als den Neider zu suchen, denjenigen, der den Erfolg meines Mannes nicht ertragen konnte. Diese Frau, diese Miss Levoyer, sie ist nicht aus dieser Gegend, niemand kennt sie. Die Polizei möchte, daß die Angelegenheit keinen Staub aufwirbelt. Ich glaube es nicht. Das war's.»

«Mit wem sollte ich Ihrer Meinung nach noch sprechen, um mir ein vollständiges Bild von Ihrem Mann machen zu können?»

«Sie könnten mit Paul Armand reden. Im *Café Creole*. Er und Joe haben zusammen gearbeitet. Er kann Ihnen von Joes Kochkunst erzählen.»

«Wer noch?»

«Oh, eine Menge Köche hier in der Gegend. Sprechen Sie mit den Leuten vom Verband der *Great Chefs*, die werden Ihnen alle bestätigen, daß er sicher gewonnen hätte.»

«Was ist mit Denise Michel?»

«Die nicht. Sie kannte ihn kaum. Sie mochte ihn nicht. Von ihr würden Sie nichts erfahren.»

«Sie mochte Ihren Mann nicht? Wissen Sie, warum?»

«Das waren jetzt genug Fragen.»

«Besaß Ihr Mann ein *gris-gris*, eine Art Talisman, den er immer bei sich hatte?»

«Hat Ihnen die Polizei das gesagt? Hören Sie, er hatte einen Talisman, ja, aber das hatte keine besondere Bedeutung – wie eine Kaninchenpfote. Mein Mann war ein guter Katholik.»

Spraggue zuckte mit den Achseln. «Ich würde gern noch mit Ihrer Tochter sprechen, für den Artikel.»

«Nein.»

«Unsere Leser bekämen noch einen anderen Blickwinkel.»

«Nein. Meine Tochter sollte damit nicht belästigt werden. Es würde sie nur unnötig aufregen.»

«Geht sie in einer anderen Stadt zur Schule? Sie ist jetzt siebzehn, nicht wahr?»

«Achtzehn. Nein, sie ist in keiner anderen Stadt. Aber ich möchte nicht, daß Sie sie interviewen. Sie hat auch so schon genug durchgemacht. In diesem Artikel wird nichts von meiner Tochter stehen, damit das klar ist. Andernfalls wird es überhaupt keinen Artikel geben.»

«Aber ...»

«Hören Sie, ich bin in einer Zeit großer Trauer höflich zu Ihnen gewesen. Ich habe Ihre Fragen beantwortet, weil ich glaube, daß die Menschen wissen sollten, daß mein Mann wegen Neid und Eifersucht sterben mußte. Ich habe Ihnen erlaubt, Fotos zu machen.» Mrs. Fontenot schaute wieder verstohlen auf ihre goldene Armbanduhr. «Aber jetzt bitte ich Sie zu gehen.»

SECHS

Flowers beherrschte sich, bis sie die Türen des Wagens zuschlugen. Dann stieß er einen lauten Freudenschrei aus und fragte aufgeregt: «Wie war ich, Mann? Wie war ich?»

«Erste Sahne. Ich wünschte nur, Sie hätten sie etwas länger unten halten können. Ich wollte Fontenots Scheckbuch finden. Als er starb, hatte er fünfhundert Dollar bei sich, und es würde mich schon beruhigen, wenn ich wüßte, daß sie nicht von seinem Girokonto stammten.»

«Ich hab's ja versucht», sagte Flowers. «Aber nach dem Anruf war sie völlig verändert. Vorher hat sie an ihren Haaren gefummelt und war scharf darauf, daß ich sie nach Herzenslust knipste. Danach wollte sie mich nur noch so schnell wie möglich loswerden.»

«Tja, Sie haben Ihre Sache gut gemacht. Sehr echt. Woher haben Sie übrigens die Kameraausrüstung?»

Flowers klopfte auf den Kissenbezug auf dem Beifahrersitz. «Theaterrequisiten! Die habe ich von meinem Schwager. Der wohnt hier ganz in der Nähe. Für die Strecke hab ich alle Rekorde gebrochen. Allerdings muß ich das Zeug heute abend wieder abliefern, sonst kriegt meine Schwester gewaltigen Ärger.»

«Haben Sie wirklich was fotografiert?»

Flowers brauste auf. «Natürlich! Und mein Schwager wird die Filme entwickeln – zu einem guten Preis. Ich hab die Zimmerverteilung und alles aufgenommen, wissen Sie, wie wenn man einen Banküberfall plant. Als wollten wir später einbrechen. Hab Türen und Fenster geknipst. Eine Nahaufnahme vom Schloß der Haustür gemacht...»

«Sie besitzen wirklich kriminelle Energie.»

«Es hat mir mordsmäßig Spaß gemacht», sagte Flowers. «Wenn Sie einen Vollzeitassistenten brauchen, sagen Sie mir Bescheid.»

«Was, oben in Boston?»

«Nicht im Winter.»

«Das könnte unsere Partnerschaft einschränken.»

Flowers' Begeisterung war unvermindert. «Tja, und was machen wir jetzt?»

«Warum hat sie uns so schnell rausgeschmissen?» dachte Spraggue laut nach.

«Ich hab's Ihnen doch schon gesagt, wegen diesem Anruf.»

«Wer hat angerufen?»

«Keinen Schimmer.»

«Haben Sie mitgehört?»

«Klar», sagte Flowers.

«Sie muß den Anrufer doch irgendwie angeredet haben. Denken Sie nach. Als sie ans Telefon ging, hat sie hallo gesagt, und dann...»

«*Liebling*!» sagte Flowers triumphierend. «Sie hat ‹*Liebling*› gesagt!»

«Ah», machte Spraggue. «Vielleicht sollten wir dann besser noch ein Weilchen hier warten.»

«Ein Liebhaber, stimmt's?» fragte Flowers. «Sie glauben, es war ihr Liebhaber, dieser ‹*Liebling*›? Sie glauben, vielleicht hat sie ihren Alten umgelegt, weil sie einen Lover hat?»

«Ich glaube, es ist die Tochter. Sie wollte nicht, daß ich mit ihrer Tochter spreche. Und falls das liebe Töchterchen angerufen hat, um zu sagen, daß sie zu ihr unterwegs ist, und Mama nicht wollte, daß sich unsere Wege kreuzten...»

«Glauben Sie, die Tochter hat ihren Daddy umgebracht?»

«Mama will nicht, daß wir mit ihr sprechen. Jedesmal, wenn jemand nicht will, daß ich mit jemandem spreche, schießt dieser jemand automatisch an die Spitze der Liste meiner Wunschgesprächspartner.»

Flowers grinste.

Spraggue schaute auf die Uhr. «Das Problem ist nur, ich hab eine Verabredung zum Mittagessen.»

Ein dunkelgrüner VW Golf fuhr in die schmale Gasse neben dem Restaurant.

Die Fahrerin bewegte sich schnell, wie eine sehr junge Frau. Sie lief die Treppe vor dem Haus hinauf, klopfte an und verschwand im Inneren. Spraggue notierte sich das Nummernschild des grünen Golf in seinem angeblichen Reporternotizbuch und drehte sich dann zu Flowers um. «Wenn ich Sie hier zurücklasse, damit Sie Fontenots Tochter im Auge behalten, könnten Sie mir dann ein anderes Taxi rufen, das mich zurück ins Quarter bringt?»

«Könnte ich. Ist aber trotzdem reinste Zeitverschwendung. Schlendern Sie einfach um den Block zu *Le Ruth's*. Um die Mittagszeit fährt so ziemlich jeder Tourist aus dem Quarter mit dem Taxi dorthin. Jeder Kollege ist entzückt, wenn er eine Rückfuhre kriegt.»

«Okay.»

«Und ich werde diese Lady für Sie scharf im Auge behalten. Was wollen Sie wissen?»

«Wo sie wohnt. Wo sie arbeitet. Wo ich sie finden kann, wenn ich sie sprechen will.»

Der Taxifahrer gluckste begeistert. «Folgen Sie der Dame, stimmt's?»

«Sie haben's erkannt», sagte Spraggue. «Aber holen Sie mich rechtzeitig zu dieser Hoodoo-Zeremonie heute abend im Hotel ab.»

SIEBEN

«Paul Armand wird uns zum Dessert Gesellschaft leisten», verkündete Tante Mary zufrieden, während sie sich mit einer Leinenserviette den Mundwinkel abtupfte.

«Dessert?» Spraggue legte schützend die Hand auf den Bauch. «Solltest du irgendwelche Pläne für mich gemacht haben, was das Abendessen betrifft, mach sie rückgängig. Vielleicht will ich mal wieder als Schauspieler arbeiten, und Falstaff ist die einzig gute Rolle für einen fetten Mann, die ich kenne.»

«Ich habe noch nie erlebt, wie du einen Verdächtigen in die Mangel nimmst», sagte Mary vergnügt. «Ich freue mich schon darauf.»

Das *Café Creole* war kaum die richtige Umgebung für ein verschärftes Verhör. Im Vergleich zu diesem Restaurant wirkte Fontenots Lokal wie ein billiges Eck-Bistro. Rosa Seidentapeten und dunkle Holztäfelung. Schwere Kronleuchter strahlten. Das eigentliche Restaurant war ein Traum von Ballsaal wie aus einer Plantagenbesitzervilla aus der Zeit vor dem Bürgerkrieg und komplett mit einem Überschuß an Ladies und Gentlemen, die auf Tische warteten. Die Schlange reichte bis weit auf die Bourbon Street hinaus und den Block hinunter. Die elegant gekleidete Schar konnte in zwei Strip-Lokale – in einem wurde «Spaß mit Männern» geboten und im anderen eine «Collegemädchen-Live-Revue» – und in eine Gartenkneipe glotzen, in der ein Cajun-Fiedler auf einer improvisierten Bühne herumstampfte und kreischte.

Spraggue war es unangenehm gewesen, sich an der Schlange vorbeizumogeln, aber Mary hatte ihm versichert, daß das alle Stammgäste machten. Sie waren dann auch sofort und mit feierlichem Brimborium an einen Tisch geführt worden, wo bereits eine Flasche Champagner mit den besten Empfehlungen von Monsieur Armand auf sie wartete. Dem steifen Kellner mit dem gewichsten Schnurrbart war das durchaus nicht entgangen, und die Bedienung war vorbildlich gewesen, genau wie die *Austern Bienville* und die weichschaligen Krabben. Mit Mary essen zu gehen war eben so. Irgend etwas an ihrem Auftreten spornte Kellner und Köche immmer zu Höchstleistungen an. Vielleicht sah sie aus wie eine Restaurantkritikerin.

«Kann ich irgendwie helfen?» fragte sie eifrig. «Bei Armand?»

«Sei einfach nur interessiert», erwiderte Spraggue.

«Das bin ich.»

«Wenn er gern redet, laß ihn reden. Solche Leute sind immer auf der Suche nach aufmerksamen Zuhörern. Wenn er nicht zur geschwätzigen Sorte gehört, schrauben wir unser Interesse einfach auf ein höheres Niveau. Ich habe schon erlebt, wie du mit deinen Geldleuten umgehst. Plötzlich hängst du förmlich an ihren Lippen...»

«Das ist nichts als gesunder Menschenverstand...» begann Mary.

«Das ist Schauspielerei.»

Als Paul Armand den Raum durchquerte, folgten ihm die Blicke der Gäste, und ein leises Raunen erhob sich, als einige Insider den Koch erkannten und ihren Tischpartnern zuflüsterten, wer er war. Ein großer Mann mit gebeugter Haltung. Er sah aus, als hätte man ihn dabei erwischt, wie er sich über einen Soßentopf beugte. Früher mußte er schlank gewesen sein, aber das Alter und die Haute Cuisine holten ihn in Form eines vorstehenden Bauches ein, den er manchmal einzuziehen vergaß. Als er sich der Blicke bewußt wurde, die ihm, mit der Kochschürze und der hohen, weißen Toque auf dem ergrauenden Haar, folgten, gab er sich Mühe und straffte die Schultern. Mit seinem schmalen, abgespannten Gesicht und den buschigen Augenbrauen war er eine beeindruckende Gestalt.

Er deutete eine höfliche Verbeugung in Marys Richtung an. Wegen seines Namens und Aussehens erwartete Spraggue einen, wenn auch vielleicht falschen, französischen Akzent, aber Armands Redeweise war eindeutig tiefer amerikanischer Süden, breit und mit singendem Tonfall. «Miz Hillman? Sehr erfreut, Sie wiederzusehen. Ich will hoffen, daß die äußeren Umstände diesmal angenehmerer Natur sind als bei unserer letzten Begegnung – auch wenn ich bezweifle, daß das Essen annähernd so gut ist.»

Mary erwiderte seine Förmlichkeit. «Mr. Armand, ich möchte Ihnen meinen Neffen vorstellen, Michael Spraggue. Das Essen auf dem Preisverleihungsbankett war exquisit, aber ich habe auch hier keinen Anlaß zur Kritik gefunden.»

Nachdem die Artigkeiten ausgetauscht worden waren, ließ Armand sich auf einen Stuhl sinken, und der Bauch kam aus seinem Versteck. Er sagte: «Sind Sie ebenfalls Köchin?»

«Nein», erwiderte Mary, «aber ich bin eine leidenschaftliche Esserin, und ich weiß nicht, wo oder ob ich überhaupt jemals eine feinere Soße gekostet habe als die zu diesen Krabben.»

«Ah.» Armand lächelte. Seine Finger waren auf dem Tisch beschäftigt, richteten automatisch das Silberbesteck vor ihm aus, exakt zweieinhalb Zentimeter von der Tischkante entfernt. «Sie sind eine gefährliche Frau. Sie haben mich völlig entwaffnet, und ich werde Ihnen alles sagen, was immer Sie wissen möchten. Sie sagten, Sie arbeiten für diese Frau, die beschuldigt wird, den armen Joseph ermordet zu haben. Denise hat mir die ganze Geschichte erzählt, daß sie mit Joe verheiratet war und so weiter. Oder es doch wenigstens glaubte. Ich persönlich bin der Meinung, daß die Cops völlig danebenliegen, aber ich wüßte wirklich nicht, wie ich helfen könnte.»

Der arme Joseph. Spraggue betrachtete den Mann interessiert. Hatte er hier einen Freund von Joe Fontenot gefunden, jemanden, der sein Verscheiden betrauerte?

«Ich habe das Dessert bereits bestellt», sagte Armand unvermittelt, als die Kellner um ihren Tisch herumzuwieseln begannen. «Zuerst etwas vom Käsewagen, ein *chèvre* mit einem Hauch Asche, danach eine Auswahl winziger französischer Obsttorten und *café filtre.*»

Mary nickte zufrieden, und Spraggue fiel noch eine Rolle für einen fetten Schauspieler ein: Big Daddy in *Die Katze auf dem heißen Blechdach.* Zu Armand sagte er: «Das hört sich ja an, als wären Sie mit Fontenot befreundet gewesen.»

«Das war ich sicherlich», antwortete Armand ernst. Sein Blick löste sich keine Sekunde lang von den Händen der Bedienung. Ein junger Kellner, der sehr wohl merkte, wie intensiv er gemustert wurde, hätte den «*chèvre* mit einem Hauch Asche» beinahe auf den Teppich gekippt.

«Was können Sie mir über ihn erzählen?» fragte Spraggue.

«Um dieser Lady aus dem Gefängnis zu helfen?»

«Dora Levoyer», erinnerte Mary ihn. «Sie saß beim Bankett an unserem Tisch.»

«Oh, ja, der Name war mir entfallen. Sie ist – oder besser gesagt, sie war – eine gute Köchin. Habe sie irgendwann aus den Augen verloren. Habe den Namen schon eine ganze Weile nicht mehr gehört.»

«Sie arbeitet nicht mehr in der Gastronomie», sagte Mary. «Sie steht in privaten Diensten. In meinen.»

«Ah.» Armands buschige Augenbrauen hoben und senkten sich. «Dann arbeitet sie also für Sie, nicht andersherum – und ich weiß Ihr Kompliment über meine Krabben um so mehr zu schätzen. Nun möchte ich Sie allerdings um ein wenig Geduld bitten. Ich dachte, die Polizei hätte alles fest im Griff.»

«Wir glauben nicht, daß Dora jemanden ermordet hat», sagte Spraggue.

«Ja, da haben Sie wahrscheinlich recht.» Armand seufzte und schnippte mit einem gepflegten Fingernagel einen Baguettekrümel von der Tischdecke. «Aber wenn sie es nicht war, könnte sich das hier unten leicht zur Büchse der Pandora entwickeln.»

«Vielleicht fangen wir einfach damit an, wie Sie Joseph Fontenot kennengelernt haben», sagte Spraggue.

«Ich vermisse ihn», sagte Armand leise, als wäre ihm peinlich, es zuzugeben. «Ich bin wirklich überrascht, daß es so ist. Joe war ein schwieriger Mann, ein sehr schwieriger Mensch... aber auf seine Art war er ein Künstler, und, ja, ich glaube schon, daß ich ihn vermisse. Vielleicht ist es der Schock. Vielleicht kommt es mir vor, als wäre ich selbst ein kleines Stück gestorben. Ich kannte ihn schon so lange. Natürlich ist es sicher auch ein wenig Trauer um mich selbst. Wenn ein so enger Freund stirbt, wird einem plötzlich bewußt, daß eines Tages die Leute diese netten – und weniger netten – Dinge über einen selbst sagen, und man kann es ihnen nicht mehr heimzahlen. Da fühle ich mich alt.»

Alles klar, ein Schwätzer, dachte Spraggue.

«Wie lange haben Sie ihn denn gekannt?» erkundigte er sich. Vielleicht hatte er hier jemanden gefunden, der Licht in die fehlenden Jahre bringen konnte.

«Seit meiner Kindheit. Ich kannte ihn aus dem Bayou. Ich kannte seine Familie. Er war derjenige, der einmal der berühmte Koch werden sollte – aber ich schaffte es zuerst, und er kam wegen eines Jobs zu mir.»

«Wann war das?»

Armand legte die Stirn in Falten, schürzte die Lippen und war so in Gedanken versunken, daß er sein Aussehen ganz vergaß. «Vor acht, neun Jahren. Vielleicht ist es auch etwas länger her – ich kann mir nie genau merken, wann etwas passiert ist. Ich hatte ihn jedenfalls lange nicht gesehen.»

«Wie lange?»

«Lange genug, daß ich ihn nicht einmal mehr erkannt habe. Mein Gott, die Menschen verändern sich. Die Brille und das steife Bein. Er sah aus, als hätte er eine schwere Zeit hinter sich, und mein Restaurant lief gut. Einmal, ich glaube, da war ich noch ein kleiner Junge, ein Teenager vielleicht, da habe ich ihm gesagt, er solle zu mir kommen, falls er je Arbeit suchte. Wissen Sie, ich bin nicht wie er im Bayou geboren. Ich bin immer mit meinem Onkel zum Fallenstellen und Angeln dort hingefahren. Mit meinem reichen Onkel, wie Joe ihn immer nannte, denn ein Mann, der ein Boot besitzt, mußte einfach reich sein. Joe hat uns damals immer die Stellen gezeigt, an denen man die besten Langusten, die besten *sac-a-lait* – das sind Flußbarsche – und so weiter fangen konnte. Wir haben früher viel übers Erwachsenwerden gequatscht, wie's Jungs eben so tun, und ich träumte davon, daß mein reicher Onkel starb, und ich ein feines Restaurant eröffnete und Joe bei mir kochen würde. Er träumte davon, daß er einen Topf voll Gold fand oder ein reiches Mädchen heiratete und auch ein feines Restaurant eröffnete. Mein Traum verwirklichte sich schneller.»

Armand kostete ein Stückchen Himbeertorte und nickte anerkennend. Ein Kellner verzichtete darauf, weiter um uns herumzulungern, und verschwand.

«Zuerst», fuhr Armand fort, «konnte ich kaum glauben, daß dieser Mann der gleiche Mensch war wie der Junge, aber als ich sein *Gumbo* kostete, da wußte ich, das war derselbe alte Joe.»

«Kam Fontenot gut mit dem übrigen Personal aus?»

Armand hörte auf, die Himbeertorte sorgfältig zu sezieren, und hob den Blick. «Wenn ich das behaupte, sagen die anderen, ich lüge», räumte er ein. «Joe war schwierig, und das ist eigentlich schon alles.»

«Inwiefern?»

«Hmm...» Die Augenbrauen wiederholten die inzwischen bekannte Heben-und-Senken-Nummer. «Er war etwas Besonderes. Er war talentiert. Und ich glaube, er meinte, für den kreativen Chefkoch sollten besondere Verhaltensmaßstäbe gelten. Er hielt sich für etwas

Besseres als alle anderen. Nun muß ich sagen, er war *tatsächlich* talentiert. Bei einem Mann ohne Talent wäre sein Verhalten absolut unerträglich gewesen. Aber Joe, der wußte sehr genau, was er sich herausnehmen konnte. Er wußte, daß wir gut auf einen alten Salatkoch verzichten konnten oder auf einen Saucier in der Ausbildung. Jedenfalls erheblich problemloser, als *ihn* zu verlieren. Weil er gut war. Er war etwas Besonderes. Aber uns allen wäre wahrscheinlich lieber gewesen, wenn er uns nicht dauernd daran erinnert hätte.»

«Gab es zwischen ihm und dem übrigen Personal Streit?» fragte Spraggue.

Armand warf den Kopf zurück und lachte. Spraggue fand das Lachen genauso angespannt beherrscht wie das gesamte Verhalten des Mannes.

«Streit!» wiederholte Armand. «Seit Joe fort ist, herrscht in meiner Küche eine Ruhe wie in einer Bibliothek. Niemand brüllt mehr. Vorher war es wie in einer Cajun-Kaschemme an *Mardi Gras*. Natürlich mag das auch daran liegen, daß ich jetzt dort bin. Die Köche haben vor mir ein wenig Angst. Seit Joe gegangen ist, koche ich wieder mehr selbst.»

«Seit wann ist er fort?»

«Seit ungefähr sechs Monaten. Mir war immer klar, daß er ein eigenes Restaurant aufmachen würde, sobald er genug Geld zusammen hatte. Er hat, weiß Gott, soviel wie möglich von seinem Gehalt gespart, hat, so viele Mahlzeiten er nur konnte, von mir geschnorrt.»

«Sie klingen nicht, als hätten Sie was dagegen gehabt.»

«Ich konnte es ihm nicht verübeln. Ich wollte auch immer mein eigenes Lokal. Und in New Orleans ist Platz genug für ein weiteres gutes Restaurant. In anderen Städten vielleicht nicht. Aber hier geht jeder zum Essen aus, und Konkurrenz ist gut für uns alle. Wenn die Leute bei Fontenot essen gehen, kommen sie anschließend wieder zu mir, weil sie wissen wollen, ob ich immer noch so gut bin, und wenn sie sich nicht sicher sind, müssen sie wieder zu Fontenot, um es zu überprüfen, und dann wieder zu mir ... Verstehen Sie?»

«Jeannine Fontenot glaubt nicht, daß viele Restaurantbesitzer in New Orleans mit Ihnen in diesem Punkt einer Meinung sind.»

«Ach, Jeannine. Stößt sie schon wieder in dieses Neid-und-Eifersucht-Horn? Daß alle gegen ihren Joe waren? Na, sie wird schon sehen. Wenn sie das Lokal eröffnet, wird sie jeden Abend ein volles Haus haben, und uns anderen wird es nicht im geringsten schaden.»

«Sie hat auf mich nicht den Eindruck gemacht, als würde sie eröffnen. Ohne Joe als Publikumsmagnet.»

«Sie redet Scheiße!» Das letzte Wort formte Armand leise mit den Lippen und vergewisserte sich mit einem schnellen Blick zu Mary, daß er sie nicht beleidigt hatte. «Vielleicht wissen Sie nicht, was für eine ausgezeichnete Köchin diese Dame ist. Im übrigen war sie auch nicht etwa nur auf dem Bankett, weil sie Joes kleine Frau ist. Vielleicht hat Joe ihr das eingeredet, aber sie war wegen ihrer eigenen Leistungen dort, als Mitglied der *Great Chefs of New Orleans*. Verdammt, sonst hätte ich doch meine Frau auch mitgenommen, wenn sie freibekommen hätte.»

«Kocht Ihre Frau auch?» ließ Mary einfließen.

«Sie ist Krankenschwester. Macht immer Nachtschichten.»

«Wissen Sie, woher Fontenot das Geld für die Eröffnung seines Restaurants hatte?»

«Ersparnisse, soweit ich weiß. Er hat hart gearbeitet. Ich habe ihn gut bezahlt, und er hat jeden Dollar zweimal umgedreht. Möchten Sie vor dem Kaffee noch ein Törtchen?»

«Nein, vielen Dank», sagte Spraggue. «Sie sind wirklich wunderbar, aber ich krieg keinen Bissen mehr runter ...»

«Sehr gern», sagte Mary.

«Aprikose oder Himbeer?»

«Aprikose.»

«Kaffee?»

«Bitte.»

«Haben Sie jemals gehört, daß Fontenot von einem Verwandten gesprochen hat, einem Halbbruder oder Stiefbruder namens T-Bob?» Spraggue hatte kaum Zeit, die Frage zu stellen, da waren sie schon von Kellnern umringt. Mary bekam ihr Törtchen. Sein Teller verschwand und wurde von einer Kaffeetasse mit einem winzigen Filter darauf ersetzt.

«T-Bob?» wiederholte Spraggue.

«Kommt mir zwar bekannt vor», erwiderte Armand, «aber ich wüßte nicht, woher.»

«Hat Fontenot vielleicht geerbt, bevor er Sie verlassen hat?»

«Falls dem so war, hat er mir gegenüber zumindest nichts davon erwähnt. Aber wenn ich jetzt so darüber nachdenke, würde das die Größe seines neuen Restaurants erklären. Ich dachte, er würde klein anfangen, nicht gleich mit einem Monster wie diesem Lokal. Ich dachte, er hätte vielleicht ein Darlehen aufgenommen – noch dazu ein beträchtliches. Ich dachte, vielleicht hat er einen Bankier zum Freund. Oder...»

«Oder...»

«Was ich Ihnen jetzt sage, habe ich in der Küche aufgeschnappt. Küchenklatsch, verstehen Sie? Hack ein bißchen, quatsch ein bißchen, rühr ein bißchen, tratsch ein bißchen. Jedenfalls, ich habe gehört, daß sich Joe mit dem Exposé für ein Kochbuch an *Simon and Schuster* gewandt hat. Sie wissen schon, der Verlag, in dem auch Denise Michels Kochbücher erscheinen. Und es hieß, daß Fontenot drauf und dran war, die Michel als unsere hiesige Kochbuch-Millionärin zu verdrängen. Ich dachte, vielleicht...»

«Vielleicht?» soufflierte Spraggue.

«Hmmm...» Armand schien ungern weiterzureden, aber dann sprudelten die Worte heraus. «Ich habe mich nur gefragt, ich dachte, vielleicht war eines seiner Geschäfte fehlgeschlagen, entweder die Sache mit den Kochbüchern oder das Darlehen oder sonst was.»

«Wie sind Sie darauf gekommen?» erkundigte sich Mary. «Ich fand ihn auf dem Bankett ziemlich selbstzufrieden.»

«Ja, klar. Gar keine Frage», sagte Armand. «Aber das könnte auch Stolz gewesen sein. Joe war ein sehr stolzer Mann. Großspurig. Ließ nie eine Gelegenheit aus zu erzählen, daß er ein Niemand war und mit Nichts angefangen hat und dann der beste Koch von New Orleans wurde. Die Gerüchte kamen erst nach seinem Tod auf, wissen Sie. Ich habe immer wieder darüber nachgedacht, wer es gewesen sein könnte. Und mir ist niemand eingefallen. Ich habe mich gefragt, ob die Polizei nicht vielleicht auf der falschen Fährte ist. Es ist schrecklich, so etwas zu sagen, bei etwas so Schrecklichem wie Mord, aber ich frage mich immer wieder, ob Joe es nicht vielleicht selbst getan hat. Ich meine, er hat so hart für dieses Restaurant gearbeitet, und falls er wußte, daß ihn etwas daran hindern würde, es auch zu eröffnen... Geldschwierigkeiten vielleicht. Oder wenn er eine furchtbare Krankheit hatte. Krebs...»

«Selbstmord mit dem Messer ist nicht gerade weitverbreitet», meinte Mary.

«Ich weiß. Aber Joe kannte sich mit Messern aus, konnte mit Messern umgehen.»

«War er der Typ, der seinen eigenen Tod inszenieren würde, um jemand anderen sozusagen in Teufels Küche zu bringen?» fragte Spraggue. Fontenot hatte an dem Seminar teilgenommen, daher war es durchaus möglich, daß er Doras Messer eingesteckt hatte. Der Eintrittswinkel der Tatwaffe mußte überprüft werden.

«Ob er ein rachsüchtiger Mensch war, wollen Sie wissen? Das muß ich leider bejahen. Joseph war ganz sicher niemand, der einfach vergeben und vergessen konnte. Eine Kränkung vergaß er niemals. Aber daran habe ich gar nicht gedacht. Ich dachte vielmehr, vielleicht hat er einen Abschiedsbrief hinterlassen, den nur noch niemand gefunden hat. Oder jemand hat ihn gefunden, will aber nicht...»

In diesem Augenblick erhob sich ein Raunen. Köpfe drehten sich. Es war beinahe eine Wiederholungsvorstellung. Wie bei Armands Erscheinen stießen sich die Leute an und tuschelten, nur diesmal breitete sich die Unruhe wellenförmig vom Eingang des Lokals her aus und nicht von der Küchentür. Eine wichtige Persönlichkeit war hereingekommen.

Er kam Spraggue vage bekannt vor, so wie jemand, den man nur aus dem Fernsehen kennt. Der Mann war dick, fast breiter als hoch. Sein Teint war teigig, er hatte erstaunte blaue Augen, eine winzige, kindliche Nase und dünnes braunes Haar, mit einem tief angesetzten Linksscheitel aus über die beginnende Glatze gekämmt. Irgendso ein Klon von einem Restaurantkritiker aus dem Fernsehen. Soundso Hampton. Er kam auf sie zu und strahlte sein bestes Fernsehlächeln. Seine Zähne waren in Ordnung.

«Oh, da ist er ja», sagte Mary. «Ich habe Harris Hampton eingeladen, uns doch Gesellschaft zu...»

Armands Gesichtsausdruck ließ sie verstummen. Wie der Blitz war der Restaurantbesitzer von seinem Stuhl aufgesprungen und hatte dabei seinen Kaffee verschüttet. Er wartete, bis der fette Mann so nahe war, daß er ein Flüstern verstand, dann brüllte er: «Raus!»

Der Mann blieb wie angewurzelt stehen. Die anderen Gäste erstarrten, die Gabeln auf halbem Weg zum Mund.

Armand dämpfte seine Stimme, doch seine Wut war deutlich sichtbar. «Los. Raus jetzt!»

Mary erhob sich und wirkte winzig neben Armand. «Tut mir leid», sagte sie verwirrt. «Ich wußte ja nicht...»

«Das konnten Sie auch nicht wissen.» Armand erteilte Mary mit einer wegwerfenden Handbewegung Absolution. «Aber dieser Scharlatan, dieser Rezeptdieb, dieser Freund aller Hausfrauen, er weiß ganz genau, daß er niemals auch nur einen einzigen Schritt in eines meiner Restaurants tun darf.»

«Nicht mal...» begann Mary.

«Tut mir leid», sagte Armand mit einer Erhabenheit, die selbst einem Kaiser zur Ehre gereicht hätte. «Meine Entscheidung ist unumstößlich. Thomas!» – an den Oberkellner gerichtet – «begleiten Sie diese Person hinaus.»

Spraggue beobachtete die Szene und dachte, daß Fontenot hier nicht der einzige nachtragende Küchenchef war.

«Bitte, Mr. Hampton», sagte Tante Mary, «wenn Sie in meinem Hotel vorbeischauen könnten – in einer halben Stunde vielleicht. Das *Imperial Orleans*. Ich würde Sie gern auf einen Drink einladen...»

Harris Hampton blieb nichts übrig, als zu nicken und einen so würdigen Abgang zu machen, wie seine roten Wangen und sein wackelndes Hinterteil es zuließen.

«Tut mir sehr leid», äußerte Mary noch einmal, als die Gäste sich wieder ihrem Essen widmeten und das aufgeregte Summen geflüsterter Unterhaltungen sich gelegt hatte.

Armand stellte seine Kaffeetasse auf die Untertasse zurück und bedeutete einem Kellner mit einem kurzen Nicken, eine saubere Serviette über den braunen Fleck auf der Tischdecke zu legen. «Dieser Mann! Es war reine Bosheit, daß Denise ihn an dem Abend ausgerechnet mit Joe und mir an einen Tisch gesetzt hat. Sie wußte es.»

«Wußte was?»

«Wie sehr ich diesen Mann hasse. Aber Denise Michel, sie haßt ja nun *alle* Männer, und vielleicht fand sie es urkomisch, uns zusammenzusetzen und darauf zu warten, daß die Fetzen flogen. In dieser Denise steckt ein Teufel.»

«Aber bestimmt wird...» setzte Mary besänftigend an.

«Sie suchen einen Mörder?» sagte Armand. «Da geht er. ‹Mörder› ist noch ein freundliches Wort, ein nettes Wort für einen Mann, der ein Rezept veröffentlicht, behauptet, es sei von mir, aus meinem Restaurant, gekocht von dem großen Fontenot... und als Zutat *Margarine* nennt! Margarine!»

Spraggue sah Mary nicht an. Er wußte genau, daß sie kurz vorm Losprusten stand und er mitlachen würde.

«Ich meine, wer ist dieser Wicht? Was bildet er sich ein, wer er ist? Ein Nichts von einem Emporkömmling, jawohl. Keinerlei Referenzen. Kocht mit Konserven. Sogar sein Name ist unecht. Merkt man auf einen Kilometer Entfernung. Erfunden für eine Zeitungskolumne. Wo kommt er her? Hat er überhaupt von irgendwas eine Ahnung?» Armand trank einen großen Schluck Kaffee, holte tief Luft und fuhr in gedämpfterem Tonfall fort: «Ich sage Ihnen, wenn Harris Hampton an diesem Abend ermordet worden wäre, würde ich dieses Verdienst für mich selbst in Anspruch nehmen. Ich müßte mich allerdings vor dem Polizeirevier in einer langen Schlange anstellen, wissen Sie, einer Schlange von Köchen, die sich rühmen würden, allen Feinschmeckern dieser Erde einen großen Dienst erwiesen zu haben. Es wäre ein klarer Fall von Notwehr gewesen.»

«Hat Joe Fontenot Ihre Meinung über Harris Hampton geteilt?» fragte Spraggue.

«Hampton hat seine Fluß- und Goldbarsch-*cu-bie-jong* ruiniert, als er diesen Schrott veröffentlicht hat. Fontenot hat den Mann gehaßt.»

Cu-bie-jong? Spraggue warf Mary einen kurzen Blick zu, und sie flüsterte so leise «*Courtbouillon*» – eine spezielle Brühe zum Dünsten von Fisch –, daß es gerade noch seine Ohren erreichte.

«Sie glauben also, Joe könnte versucht haben, sich für sein gestohlenes Rezept zu rächen?»

«Ich glaube, wenn die beiden sich gestritten hätten, Hampton und Fontenot, dann wäre ein höllischer Wettbewerb am Tisch ausgebrochen: wer am besten und lautesten schreien kann. Aber den Preisrichtern zuliebe hat Joe sich an diesem Abend von seiner besten Seite gezeigt.»

Mary hob die Augenbrauen, und Spraggue verstand, daß sie keine sonderlich hohe Meinung von Fontenots bester Seite hatte.

«Nein», sagte Armand, «so sehr mir der Gedanke auch gefällt,

Hampton hinter Gittern zu sehen, wie er für den Rest seines Lebens Gefängnisfraß kocht, ich glaube nicht, daß er die Frechheit besessen hätte, Joseph anzugreifen, wenn niemand anderes dabei war.»

«Aber mal angenommen, sie sind sich im Ausstellungsraum begegnet, angenommen, Fontenot hat Hampton bedroht...» begann Mary.

«Also», meinte Armand, «das ist nicht übel. Ganz und gar nicht übel. Vielleicht kriegen Sie damit Ihre Köchin aus dem Gefängnis. Denn wenn Joe diesen Narren angepöbelt hat, wenn sie sich geschlagen haben, dann wäre Harris Hampton nur Sieger geblieben, wenn er ein Messer benutzt hätte. Und zwar blitzschnell. Aber...»

«Aber?»

«Es klingt vielleicht merkwürdig, ich weiß, aber je mehr ich darüber nachdenke, desto unwahrscheinlicher kommt es mir vor, daß überhaupt jemand Joe Fontenot umgebracht hat.»

ACHT

Die laternenbeleuchteten Straßen im French Quarter wimmelten von ausgelassenen Zechern, die Pappbecher mit Alkohol von Bar zu Bar schleppten. Lässig schlenderten die unerschütterlichen Trinker vor dem Taxi her. Ein Vorwärtskommen war nur im Schneckentempo möglich. Sinnlos Betrunkene sackten um diese frühe Uhrzeit schon an Laternenpfähle. Im hinteren Teil des Quarter ließ das Gedränge nach.

Albert Flowers parkte den Oldsmobile zu Dreiviertel auf dem Bürgersteig – den er «*banquette*» nannte – und deutete auf die andere Straßenseite. Spraggue las das Schild über der roten Tür: HOODOO. Auf einem am Türpfosten befestigten Schild wurden die Dienstleistungen aufgelistet: GLÜCKSBRINGER, RITUALALTARE, HEILIGE SIEGEL, HEXENAUSTREIBUNG, TALISMANE, BERATUNGEN.

«Vielleicht sind wir zu spät», sagte Spraggue. «Das Licht ist aus.»

«Unmöglich», protestierte Flowers. «Wir haben einen Termin. Hämmern wir die Tür ein.»

Spraggue klopfte an. Nichts. Er preßte die Stirn an ein schmutziges Fenster neben der Tür und linste hinein. Im hinteren Teil des Ladens konnte er zwei flackernde Lichter erkennen. Eines löste sich vom anderen und tanzte auf die Tür zu.

Kerzen, dachte er. Die Bühne ist errichtet.

Die Frau, die ihnen mit einer brennenden, schlanken Kerze in der Hand die Tür öffnete, trug so weiche Schuhe, daß sie auf den breiten Holzdielen keinen Laut verursacht hatten. Sie war dunkelhäutig, stämmig, exotisch und hatte Augenbrauen wie spitze, umgekehrte Vs. Sie waren fein und präzise aufgemalt. Um den Kopf hätte sie ein papageiengrünes Tuch gewickelt, ihr Kleid war leuchtend bunt und fiel fließend bis auf den Boden.

«Sie Mistah Spraggue?» sagte sie mit tiefer Stimme. Sie sprach Pidgin-Englisch.

«Ja. Und das hier ist Mr. Flowers.»

«Sie wollen beide Lesung?»

«Nur ich.»

«Dann Ihr Freund wartet draußen. Seine Aura stört Lesung.»

«Das gefällt mir nicht», warf Flowers ein.

«Er kann auch im Laden warten», bot die Frau an. «Ich mache Lesung in Hinterzimmer.»

«Klingt okay», meinte Spraggue.

Flowers nickte.

Die Frau öffnete die Tür ganz und winkte sie mit der Kerze herein.

Der Laden war voll, nicht mit Menschen, sondern mit dunklen und geheimnisvoll duftenden Gegenständen. Die Frau schwebte lautlos durch den Raum, berührte mit ihrer Flamme mehrere Kerzen, erleuchtete eine Wand mit gespenstisch starrenden Masken und Bücherregalen voll alter, abgegriffener Bände, die von Nofretete-Buchstützen gehalten wurden. Der Boden neigte sich leicht zu einem schweren Schreibtisch, der mit weiteren dicken Büchern und einem Kohlebecken beladen war, das parfümierten Rauch verströmte. Borde und Ladentische waren dicht bepackt mit Kerzen, Puppen, Krügen und Flaschen mit Kräutern: Teufelsdreck, Kreuzdorn, Blutwurz, Irispulver, Samen von Schwarzem Senf, Raute, Schafgarbe, Diktam. Auf einer Flasche stand «Friedhofserde».

«Hier liegen ein paar *gris-gris*», sagte Flowers und winkte Spraggue zu einer Vitrine in der Mitte des Ladens.

Sie waren enttäuschend: zehn Zentimeter große, bunte Flanellrechtecke mit schlechtem Garn zu kleinen Bällen gebunden und in kunterbuntem Durcheinander in einem Korb. Spraggue roch an einem weißen Talisman und fand den Geruch stechend und süß. Kräuter, Samen, Wurzeln vielleicht. Über dem Korb hing ein Schild:

gris-gris
schwarz – Flüche
weiß – Schutz & Reinheit
gold – Geld
blau – Liebe

Sie sahen auch nicht im entferntesten wie der Lederbeutel aus, den Mary von Sergeant Rawlins' Schreibtisch hatte mitgehen lassen und der sich jetzt in Spraggues Tasche befand.

«Das ist nur Ramsch für Touristen», flüsterte Flowers. «Aber schaden tun sie auch nichts. Falls Sie für die Polizei häßliche Dinge herausfinden, sollten Sie vielleicht einen von den weißen da nehmen.»

«Vielleicht einen von jeder Sorte», schlug Spraggue vor.

Die Frau winkte Flowers zu einem Stuhl und gab ihm einen Stapel Bücher, in denen er schmökern konnte. Ihre Bewegungen waren sehr sparsam. Sie sprach nur, wenn unbedingt nötig, machte mit nacktem Arm und winziger Hand mit langen, rot lackierten Fingernägeln stumme Gesten. Als Flowers versorgt war, führte sie Spraggue durch einen mit einem Vorhang verhängten Durchgang in einen anderen Raum.

Die Wände waren schwarz und mit einem Material bedeckt, das jedes Licht schluckte und es schwer machte, die Größe einzuschätzen. In der Mitte eines runden Tisches mit schwarzer Tischdecke stand eine Öllampe. Als sie den trüben Lichtkreis betraten, blies die Frau mit einem langen, fauchenden Atemzug die Kerze aus.

Der Raum roch intensiv nach Gewürzen und Kräutern. Nach Weihrauch. «Sie dürfen mich Sister Delores nennen.»

«Danke», erwiderte Spraggue ernst.

Sie machte sich am Sockel der Lampe zu schaffen, und der Lichtkreis wurde größer. Der Tisch stand in der Mitte eines Pentagramms, das mit breitem Klebeband auf die Holzdielen geklebt war. Sister Delores nahm eine Kerze vom Tisch, murmelte etwas, zündete sie an und stellte sie in einen Halter auf einer kleinen, erhabenen Plattform an der rückwärtigen Wand.

Das Kerzenlicht verwandelte die Plattform in einen Altar. An der Wand ein Messingkreuz. Davor eine Figur, vielleicht die Jungfrau Maria oder Mutter Natur, auf einem Fetzen blauem Satin. Vor der Figur eine aufgeschlagene Bibel. Zwei Statuen flankierten das Buch, doch Spraggue konnte sie nicht identifizieren. Links neben der Bibel lag eine Messingglocke, der Kerzenhalter war rechts davon.

«Treten Sie in die heilige Konfiguration», sagte Sister Delores, «und setzen Sie sich.» Sie hob eine Hand und berührte seine Stirn mit kalten Fingerspitzen. «Diese Falten verraten Probleme, Mistah. Sie sehen aus wie ein Mann mit Problemen.»

Spraggue ließ sich auf einen Metallstuhl sinken. Unter seinem Gewicht wackelte er; ein Bein war zu kurz.

«Wenn das Glück Sie meidet, mache ich Ihnen Talisman, Mistah. Viele Kräuter hier mit heilenden Kräften. Magnetit, Johanniskraut, Wurzel vom Bocksdorn. Bringen Sie das zusammen mit etwas Adamswurz, einem bißchen Evaswurz, und zur rechten Zeit und auf die rechte Art es bringt Ihr Glück zurück.»

«Was ist mit einem *gris-gris*?» fragte Spraggue.

«*Gris-gris*? Guter Talisman, ein Hoodoo-Beutel. Manche nennen *mojo*, andere *wanga*. Sie wollen *gris-gris*, um Glück zu wenden?»

«Ich habe bereits ein *gris-gris*. Man hat es mir gegeben. Und ich frage mich, ob es vielleicht nicht das richtige ist, ob es mir Pech bringt statt Glück.»

«Haben Sie es von einem Eingeweihten? Von jemandem, der etwas davon versteht? Viele schlechte Eingeweihte. Können Wurzeln nicht unterscheiden von Kräutern.»

Spraggue zog den Lederbeutel aus der Tasche. «Können Sie mir vielleicht sagen, was dieser Talisman bewirkt? Wer ihn gemacht hat?»

«Legen Sie ihn auf Tisch, Mann. Ich will ihn noch nicht berühren. Sie also glauben, er bringt Pech? Sie glauben, auf Ihnen liegt Fluch?»

«Keine Ahnung», sagte Spraggue. «Ich hatte gehofft, Sie könnten es mir sagen.»

«Das mach ich nicht bei PSI-Lesung.»

«Ich weiß. Aber mein Freund sagt, Sie seien eine sehr mächtige Eingeweihte. Er dachte, Sie könnten mir Dinge erzählen, die andere nicht wissen. Sie hätten auch was davon.»

Sister Delores lehnte sich auf ihrem Stuhl zurück, wobei ein leichtes Lächeln auf ihrem ruhigen Gesicht spielte. «Zuerst sagen Sie mir, wer Ihnen dieses *gris-gris* gegeben hat.»

«Das ist ein wenig kompliziert. Der Mann ist tot.»

«Gut.» Sie nickte mehrere Male mit starrer Miene. «Es ist wichtig, daß Sie mir das sagen. Mit Eigentum von Toten geht man anders um als mit Eigentum von lebenden Menschen.» Sie hüllte eine Hand in eine Falte ihres Kleides und zog das *gris-gris* näher zu sich. «Kein Friedhofsgeruch», sagte sie. «Trotzdem, ich glaube, wenn es gehört Ihrem toten Mann, dann wurde es ihm nach Tod abgenommen. Er ist gewaltsamen Tod gestorben?»

«Ja», sagte Spraggue. Ihre Stimme war hypnotisch. Er fragte sich, ob ihm der Kräuterduft den Verstand benebelte.

«Sie wollen wissen, wie er gestorben ist?»

«Das weiß ich bereits. Er wurde erstochen.»

«Dann wollen Sie wissen, wer ihn getötet hat.»

«Ja. Das würde ich gern wissen. Sehr gern.»

«Das kann ich Ihnen nicht sagen.» Sister Delores lehnte sich wieder zurück, behielt die Hände gespreizt auf dem Tischtuch. «Ich kann Ihnen aber sagen, wie Sie herausfinden.»

«Und wie?»

«Sehr altes Voodoo-*wanga*. Wurde vor langer Zeit in New Orleans benutzt. Ich verrate Ihnen. Muß zurückdenken.» Sie schloß die Augen und summte einen einzelnen, klagenden Ton. «Sie müssen Ei aufschlagen, frisches Ei, und zwar in rechte Handfläche Ihres toten Mannes, verstehen Sie? Dann begraben Sie ihn, genau wie Sie jeden anderen begraben, der friedlich gestorben in Bett. Aber mitten auf das frisch zugeschaufelte Grab legen Sie Eierschale. Dann kommt Mörder und sucht Sie. Er sagt Ihnen alles. Er gesteht seine Sünden. Das geschieht in sieben Stunden oder sieben Tagen. Sehr altes *wanga*, und gutes *wanga* noch dazu.»

Nicht der Hauch eines Lächelns hellte die Stimme oder das Verhalten der Frau auf. Spraggue starrte in ihre Augen, versuchte ihr Alter zu erraten. Dreißig bis fünfzig. Junge Haut und alte Augen.

Spraggue stellte sich vor, was der Coroner wohl zu der Sache mit der Eierschale sagen würde, und mußte sich auf die Zunge beißen. «Könnten Sie mir sagen, wo der Tote dieses *gris-gris* bekommen hat?»

«Ah.» Lange saß sie reglos da, eine unbewegliche, starrende Statue. «Das kann ich Ihnen nicht sagen. Manche *mojos*, manche *gris-gris*, kann ich Ihnen sofort sagen, wer sie gemacht, wer Eingeweihter ist. Aber nicht bei dem hier. Sehr alt.»

«Was können Sie mir darüber sagen?»

«Ich muß es öffnen, um Ihnen überhaupt etwas zu sagen. Meistens reicht Äußeres, weil *gris-gris* normalerweise aus bunter Baumwolle. Aber Lederbeutel wie der bedeutet feines *gris-gris*. Vielleicht Ihr Mann selbst Eingeweihter?»

«Das weiß ich nicht.»

Sie beugte sich über den Tisch, und nachdem sie einen Moment leise vor sich hingemurmelt hatte, atmete sie deutlich hörbar ein, wobei ihre Nase kaum drei Zentimeter von dem Lederbeutel entfernt war. «Ah», raunte sie.

Spraggue hob fragend eine Augenbraue.

«Der Geruch ist süß. Ich mache es auf. Wenn es bösen Geruch hätte, würde ich es nicht anrühren. *Gris-gris* von Toten kann Tod verursacht haben, wissen Sie. Aber so ein Fluch würde nicht süß riechen.»

Sie lächelte. Ihre Zähne blitzten in dem schummerigen Raum hell auf. «Ich spreche ein paar Worte über dem Beutel, um mich vor dem Bösen zu schützen. Meistens Macht des Beutels stirbt mit Besitzer, aber ich gehe kein Risiko ein.» Sie stimmte einen Sprechgesang an, wiegte sich leicht auf ihrem Stuhl. Der Lichtkreis der Öllampe trennte den Tisch vom Rest des Raums; er schien in einem dunklen Teich zu schweben.

Delores erhob sich geschmeidig, verließ den Lichtkreis und war verschwunden. Spraggue spitzte die Ohren und hörte leise Schritte. Sie war nur einen Augenblick fort und tauchte dann mit einem silbernen Messer, so zierlich wie ein Brieföffner, und einem Quadrat roter

Seide wieder auf. Die Klinge funkelte im Licht, als sie die dicken Fäden zerschnitt, die um das *gris-gris* gewickelt waren. Leise murmelnd breitete sie die Seide auf dem Tisch aus und kippte den Inhalt des Lederbeutels mitten darauf.

Eine duftende Staubwolke zog Spraggue in die Nase.

«Oh, sehr gut», sagte sie. «Schön. Mächtiges *gris-gris* für Schutz, das hier. Sehr mächtig. Beutel sollte Mann beschützen.»

«Hat er aber nicht», sagte Spraggue. «Was ist denn drin?»

Ihre langen, roten Fingernägel stocherten in dem Kräuterhäufchen. «Johanniskraut. Magnetit. Zahn, vielleicht von Alligator. Mächtig starker Glücksbringer. Man sagt, Marie Laveau selbst hat bis zu ihrem Tod Alligatorzahn um Hals getragen. Sehr ungewöhnlich, ein Alligatorzahn.»

«Teuer?»

«Und ob! Sehr teuer. Lederbeutel. Alligatorzahn. Ich glaube, dieser Mann weiß, wer sein Feind ist, und hat das *gris-gris* vor langer Zeit anfertigen lassen.»

«Was würden Sie sagen, wie alt es ist?»

«Oh, sehr alt. Dies ist Mann mit alten Sorgen. Er weiß, jemand ist hinter ihm her, und er geht zu Eingeweihter und erzählt ihr das, und sie macht ihm mächtigen Talisman. Oder vielleicht versucht er auch etwas sehr Gefährliches, und er weiß, er braucht große, starke Hilfe. Vielleicht zieht er in den Krieg und hat Angst, er kommt nicht zurück. Dieser Mann, dem *gris-gris* gehört hat, hat große Angst.»

«Klingt schlimm», murmelte Spraggue.

«Oh, Mann», sagte Sister Delores ernst, «unterschätzen Sie nicht die Macht. Das hier ist gewaltiger Schutz, dieser Talisman. Der gehört einem Mann, der Angst vor dem Tod hat.»

«Haben wir das nicht alle?»

«Aber nicht so, Mistah. Der Mann, dem dies *gris-gris* gehört, hat Angst vor besonderer Art Tod. Früher Tod. Unnatürlicher Tod. Wie er ihn gefunden.»

NEUN

«Hat sie gesagt, Sie werden eine dunkelhaarige, wunderschöne Frau kennenlernen?» fragte Albert Flowers, als Spraggue aus dem Hinterzimmer des Hoodoo-Ladens kam.

«Ist das die übliche Nummer?»

«Nee. Aber Sie werden eine attraktive Frau kennenlernen. Es ist noch früh, aber auch wieder nicht zu früh für einen Zug durch die Kneipen.»

«Tut mir leid...» begann Spraggue.

Flowers würgte seinen Protest mit erhobener Hand ab. «Fontenots Tochter», sagte er laut und deutlich, «sie fängt um zehn zu arbeiten an. Die zweite Schicht.»

«Tut mir leid.» Spraggue wiederholte seine Worte, aber mit völlig anderer Betonung. «Wo arbeitet sie?»

«In einem Schuppen an der Bourbon. Aber keiner von der feinen Sorte. Mieser Laden. Stripper. Jungs und Mädchen. Ich glaube nicht, daß sie sich auszieht, aber wahrscheinlich ist sie Teilzeitnutte, falls Sie wissen, was ich meine. Sie arbeitet dort als Kellnerin.»

«Kein Ort, den Daddy gutfinden würde.»

Flowers grinste. «Kommt ganz auf den Daddy an.»

Sie ließen den Wagen stehen und schlenderten die Bourbon Street hinauf. Die feuchte Nachtbrise, so windig, daß er seinen Tweed-Sakko anbehielt, brachte Spraggue ins Grübeln. Welcher masochistische Zug hielt ihn so viele Winter oben im Norden.

Im Gehen erzählte Flowers die Geschichte von seiner wilden Jagd auf Mrs. Fontenots Tochter, von ihrem rasanten grünen VW Golf und ihrem grauenhaften Fahrstil.

«Ich bleibe mit Ihnen in der Kneipe, bis ich sie Ihnen zeigen kann», sagte er. «Dann...»

«Dann machen Sie Feierabend. Sie haben gute Arbeit geleistet.»

«Danke.»

Auf dem blinkenden Neonschild stand *The Creole Strip*. Das Lokal war winzig, kaum mehr als ein schmaler Gang, aufgemotzt für *Mardi Gras*. Knallig bunt – rot, gelb, grün – gestreifte Fähnchen, mit Knitterfalten und fleckig vom Bier, hingen schlaff von der zerkratzten, unechten Walnußtheke. Die Beleuchtung war sehr unterschiedlich – schummerig an der Theke, damit die Gäste nicht mitkriegten, mit wieviel Wasser der Alkohol gepanscht wurde, grell in der Nähe der erhöhten Bretterbühne, hell genug, damit man die Sommersprossen auf der Brust der anonym nackten Frau zählen konnte, die sich unter dem Spotlight abzappelte und schwitzte. Zwei ungeheuer muskulöse Rausschmeißer flankierten die Bühne und hinderten Männer mit verwässerten Drinks daran, auf die Plattform zu springen und die Sommersprossen der Tänzerin mit den Fingerspitzen zu zählen.

Spraggue und Flowers bestellten sich Drinks an der Theke. Der Taxifahrer brauchte genauso lange, Fontenots Tochter zu orten, wie der Barkeeper, ihnen zwei blasse Scotch zu bringen.

«Da», sagte Flowers leise. «Die dunkelhaarige Lady mit der glänzend roten Bluse. Ich warte hier, bis sie in unsere Nähe kommt, und Sie trinken Ihr Gesöff schnell aus. Wenn ich vom Hocker rutsche und es richtig time, dann klettert sie drauf und versucht Sie an einen der Tische zu locken, damit Sie ihr einen Champagner spendieren. Nicht etwa, weil Sie so ein hübsches Gesicht haben. Sondern weil die Hühnchen hier dafür bezahlt werden. Das kostet Sie eine Kleinigkeit.»

Spraggue nickte und trank. Das Zeug war fürchterlich. Er drehte sich um und starrte zu der Frau hinüber, die sich auf der Bühne abstrampelte. In dem schmutzigen Spiegel über der Theke sah Spraggue sein Profil: markantes Kinn, lange, schmale, leicht gekrümmte Nase und eine hohe Stirn. Von der Seite sah er am besten aus. Professionelle Fotografen fotografierten ihn immer im Profil. Dann bemerkte man die asymmetrischen Züge nicht mehr, die sein Gesicht eher «interessant» als «hübsch» machten, ihn zum «Charakterdarsteller» stempelten statt zum «Hauptdarsteller».

Mit der Grazie eines Tänzers vom Bolschoiballett legte Flowers seinen Abgang hin.

Die dunkelhaarige Frau glitt auf den Barhocker und zeigte dabei aggressiv viel Bein. Sie war kaum mehr als ein Mädchen, achtzehn vielleicht, vielleicht noch jünger. Sie sah ihrer Mutter nicht im geringsten ähnlich. Jeannine Fontenot arbeitete daran, attraktiv zu sein. Die junge Frau war schön, ohne etwas dazu tun zu müssen. Die Natur, nicht die Kosmetikindustrie, hatte Schatten um ihre dunklen, verschmierten Augen gemalt. Sie trug weder Puder noch Rouge auf ihre hohen Wangenknochen auf. Sie sah hinreißend aus, besaß eine ungewöhnliche, gelassene Schönheit, die dadurch noch anziehender wirkte, daß sie sie nicht zur Schau stellte. Man fragte sich unwillkürlich, ob man der einzige war, der sie bemerkte.

Sie hob eine Zigarette zum Mund, senkte den Kopf in seine Richtung und wartete, daß er ihr Feuer gab. Es war eine so einstudierte, mechanische Anmache, daß Spraggue sich fragte, ob sie irgendwas nehmen mußte, bevor sie sich auf den Weg zur Arbeit begab.

«Hi», sagte er leise, kramte nach einem Streichholzheftchen und beschloß, daß hier das Mißtrauen des Geschäftsmannes mit der Tasche voll Kreditkarten und einer Ehefrau in Dubuque gefragt war.

Sie lächelte um ein Achtelgrad wärmer, aber nicht weniger bestechend. «Von hier aus können Sie kaum was sehen», sagte sie. «Das hier ist nicht gerade der beste Platz des Hauses.»

«Ziemlich voll», nuschelte er und setzte eine verlegene Miene auf. Was würden sie in Dubuque sagen, wenn sie wüßten, daß er in einem Stripper-Schuppen war? «Ich bin nur kurz auf einen Sprung.»

Das Lächeln wurde herzlicher. «Wenn Sie wirklich etwas Ordentliches trinken wollen, sagen wir mal, eine Flasche, dann könnte ich uns einen Tisch direkt an der Bühne besorgen. Im Moment tanzt Claudine, und sie ist wirklich nicht schlecht, aber Annette tritt in fünfzehn Minuten auf, und die ist absolut scharf, und sie kann wirklich tanzen, falls Sie auf so was stehen.»

«Äh...» stammelte Spraggue. Dubuque würde drüber nachdenken.

«Ich heiße übrigens Aimée. Französisch geschrieben, also mit zwei *E*.»

«Arbeiten Sie hier?»

«So ungefähr.» Sie leckte sich die Unterlippe. Eine schlechte Parodie auf alle Anmachen in sämtlichen B-Movies, die Spraggue je gesehen hatte.

«Ich verstehe», sagte er. Sein Tonfall entsprach ihren feuchten Lippen und sagte mehr als seine Worte.

«Ich habe so was wie eine Vereinbarung mit dem Management», fuhr sie fort. «Wie wär's mit dem Tisch?»

«Klar», erwiderte er tapfer und unerschrocken. «Warum nicht?» Er spielte den Volltrottel. Zappelte an der Angel.

Diesmal war ihr Lächeln anders, besaß eine Spur Verachtung und eine gewisse Portion Erleichterung. Sie führte ihn zu einem Tisch, kaum größer als ein Benzinfaß, mit schmutzigen Gläsern und zusammengeknüllten Servietten. Die Musik dröhnte in sein rechtes Ohr, eine Rock-and-Roll-Nummer von Tina Turner. Claudine hob die Arme hoch über den Kopf und schüttelte ihre vollen Brüste.

«Ist Aimée Ihr richtiger Name oder nur Ihr, äh, Künstlername?» erkundigte sich Spraggue. Er zog seinen Stuhl näher zu ihr, beugte sich vor und sprach ihr ins Ohr. Bei der dröhnenden Musik war das die einzige Chance, sich Gehör zu verschaffen. Ihm war es recht. In dem Mief von verschüttetem Bier und abgestandenem Zigarettenqualm duftete ihr Haar überraschend gut.

Schüchtern senkte sie die Lider. «Sie meinen, ob ich, äh...» Sie deutete mit dem Kopf in Claudines Richtung. «Nein, ich tanze hier nicht.» Ihre Stimme ließ die Möglichkeit offen, daß sie Privatvorstellungen gab, vielleicht sogar Unterricht.

Spraggues Blick wanderte in den V-Ausschnitt ihrer glänzend roten Bluse. Sie war vorn und hinten tief ausgeschnitten, und nur ihrer guten Haltung war es zu verdanken, daß die Ärmel auf den Schultern blieben. Ein Hauch weißer Spitze zierte die Wölbung ihrer Brüste. Wahrscheinlich ein Body, kein BH. Zuviel Action bei jeder Bewegung. Mit leicht belegter Stimme sagte er: «Sie könnten in besseren Lokalen tanzen.» Zu diesem Zeitpunkt dürfte der Bursche aus Dubuque feuchte Hände haben und schwer atmen. «Bei Ihrem Aussehen, meine ich», stammelte er weiter, «äh, wenn Sie's draufhaben.» Er spürte, wie er rot wurde. Schauspielertricks.

«Sie sind süß», sagte sie, drückte seine Hand und lächelte mit gelangweilten Augen. «Ich heiße wirklich Aimée. Ein guter Cajun-Name. Schnurstracks aus dem Bayou nach New Orleans.» Sie sprach es *N'Ooolinns* aus.

Der Champagner wurde gebracht – New York State zu Dom-Perignon-Preisen. Bauernschampus und breite, flache Gläser. Sie stießen an, bevor sie tranken.

«Äh, arbeiten Sie schon lange hier?» brüllte Spraggue ihr ins Ohr, als das stumme Geplänkel mit den Augen lange genug gedauert hatte. Ihr Knie berührte sein rechtes Bein. Sie beugte sich näher zu ihm. Definitiv ein Body.

Sie war so klug, bei seiner Frage eine gekränkte Miene aufzusetzen. «Verdammt, nein», sagte sie. «Ich habe hier nur einen Teilzeitjob. Ich helfe einer Freundin aus. Eigentlich bin ich Studentin. Ich studiere auf der Tulane.»

Das hatte Flowers nicht erwähnt. Spraggue fragte sich, ob es Dichtung oder Wahrheit war. Vielleicht erfunden, um den Preis hochzutreiben. Passend zu der überraschenden Verletzlichkeit der großen Augen und völlig im Widerspruch zu ihren klassischen Nuttentricks.

«Was denn? Tanz?» fragte er.

«Anthropologie», antwortete sie schroff. Thema beendet. «Jetzt erzählen Sie mir was von sich. Sie haben mir nicht mal Ihren Namen verraten, und über mich wissen Sie schon alles.» Ihr Gesicht verwandelte sich in eine Maske konzentrierter Aufmerksamkeit. Ihr Blick wurde leer. Zeit, daß der Freier von sich erzählte. Und abschalten.

Ohne nachzudenken, nannte er den Namen seines Ersatzmanns beim *Harvard Rep*. «Jonah Turner, aus, äh, Dubuque. Sanitärbedarf.» Spraggue wurde klar, daß er schon die ganze Zeit Jonah gespielt hatte. Der monotone Akzent des Mittleren Westens. Das ernsthafte, verlegene Erröten. Dubuque, von dort stammte Jonah. Sanitärbedarf – genau das hätte Jonah gemacht, wenn er vernünftiger gewesen wäre.

«Und Sie sind hier auf einem Kongreß», sagte Aimée und schob sich dichter an ihn heran.

«Woher wissen Sie das?»

«Sie sehen aus wie ein Geschäftsmann.»

Spraggue schluckte den Schlag gegen seine Selbstachtung. «Klingt Ihr Familienname genauso hübsch wie ihr Vorname, Aimée?» Er mußte anfangen, ihr ein paar Informationen zu entlocken, und aufhören, weiter Jonah Turner zu spielen, denn Jonah Turner hätte mit Sicherheit versucht, das Mädchen schnell hier raus- und in irgendein Hotel zu kriegen. Ihm hätte es nichts ausgemacht, daß sie gut und gern seine Tochter sein könnte und wahrscheinlich noch minderjährig war.

«Aimée Fontenot», sagte sie.

«Und das ist Ihr richtiger Name?» Er redete, als wüßte er genau, daß sie ihm Märchen erzählte.

«Viele der, äh, Tänzerinnen hier geben sich andere Namen. Sie verstehen schon, falls Momma oder Daddy dahinterkommen. Mir ist das egal. Ich würde sogar als Stripperin meinen richtigen Namen benutzen.»

«So stolz sind Sie darauf? Oder wollen Sie jemandem weh tun?» Die Bemerkung wäre für Jonah Turner völlig untypisch gewesen, aber Spraggue hoffte, daß sie schon genug getrunken hatte, um das nicht mitzukriegen.

«Es gibt keinen mehr, dem ich noch weh tun könnte», sagte sie leise. «Kommen Sie. Trinken Sie aus. Der Champagner wird warm.» Sie hob ihr Glas, nippte aber nur daran. Was er ihr nicht verübelte.

«Haben Sie einen Freund oder einen Mann oder so?» fragte Spraggue, trank sein Glas aus und schaute sich mißtrauisch um. Dubuque geriet in leichte Panik.

«Wie kommen Sie darauf?»

«Weil Sie das gesagt haben. Daß Sie keinen mehr hätten, dem Sie noch weh tun könnten. Ich meine, wenn Sie den Namen Ihres Mannes benutzen würden, also, um, äh, damit aufzutreten, zu tanzen, ich mache jede Wette, der wäre garantiert stinksauer. Und ich will wirklich nicht...»

«Beruhigen Sie sich», sagte sie. «Kein Mann.»

«Wem können Sie dann nicht mehr weh tun?»

Er wartete auf das «Geht Sie nichts an». Das wäre auf seine Frage berechtigt gewesen. Aber diese Antwort kam nicht.

«Mein alter Herr, mein Vater, ist tot.»

«He, tut mir leid», sagte Spraggue schnell, nahm ihre Hand und schenkte ihr diesen speziellen, ernsten Schauspielerblick, den Jonah so gut draufhatte. Auf der Bühne war's nicht übel. Im wirklichen Leben hätte Spraggue dabei am liebsten gekotzt.

«Vergessen Sie's.» Sie wollte seine Hand schon abschütteln, doch dann erinnerte sie sich wieder an ihren Job. Sie ließ ihre Finger leicht über seine Handfläche gleiten.

«Mein Dad ist letzten Herbst gestorben», log Spraggue. «Ich weiß genau, wie Sie sich jetzt fühlen.» Zwei Tage nach seinem vierzehnten Geburtstag waren seine Eltern bei einem Autounfall verbrannt. Der Gerichtsmediziner hatte fast eine Woche gebraucht, um die Leichen zu identifizieren.

«Ausgeschlossen», sagte Aimée und richtete ihren Blick auf die Bühne. «Mein Papa und ich, wir hatten eine ganz besondere Beziehung. Ich konnte ihn auf den Tod nicht ausstehen.» Sie starrte zur Bühne, doch sie sah etwas völlig anderes.

«He, das meinen Sie doch nicht im Ernst», sagte Spraggue und ließ ihre Hand los, als hätte er plötzlich einen elektrischen Schlag bekommen.

«Trinken Sie aus», sagte sie. «Nicht jeder Dad ist so nett, wie Ihrer bestimmt gewesen ist. Mein Papa war eine miese Laus. Er hat bekommen, was er verdient hat.»

«Hatte er einen üblen Tod?» erkundigte sich Spraggue. «Krebs?»

Applaus, Rufe und Gejohle schwollen an. Claudines Nummer endete mit einem lauten Scheppern der Becken. Das Licht auf der Bühne wurde trüber.

«Jetzt gibt's fünf Minuten Pause, und dann ist Annette dran», sagte Aimée. «Das heizt den Laden auf, das garantiere ich Ihnen. Es sei denn, Ihnen ist auch so schon heiß genug.» Sie erinnerte ihn an eine Schauspielerin, die die dreihundertste Vorstellung in derselben Rolle abzog.

Jonah Turner hätte ihr jetzt in den Ausschnitt geglotzt, hätte gesagt, daß er schon heiß genug war und ob sie nicht vielleicht eine Weile in sein Hotel verschwinden sollten? Oder besser noch zu ihr, weil ja einer seiner Kongreß-Kollegen sich verplappern könnte, wenn sie erst wieder zu Hause waren.

Spraggue fragte sich, ob er im Bett mehr aus ihr herausbekommen würde. Oder sein Interesse an Informationen gleich ganz vergaß. Oder eingebuchtet wurde, weil er eine minderjährige Hure abgeschleppt hatte.

Aimée fixierte ihn unter leicht gesenkten, dichten, dunklen Wimpern. Spraggue seufzte tief und beschloß, lieber zu bleiben, wo er war.

«Wissen Sie, ich habe erst kürzlich was über einen Burschen namens Fontenot in der Zeitung gelesen», sagte er.

Mit einem hohen, schwarzen Absatz fing sie an, auf die Dielen zu klopfen. Ihr Knie rieb gegen Spraggues Bein, aber der Rhythmus war wütend, nicht verführerisch.

«Jetzt erinnere ich mich wieder», sagte Spraggue. «Der Typ, der bei diesem Restaurant-Dings ermordet wurde. Haben Sie das auch gelesen?»

«Ich lese keine Zeitung. Nichts als schlechte Neuigkeiten.»

«Keine üble Idee. Manche Nachrichten können einen schon richtig fertigmachen. Wie zum Beispiel dieser Bursche, der erstochen wurde. Ich weiß nicht, wieso mich das überhaupt berührt hat. Vielleicht weil ich gern mal in seinem Restaurant essen wollte. Vielleicht auch, weil er Donnerstag abend ermordet wurde. Kennen Sie das auch? Manchmal erinnert man sich genau, was man an dem Tag gemacht hat, an dem jemand gestorben ist.»

«Nein», sagte sie.

Er hoffte, daß sie ihm noch zuhörte. Er hatte das Gefühl, daß sich irgendwas ganz tief in ihr total abgeschaltet hatte, daß sie lächeln und nicken würde, egal, was er sagte.

Er hatte eigentlich den Tag als Beispiel nennen wollen, an dem Kennedy erschossen worden war, doch dann fiel ihm ein, daß er mit einem Mädchen sprach, das damals wahrscheinlich noch gar nicht geboren war.

«Haben Sie Donnerst agabend hier gearbeitet?» fragte er. «Oder haben Sie donnerstags ein Seminar?»

Sie stützte ihr Kinn auf die Hand und schüttelte langsam den Kopf. «Scheiße», sagte sie schließlich. «Ich hätt's wissen müssen. Momma hat Sie mir ziemlich gut beschrieben. Sie sind der Mann von dieser schrecklichen Zeitung.»

«Nein», sagte Spraggue. «Ich bin kein Journalist.»

«Sie hat gesagt, Sie wären beim *Star*. Wie können Sie nur für dieses beschissene Käseblatt arbeiten?»

Den Kommentar aus dem Mund einer Frau, die darauf festgelegt war, sich ständig die unsterbliche Frage «Was macht ein nettes Mädchen wie Sie?» und so weiter anzuhören, fand er großartig. Er öffnete seine Brieftasche und zeigte ihr seine Privatdetektivlizenz.

«Oh», sagte sie. «Ich verstehe. Dann hat das wohl alles mit dem vorzeitigen Tod meines lieben Daddy zu tun.» Ihr angespannter Mund und der sarkastische Tonfall drückten keineswegs liebevolle töchterliche Gefühle aus.

«So ist es.»

«Gut, dann verschwinden Sie. Der liebe alte Daddy hatte nicht besonders viel Zeit für mich, als er noch lebte, und ich habe nicht besonders viel Zeit für ihn, jetzt, wo er tot ist.»

«Ich bin tief beeindruckt», sagte Spraggue. «Zu schade, daß Ihr alter Herr das nicht mehr hören kann.»

«Er war nie da, wenn ich ihn brauchte. Bis ich praktisch erwachsen war, wußte ich ja nicht mal, daß ich überhaupt einen Daddy hatte.»

«Hören Sie», sagte Spraggue beschwichtigend, «das ist bestimmt ganz schön hart gewesen. Ich würde gern mehr darüber hören.»

«Absolut langweilig. Mein Shrink sagt, wenn er mehr zu Hause gewesen wäre, als ich noch ganz klein war, hätte er mich nicht – oder vielleicht doch –, hätte er mich mehr wie eine Tochter behandelt.»

«Und weniger wie ...?» soufflierte Spraggue.

«Für wen arbeiten Sie? Haben Sie einen Klienten, oder versuchen Sie nur, sich einen zu angeln? Denn weder ich noch meine Momma werden auch nur einen roten Heller ausklinken, um den alten Joe zu rächen.»

«Ich habe einen Klienten.»

«Wen?»

«Die Frau, die für den Mord an Ihrem Vater im Gefängnis sitzt.»

«Ach, ja?»

«Sie war's nicht.»

«Zu blöd.»

«Was?»

«Ich hätte erheblich mehr Mitgefühl, wenn sie's gewesen wäre.»

Die Musik wurde lauter und fetziger. Anerkennende Pfiffe gingen in den schrillen Tönen der Bläsergruppe unter, als eine Chinesin in kurzem Seidenkimono und auf Pfennigabsätzen in die Bühnenmitte gewankt kam.

«Vielleicht könnten wir woanders über alles reden», brüllte Spraggue durch das Höllenspektakel.

«Oh, davon bin ich überzeugt», sagte sie mit honigsüßem Lächeln. «Aber das kostet.» Sie wedelte mit der Rechnung vor seiner Nase und wartete, bis er genug Bares auf den Tisch gelegt hatte. Dann hob sie anmutig zwei Finger an die Lippen und pfiff durchdringend. Noch vor einer Minute hätte das niemand mitbekommen, doch jetzt erhob sich der Ton mühelos über einen Trommelwirbel.

Annette sah Spraggue leider nicht mehr tanzen.

Die beiden klobigen Rausschmeißer kannten das Zeichen. Sie hoben ihn von seinem Stuhl.

«Capito, capito», sagte Spraggue.

Zweihundert Pfund Muskeln krallten sich in seine Arme.

«He», sagte er. «Ich kann selber gehen.»

Sie schmissen ihn aus dem Vordereingang. Nur um Haaresbreite verfehlte er einen Hot-dog-Verkäufer, dann taumelte er auf der Bourbon Street in eine Truppe Betrunkener. Die eine Hälfte fluchte, die andere merkte nicht mal was.

ZEHN

Die Tür der Suite ging auf, noch bevor Spraggue den Schlüssel aus der Tasche gefischt hatte. Pierce begrüßte ihn mit steifem Nicken und zwinkerte, um die Förmlichkeit gleich wieder abzuschwächen. Schon seit Urzeiten war Pierce die Stütze des Spragg ueschen Villenhaushalts. Graue Strähnen durchzogen sein glänzend schwarzes Haar, und über den zottigen Augenbrauen wich der Haaransatz rapide zurück. Pierce war groß und hager, wirkte beinahe verbissen und besaß die zuwenig gewürdigte Eigenschaft, wenn nötig, mit dem Hintergrund zu verschmelzen. Er nannte Spraggue nur noch selten beim Vornamen. Seiner Meinung nach war «Michael» zu vertraulich, auch wenn Spraggue darauf bestand, aber manchmal griff er auf das «Master Mike» von vor zwanzig Jahren zurück.

«Ihre Tante ist...» setzte Pierce an, wobei er scheinbar keinerlei Notiz von Spraggues ramponiertem Äußeren nahm.

«Liebling», flötete Mary durch die Tür. «Leiste uns doch Gesellschaft.»

«Besuch?» brummte Spraggue.

«Denise Michel», flüsterte Pierce. «Die Kochbuch-Lady. Formidabel! Und eine Freundin von ihr.» Pierce zögerte eine Sekunde, bevor er das Wort «Freundin» benutzte, aber wie gewöhnlich verriet sein Gesicht nichts.

Ach, das ausgiebige, heiße Bad mit Backpulver, das Spraggue sich in einem rund um die Uhr geöffneten Drugstore besorgt hatte. Das zieht einem die Steifheit sofort aus den Gliedern, hatte ein Ausbilder für Stunts mal geschwärmt, als er über die verschiedenen Möglichkeiten dozierte, etwas gegen verspannte Muskeln nach dem Training der perfekten Riposte im Degenfechten zu unternehmen. Aber es war kein Allheilmittel gegen die Folgen von Kneipenschlägereien. Spraggue zuckte mit den Achseln und bedauerte diese Bewegung sofort. Die Rausschmeißer waren kurz und knapp, professionell gewesen. Keine Diskussion, keine Knochenbrüche. Seine linke Schulter protestierte, als er die Jacke auf das Sofa warf.

«Und», sagte Pierce, «wir haben Dora auf Kaution freibekommen.»

«Ist sie hier?»

Der Butler nickte. «Sie schläft. In einem Zimmer nebenan.»

Spraggue folgte der Stimme seiner Tante in die Eßecke und entdeckte sie über den Resten eines Festmenüs. Ein aromatischer, würziger Duft durchzog den Raum. Der Tisch, verlängert durch einen Wagen des Zimmerservice, war mit einem weißen Tischtuch gedeckt. Kunstvolle Gedecke – jeweils zwei Weingläser und eine Armada von Tafelsilber – lagen unordentlich herum. Braune Soße erstarrte auf den Tellern. Eine halbvolle Weinflasche leistete zwei leeren in der Mitte des Tischs Gesellschaft.

Eine kräftige ältere Frau mit einem schmalen Gesicht voll scharfer Falten, die ihm Charakter verliehen, saß rechts neben seiner Tante. Sie trug eine beigefarbene Hose und eine formlose, karierte Bluse. Ihre Schultern hätten einem Fullback alle Ehre gemacht. Links neben Mary saß eine weitere Frau, jung und hübsch auf eine blasse Art. Sie trug ein viktorianisch geschnittenes, geblümtes Baumwollkleid.

Denise Michel, die ältere Frau, nickte kurz und drückte ihm, ohne sich groß mit Höflichkeitsfloskeln aufzuhalten, kräftig die Hand. Paulette Thibideaux, die jüngere, errötete.

«Wir haben fabelhaft gespeist», sagte Mary strahlend. «Gegrillte Austern, *Hühnchen Pontalba . . .*»

«So besonders war es auch wieder nicht.» Denise Michel zog, offenbar aufrichtig verlegen, den Kopf ein. Ihre Wangen waren gerötet. «Paulette hat die Austern ausgezeichnet zubereitet, fand ich.» Sie hatte eine krächzende, rauhe Stimme mit dem leicht singenden, französischen Tonfall, den Spraggue attraktiv fand.

Die junge Frau errötete wieder. Spraggue fragte sich, was sie außer kochen und erröten sonst noch konnte. Sprechen, zum Beispiel.

«Sind Sie hier Köchin?» Spraggue war zwar von ihrer Anwesenheit am Tisch überrascht, stellte aber die Frage hauptsächlich, um ihre stimmlichen Fähigkeiten zu testen

«Eigentlich nur Kellnerin.» Ihre Stimme war durchdringend und nasal. Da war das bloße Erröten schon besser. «Beim Bankett. Aber Denise – Miss Michel – bringt mir das Kochen bei.» In ihrem Blick lag blinde Verehrung. Und noch eine Idee mehr.

«Denise hat mir gerade von Henri Fiorici erzählt», sagte Mary und nuschelte ganz schön. Ihr freundliches Lächeln schloß alle Anwesenden ein, lud sie ein, das Glas mit ihr zu heben.

Zweieinhalb Flaschen Wein für drei Personen. Marys Schwips mußte gespielt sein. Sie war Trinkweltmeisterin im Bantamgewicht. Spraggue beobachtete seine Tante, die mit absolut sicherer Hand unauffällig zuerst Denise Michels und dann Paulettes Glas nachschenkte.

Denise Michel war etwa fünfzig Pfund schwerer als Mary. Bei ihrer Größe hätte sie in der Lage sein müssen, ohne Risiko ein oder zwei Flaschen zu verputzen und die winzige Mary problemlos unter den Tisch zu trinken. Aber Denise war diejenige mit den geröteten Wangen. Und die zierliche Paulette schien auch Schwierigkeiten zu haben, gerade am Tisch zu sitzen.

«Auf Henri.» Denise hob ihr Glas, und Paulette ahmte ihre Bewegung feierlich nach. «Beim ersten Anzeichen von Schwierigkeiten macht er sich aus dem Staub. Wie eh und je...»

«Eh und je?» wiederholte Spraggue.

«Er ist fort. Gestern schon ist er nach New York zurückgeflogen. Hatte noch nie viel Mumm. Das habe ich Dora immer gesagt, damals.»

«Nachdem Dora New Orleans verlassen hatte, hat sie in Fioricis Restaurant in New York gearbeitet.» Mary reagierte prompt und ruhig auf Spraggues gehobene Augenbraue, ein ausreichender Beweis für ihre Nüchternheit.

«Hat die Polizei Fiorici erlaubt, die Stadt zu verlassen?» Spraggue richtete die Frage an seine Tante, aber Denise fing sie ab.

«Aber gewiß doch. Warum auch nicht? Die sind doch felsenfest überzeugt, sie hätten ihren Mörder am Schlafittchen. Woher sollte ich...?» Unvermittelt unterbrach sie sich. «Setzen Sie sich doch», sagte sie zu Spraggue. «Warum stehen Sie? Paulette, nimm bitte ein Weinglas vom Tablett. Oder gib ihm eines von deinen. Trinken Sie?»

Spraggues Sympathie für Denise wuchs. «Aber immer», erwiderte er. Der weiße Burgunder würde ihm den üblen Geschmack des billigen Bar-Champagners vertreiben.

Denise schenkte ein. Sie hatte riesige, knotige Hände, die Handgelenke kräftig wie bei einem Mann. «Ich habe mit Ihrer Tante geschwatzt», sagte sie und kicherte plötzlich los.

Nicht ganz betrunken, dachte Spraggue, aber definitiv beschwipst. Wie man eben strahlt, wenn man angetrunken ist.

«Aber», fuhr sie fort, «das ist alles schon lange her. Es spielt keine Rolle mehr. Einmal in der Woche flehte Henri Fiorici Dora an, ihn zu heiraten. Jeden Sonntag, wenn er aus der Messe kam. Das hat sie mir mal erzählt. Nach der Beichte hatte er mehr Mut.»

«Haben Sie ihn deshalb zum Bankett der großen Köche eingeladen?» fragte Spraggue. «Weil er Dora kannte?»

«Ich? Ich habe ihn nicht eingeladen.» Bei dem bloßen Gedanken wurde Denise Michel ärgerlich. «Er ist Mitglied. Ja, es stimmt, ich habe arrangiert, daß er an unserem Tisch saß. Aber für die Einladungen war ich nicht verantwortlich...»

«Nur für Doras», sagte Spraggue.

«Sie ist ebenfalls Mitglied.»

«Aber sie wäre nie gekommen, hätten Sie nicht die förmliche Einladung mit einer persönlichen Bitte verbunden», sagte Spraggue. «Stimmt das nicht?»

«Vielleicht. Glauben Sie mir, wenn ich auch nur einen Augenblick gedacht hätte, wenn ich gewußt hätte...» Denise machte den Mund auf und zu, preßte die Lippen zusammen und runzelte die Stirn.

Nicht betrunken genug. «Was gewußt hätte?» hakte Spraggue nach.

«Daß Fontenot ermordet würde, natürlich. Was sonst? Daß unsere geistig unterbelichtete Polizei den Falschen verhaften würde. Fontenot haßten so viele, wie konnten sie da so dumm sein, ausgerechnet Dora festzunehmen? Deren Logik, verstehen Sie, kann ich nicht ganz nachvollziehen.»

«Denise hat nicht viel von Mr. Fontenot gehalten», sagte Mary ruhig. «Als Koch.»

«Koch!» Denise stieß einen empörten Laut aus, riß die Arme auseinander und verfehlte dabei nur um Haaresbreite eine Weinflasche. «Ein Schnellimbiß-Koch! Der miesesten Sorte. Immer hatte er Töpfe voll irgendeinem Fraß auf dem Herd brodeln. Was hat der Mann gekocht? Bauernessen. Suppe und Eintopf. Billiges Gematsche ohne jede Delikatesse und Raffinesse. Der Mann hatte keine Ahnung von gutem Essen, absolut nicht! Er hatte keinerlei Ausbildung, nur ein großes Maul. Und hat alle zum Narren gehalten.»

«Nicht alle», sagte Paulette loyal.

«Verzeihung.» Denise lächelte die junge Frau an. «Ich übertreibe, wie man sieht. Kochen ist eine Sache der Leidenschaft. Und dieser Fontenot, er hat alles durcheinandergebracht.» Sie richtete ihre Aufmerksamkeit auf Spraggue; neues Publikum für eine gut einstudierte Szene. «Hier haben wir die kreolische Küche, die in der großen französischen Tradition steht, und die Cajun-Küche, die ebenfalls gut ist, aber im Grunde doch nur Bauernkost. Ein Cajun-Feinschmecker-Restaurant zu eröffnen – *mon dieu!* – ist das gleiche, als würde man ein schickes McDonald's mit Marmorverkleidung aufmachen!»

«Absolut!» Paulette nickte energisch mit dem Kopf wie ein Spaniel, der mit dem Schwanz wedelt.

«Eh, bien!» Denise warf die Hände hoch, raufte ihr kurzes, graumeliertes Haar. «Wieso rede ich eigentlich immer noch? Wieso kämpfe ich gegen einen Toten? Einfach, weil er mich immer dermaßen zur Weißglut gebracht hat. Wissen Sie, was dieser Mann gemacht hat? Wissen Sie es? Ich schreibe Kochbücher. Gute Kochbücher, und dieser Mann war neidisch. Er ist zu meinem Verleger gegangen und hat behauptet, er könne ein besseres Kochbuch schreiben als ich.»

Denise Michel lehnte sich zurück, verschränkte die Arme vor der Brust und überließ es ihren Zuhörern, sich zu vergegenwärtigen, wie grotesk Fontenots Behauptung war.

«Ist Kochbuchschreiben auch eine Sache der Leidenschaft?» fragte Spraggue. «Wie das Kochen?»

«Mir geht es nur ums Geld. Den anderen?» Sie zuckte mit ihren massigen Schultern. «Zum Glück habe ich einen niet- und nagelfesten Vertrag mit meinem Verlag, jawohl!»

Hatte sie? «Miss Michel...» begann Spraggue.

«Denise», verbesserte sie ihn.

«Denise.» Er wiederholte den Namen, wie sie ihn ausgesprochen hatte: *Denies*, mit weichem *s*. «Wann wurde Ihnen klar, daß Joseph Fontenot der Mann war, der Dora unter einem anderen Namen geheiratet hatte?»

Die Falten auf ihrer Stirn wurde tiefer. «Schwer zu sagen, *Monsieur*. Es liegt zeitlich so weit auseinander, wissen Sie. Man stellt sich die beiden zusammen nicht mehr vor. Dora hat, hm, Anfang der sechziger Jahre in New Orleans gekocht. Von Fontenot habe ich bis, na, vielleicht siebenundsiebzig, achtundsiebzig nie etwas gehört. Und da bin ich ihm auch nicht persönlich begegnet. Er ist nur ein Name, ein Mann, der angeblich Feinschmecker-Cajun-Küche kocht. Doch dann lernten wir uns letzten Monat kennen. Ich bin ihm natürlich auch früher schon begegnet, allerdings immer nur flüchtig. Wir sind beide im Vorbereitungskomitee des *Great-Chefs*-Treffens. Ich fühle mich zutiefst geehrt, daß die Veranstaltung in meinem Hotel stattfindet. Ich wollte immer gern Gastgeberin eines solchen Dinners sein, mit gutem Essen und gutem Wein, und mit Menschen, die gutes Essen und guten Wein zu schätzen wissen. Und selbst das hat dieser Fontenot noch verdorben...»

«Wieso», sagte Spraggue langsam, «haben Sie der Polizei von Dora und dem Toten erzählt. Sie war Ihre Freundin...»

«Was hätte sie denn sonst tun sollen? Da war dieser Mann, lag tot auf dem Boden...» verteidigte Paulette sie.

«Beruhige dich, Paulette.» Denise redete wie mit einem Kind. «Ich kann für mich selbst sprechen, *chérie*. *Monsieur*, hören Sie mir zu. Ich sage der Polizei lediglich die Wahrheit. Mein Leben lang lese ich Kriminalromane, hauptsächlich französische. *Romans policiers*. Immer sagt irgendwer nicht die Wahrheit, und immer wäre es besser gewesen, wenn er es doch getan hätte. Ich glaube nicht, daß meine Freundin diesen Fontenot umgebracht hat. Er war ein vielgehaßter Mann, ein Mann, der geradezu darauf gewartet hat, ermordet zu werden.»

«Man kann die Wahrheit sagen», sagte Spraggue, «und trotzdem noch etwas zurückhalten.»

Es klopfte energisch an der Tür. Spraggue warf seiner Tante einen fragenden Blick zu, doch sie zuckte ahnungslos mit den Schultern.

«Wir müssen los.» Denise Michel stand auf. Spraggue war beeindruckt von ihrer Größe. Die massigen Schultern paßten zu ihrem Körper. Die unscheinbare Paulette wirkte zwergenhaft, als sie sich ein wenig unsicher ebenfalls erhob.

«Noch eins», sagte Spraggue schnell. «Haben Sie während des Banketts den Raum verlassen? Sind vielleicht in die Küche gegangen, um dort nach dem Rechten zu sehen?»

«Die Küche wird von meinem Personal ausgezeichnet geführt. Es besteht keinerlei Notwendigkeit für mich, hin und her zu flitzen und mich selbst um jedes Detail zu kümmern.»

Pierce stand in der Tür. «Detective Sergeant Rawlins möchte Sie sprechen.»

Als Paulette Pierce' Stimme hörte, wirbelte sie herum und stieß ihr Weinglas um. Kopflos versuchte sie alles in Ordnung zu bringen, errötete, stammelte eine Entschuldigung und blickte Denise diesmal an wie ein Spaniel, der gleich Prügel bekommt. Mit ihrer Serviette wischte sie den Weißwein auf.

«Welchen Tisch haben Sie am Donnerstag abend bedient, Miss Thibideaux?» fragte Spraggue.

«Verzeihung», sagte sie, «normalerweise bin ich nicht so ungeschickt. Ich habe nicht ...»

«Nein. Ich werfe Ihnen nicht vor, daß Sie etwas verschüttet haben. Ich wollte nur wissen, ob Ihnen Fontenot an dem Abend aufgefallen ist.»

«Soll ich Ihnen noch eine Flasche Wein raufschicken?» fragte Denise.

Mary nickte ernst. Jetzt wirkte sie völlig nüchtern. Wahrscheinlich konnte sie das gesamte Gespräch beim Essen so genau wie ein Tonbandgerät wiedergeben.

Die Unterbrechung bot Paulette die Chance, sich wieder zu fassen. Sie umklammerte die Stuhllehne. «Ich habe den Jurorentisch bedient, *Monsieur*», sagte sie, wobei sie sich ein wenig Denise' französischen Singsangs bediente. «Wo die Preisrichter saßen. Es war eine große

Ehre für mich. Ich erinnere mich nicht, Monsieur Fontenot gesehen zu haben.»

Denise verabschiedete sich unter vielen Verbeugungen, und Paulette imitierte ihren unbeholfenen Gang. Spraggue leerte sein Glas und stellte es zu der Batterie Gläser. Sein rechter Bizeps fühlte sich an, als hätte er in einem Schraubstock gesteckt.

«Interessant», meinte Spraggue.

«Was?» Mary musterte das Schlachtfeld auf dem Tisch. Brotkrumen, Weinflecken, verschütteter Kaffee. «Gehen wir ins Arbeitszimmer.»

«Bist du betrunken?»

«Ich?» Mary richtete sich würdevoll auf. «Meistens habe ich eingeschenkt. Die reinste Verschwendung guten Weines.»

«Und wer, bitte schön, ist die kleine Paulette?»

«Denise kennt ihre Mutter. Sie kümmert sich um sie. Um ihre Ausbildung zur Köchin. Behauptet sie zumindest.»

«Paulette hat das Essen heraufgebracht?»

«Ja. Köchin, Kellnerin und Überraschungsgast. Wahrscheinlich wird Denise jemand anderen heraufschicken, der sich ums Aufräumen kümmert. Paulette sollte sich bei alkoholischen Getränken etwas zurückhalten.»

«Aber sie scheint Denise treu ergeben», fügte Spraggue nachdenklich hinzu. «Denise hat sie eingeladen, sich eurer kleinen Party anzuschließen.»

«Ja. Und ich war einverstanden, weil sie auf dem Bankett als Kellnerin dabei war. Was ist damit?»

«Ich weiß nicht.» Spraggue schüttelte den Kopf, um ihn von dem Nebel aus Scotch, Champagner und Burgunder zu befreien. «Irgend etwas daran, wie Paulette Denise angesehen hat, beschäftigt mich. Manchmal hat sie mich an eine Gläubige vor dem Altar erinnert. Und manchmal...»

«Ja?»

«Manchmal hat sie ausgesehen wie das Opferlamm.»

ELF

Sergeant Rawlins sah schlanker aus als auf dem Revier. Der marineblaue Anzug verbarg seinen Bauch. Sein Kinn zeigte die Spuren einer hastigen Rasur. Er hatte sich sogar die Mühe gemacht, seine graue Haarpracht zurückzukämmen. Als Mary ihm die Hand bot, beugte er sich darüber und berührte sie flüchtig mit den Lippen.

Spraggue fragte sich, ob er lieber verschwinden sollte.

«Sie sehen aus wie ein Mann, der gute Nachrichten überbringt», sagte Mary.

«Sie haben mir gar nicht gesagt, daß Ihre Tante auch Gedanken lesen kann.» Rawlins lächelte Spraggue kurz an.

«Nur bei Vollmond», erwiderte er.

Mary zuckte mit den Achseln. «Die übrige Zeit muß ich mich damit begnügen, aus Teeblättern zu lesen. Haben Sie etwas?»

«Ob ich etwas habe?» Rawlins klopfte die Taschen seines Anzuges ab, bis er schließlich aus einer ein zusammengefaltetes Blatt Papier zog. «Nehmen Sie Platz, und werfen Sie einen Blick auf das hier. Ich habe nur die eine Kopie, daher werden Sie gemeinsam lesen müssen.»

MORD IN MORGAN CITY lautete die Schlagzeile.

«Häh?» Spraggue faltete das Blatt auseinander. Ein normales Blatt Papier, billig und weiß, frisch aus dem Fotokopierer. Entweder war das Original schon in üblem Zustand gewesen, oder aber der Kopierer mußte dringend überholt werden. «Wo ist Morgan City?»

«Erst lesen, dann fragen.» Rawl setzte sich auf den Sessel, der seinem Gewicht angemessen war, faltete die Hände über dem Wanst und verwandelte sich in einen lächelnden Buddha. Mary und Spraggue ließen sich auf der Couch nieder und steckten die Köpfe zusammen.

> Bei einem Überfall auf einen gepanzerten Geldtransporter, der die Gehälter mehrerer großer Ölbohrfirmen transportierte, wurden ein Sicherheitsbeamter getötet, ein weiterer schwer verletzt und ein dritter Mann, angeblich einer der Räuber, angeschossen und später von der Polizei in Morgan City festgenommen. Erste Schätzungen rechnen mit einem Verlust von $ 150 000 bis deutlich über $ 1 000 000.

«Was hat das hier mit...» begann Mary.
«Lesen Sie», erwiderte Rawlins ernst.

Lieutenant Gil Dumais von der Polizei in Morgan City teilte mit, daß an dem gut vorbereiteten Raubüberfall drei maskierte Täter beteiligt waren, zwei mit Handfeuerwaffen und einer mit einer automatischen Waffe bewaffnet. Zwei der Verdächtigen gelang die Flucht. Nach ihnen ist inzwischen eine ausgedehnte Fahndung angelaufen.

Die Verletzten wurden in das *Sisters-of-Mercy-Krankenhaus* eingeliefert, wo der Name des verletzten Sicherheitsbeamten noch nicht bekanntgegeben wurde. Der Name des getöteten Sicherheitsbeamten wird zurückgehalten, bis die Angehörigen verständigt sind. Beide haben für die *Southeast Security, Inc.* gearbeitet. Der Name des verletzten Tatverdächtigen, der sich unter polizeilicher Bewachung im *Sisters of Mercy* befindet, wird als James French angegeben, Alter und Anschrift unbekannt.

In einer Ecke war handschriftlich ein Datum vermerkt. Spraggue meinte, es könnte *September '66* heißen. Er warf Rawlins einen fragenden Blick zu.

«Warten Sie, bis Ihre Tante ausgelesen hat.»

Mary seufzte. «Falls mir jetzt Glühbirnen über dem Kopf aufgehen sollen, fürchte ich, daß ich Sie enttäuschen muß.»

Rawlins beugte sich vor und rieb sich voll Vorfreude die Hände. «Wissen Sie, Ihr Neffe hat mich heute nachmittag gefragt, ob ich den Toten nicht mal überprüfen wollte, da er Ihre Köchin unter einem falschen Namen geheiratet hat. Ich hätte es nicht mal mit Fingerabdrücken versucht, aber wir haben uns gerade dieses raffinierte Computersystem von den Feds ausgeliehen. Eine japanische Kiste. Von NEC. Kostet das Geld von ungefähr fünfhundert zusätzlichen Streifenpolizisten, deshalb gehe ich jede Wette ein, daß wir so ein Ding niemals anschaffen werden. Aber nach dieser Sache werde ich todsicher ein gutes Wort für die Kiste einlegen. Überprüft sechshundertfünfzig gespeicherte Fingerabdrücke pro Sekunde! Hat diese Abdrücke so schnell gefunden, daß mir immer noch ganz schwindlig ist. Ein guter Fingerabdruckexperte hätte locker dreißig Jahre dafür gebraucht. Wenn er Glück gehabt hätte.»

«Sergeant Rawlins...» setzte Mary an.

«He», sagte Rawlins vorwurfsvoll, «ich dachte, wir hätten uns auf ‹Rawl› geeinigt.»

«Rawl, ich verstehe das alles nicht ganz. Was hat ein alter Raubüberfall mit Fingerabdrücken zu tun?»

Rawlins drehte sich zu Spraggue. «Haben Sie heute morgen mit Jeannine Fontenot gesprochen? Hat sie gesagt, daß ihr Mann sie ein paar Jahre alleingelassen hat?»

Hatte Rawlins ihn beschatten lassen? War es ein Vergehen, wenn man sich als Journalist eines Revolverblatts ausgab? «Sie hat gesagt, er wäre einige Zeit in Frankreich gewesen und hätte dort kochen gelernt.»

«Aha, Frankreich!» Rawlins lehnte sich zurück. Ein breites Grinsen teilte sein pausbäckiges Gesicht. «Angola ist verdammt weit weg von Frankreich.»

«Angola?» sagte Mary. «Sie meinen Angola in Afrika?»

«Nein, Angola in Louisiana», verkündete Rawlins. «Wo sich das Staatsgefängnis von Louisiana befindet.»

Spraggue brach das nun folgende Schweigen mit einem leisen Pfiff.

«Was ich meine, ist», fuhr der Sergeant fort, erfreut über die Reaktion, «dieser Bursche, der damals, sechsundsechzig, unter dem Namen James French wegen Diebstahls von Lohngeldern in Morgan City verhaftet wurde, hat dieselben gottverdammten Fingerabdrücke wie Joe Fontenot. Wir haben es hier nicht mit einem Toten zu tun, der einmal seinen Namen geändert hat, um eine arme Lady durch einen faulen Trick zur Heirat zu bewegen. Wir haben es hier mit sechs Jahren Gefängnisstrafe und einer ganzen Latte falscher Namen zu tun.»

«James French», wiederholte Spraggue. «Und als er Dora geheiratet hat, hieß er Jacques Forte.» Er zählte die Namen an den Fingern ab. «Als er Jeannine geheiratet hat, hieß er Joe Fontenot. Muß wohl Unterwäsche mit Monogramm gehabt haben.»

«Rawl», sagte Mary, «das ist ja wunderbar!»

Die feisten Wangen des Detective röteten sich.

«Gibt's noch mehr?» fragte Spraggue.

«Abwarten.» Rawlins dehnte die Silben, während er wieder seine Taschen abklopfte und schließlich ein winziges Notizbuch herauszog. «Ich hab mir hier ein paar Dinge notiert. Und ich habe einen Beamten rüber nach Morgan City geschickt.» Rawlins blätterte, hielt das aufgeschlagene Notizbuch auf Armeslänge von sich und bewegte es langsam näher an seine Augen.

«Rawl!» flüsterte Mary.

«Okay, okay», grummelte er, griff in seine Brusttasche und zerrte ein Lederetui heraus. «Ich will nichts verheimlichen.» Widerwillig klemmte er sich eine Lesebrille auf die Nase. Es waren schmale, rechteckige Gläser mit schwarzem Gestell. «Ich möchte am liebsten alles auf einmal sagen, und ich weiß nicht, womit ich anfangen soll. Ich könnte vielleicht direkt morgen nach Angola fahren, um mit dem Gefängnisdirektor zu sprechen...»

Pierce besaß ein ganzes Repertoire verschiedener Arten, an die Tür zu klopfen. Diesmal war es gedämpft, flüchtig – eher die Ankündigung einer Störung als eine Bitte, eintreten zu dürfen. Er brachte eine Flasche auf einem Silbertablett.

Mary nahm die weiße Karte mit silbernem Aufdruck vom Tablett, während Spraggue das Etikett der Flasche studierte. «Mit freundlicher Empfehlung des Hotels», verkündete Mary. «Das bedeutet, von Denise.»

«Cognac», sagte Spraggue. «Ein *Sabourin Grande Champagne*. Eine Bestechung erster Klasse.» Er spekulierte über Paulette, ob zwei miteinander in Verbindung stehende Mörderinnen möglich waren, eine mit einem Motiv, die andere mit der Gelegenheit.

«Schenken Sie uns ein Glas ein, Pierce», sagte Mary. «Sich selbst auch – und dann trinken wir auf diesen phantastischen Polizisten hier.»

Bei dem Lob setzte sich Rawlins aufrechter hin. «James French», sagte er, nachdem er zuerst einen Blick in sein Notizbuch, dann auf das zusammengefaltete Blatt Papier geworfen hatte. Mit der verhaßten Brille hatte er keinerlei Schwierigkeiten mehr. «Auch bekannt als Joe Fontenot. Das, wofür er in Angola gesessen hat, war eine ziemlich große Sache, damals, 1966.» Rawlins klappte das Notizbuch zu, benutzte seinen Zeigefinger als Lesezeichen und nahm die Brille ab. Sie hinterließ leicht gerötete Dellen auf beiden Seiten der Nase. «Das alles hat sich drüben in Morgan City abgespielt. Wenn Sie Morgan City kennen, dann wissen Sie, daß es so was wie eine offene Stadt ist. Ein guter Ort, zu verschwinden und verschwunden zu bleiben. Die

Arbeiter von den Bohrtürmen vor der Küste treiben sich dort rum. Gute Bezahlung für ungelernte Arbeit, und die Nachfrage ist groß. Also achtet keiner so genau auf Sozialversicherungskarten und Papiere und so weiter. Drüben in Morgan City ist alles möglich. Und es gibt viel Geld. Bargeld. Die Jungs da bezahlt man nicht mit Bankschecks. Die möchten gern grüne Scheinchen in ihrer Lohntüte sehen, damit sie schnurstracks rüber in die Bar marschieren können. Nicht gerade ein Bankenzentrum, das gute alte Morgan City.»

«Wo liegt es?» erkundigte sich Mary.

«Ach, ungefähr neunzig Meilen südwestlich. Unser Junge könnte den Überfall geplant haben, als er noch hier lebte und unter dem Namen Jacques wie-auch-immer mit Ihrer Köchin verheiratet war. Es war eines dieser millionenschweren Dinger, ein Verbrechen, das sich einem nur einmal im Leben bietet. Sie wissen schon, wenn wir's tun, dann einmal, und zwar richtig. Nicht jedes zweite Wochenende den kleinen Laden an der Ecke ausnehmen.»

Er beobachtete Mary aufmerksam, als sie einen Teil des Zeitungsausschnitts noch einmal las und ihn dann Pierce gab. «Sie, äh, brauchen keine Brille?» fragte Rawlins leise.

«Ich trage Kontaktlinsen.»

Spraggue lächelte. Mary gab das nur äußerst selten zu.

«Ich hasse dieses Ding», meinte Rawlins seufzend. «Jedesmal, wenn ich die Brille bei der Arbeit aufsetzen muß, höre ich die jungen Cops denken: ‹Armer, alter Sack, hoffentlich schicken die mich aufs Altenteil, bevor's bei mir soweit ist.› Wenn ich keine Bifokalbrille brauchte, würde ich mir auch Kontaktlinsen besorgen. Nicht aus Eitelkeit, verstehen Sie, sondern...»

«Ich trage Bifokalkontaktlinsen», sagte Mary. «Und das nicht aus Eitelkeit.»

«Die gibt's schon?»

«Sondern aus Stolz. Man muß sich ein wenig daran gewöhnen...»

«Verdammt. Ich besorg mir auch welche.»

«Können wir mal wieder zum Geschäftlichen kommen?» fragte Spraggue. «Was ist mit den beiden anderen Räubern? Hat die ‹ausgedehnte Fahndung› Erfolg gehabt?»

Rawlins mußte nicht erst in seinem Notizbuch nachsehen. «Der einzige, der je geschnappt wurde, war der aus dem *Sisters of Mercy*», sagte er zufrieden. «Der aus dem Zeitungsartikel. Unser ‹James French›. Sie hatten Pech. Sie haben keinen seiner Komplizen gefunden. Denn in Morgan City, da hat er gelogen, daß sich die Balken bogen, hat behauptet, er hieße James French, und hier in New Orleans war er Jacques Soundso, und zu Hause im Bayou war er Joe Fontenot. Ich erinnere mich noch undeutlich, daß dieser ‹James French›, der damals verhaftet wurde, einen auf armer, unterbelichteter Cajun-Junge machte. Sie wissen schon, sprach nur Französisch oder Cajun und wirkte nicht intelligent genug, um wirklich zu kapieren, was Sache war.»

«Sein Bild muß doch in allen Zeitungen gewesen sein», sagte Mary.

«Der einzige Grund, warum sie French oder Fontenot oder weiß der Henker wen schnappten, war, daß er einer Ladung Schrot im Wege stand. Er lag im Krankenhaus, und sein Kopf war bandagiert. Er hatte sich auch ein Bein gebrochen, das nie richtig heilte.»

«Hat er den Sicherheitsbeamten getötet?» fragte Mary.

«Nein. Es gab sogar Beweise, daß er es nicht war. Aber wir haben hier ein Gesetz zu ‹gemeinschaftlichem Mord›, das ‹Mitgefangen, Mitgehangen›-Gesetz. Wenn man mit einem Komplizen einen Überfall macht und der Kumpel ballert mit einer Schrotflinte los und tötet jemanden, dann ist man genauso schuldig wie der Täter, selbst wenn man schwört, man hätte nicht mal gewußt, daß er eine Knarre hatte.»

«Aber French war nur sechs Jahre im Gefängnis», sagte Spraggue. «Klingt nach ziemlich wenig für Mord.»

«Bewährung, vermute ich.» Rawlins setzte widerstrebend seine Brille auf und blätterte im Notizbuch. «Er ist nicht wegen vorsätzlichen Mordes verurteilt worden. Hatte wahrscheinlich einen guten Anwalt, und manchmal ist ein Richter auch alles andere als begeistert, wenn er eine Strafe wegen gemeinschaftlichem Mord verhängen soll. Und ich erinnere mich, daß der Typ ziemlich lädiert war. Er würde den Rest seines Lebens humpeln, so was in dem Stil. Vielleicht dachte der Richter, er würde mit dem Hinkebein so schnell nicht wieder in ein kriminelles Leben abrutschen.»

«Ist er ja auch nicht», sagte Mary.

«Was ist aus dem Geld geworden?» fragte Spraggue.

Rawlins grinste. «Auf die Frage habe ich schon gewartet. Wie sich herausstellte, waren etwa fünfhunderttausend Dollar verschwunden.

Bis zur Million hat's nicht gereicht, sie mußten die Hälfte der Knete dalassen. Aber sie sind mit heiler Haut davongekommen – bis auf unseren Freund Fontenot. Und jetzt kommt etwas Interessantes.» Der Sergeant klappte das Notizbuch zu, nahm die Brille ab und gestikulierte damit, um seine Worte zu unterstreichen. «Das Geld ist nie wieder aufgetaucht und auch sonst niemand, der mit dem alten James French das Ding gedreht hat.»

ZWÖLF

Spraggue ließ sich behutsam auf den Boden nieder und drückte seine Wirbelsäule flach auf den Teppich. Die unsanfte Begegnung mit den Rausschmeißern machte sich pochend in seinem Kreuz bemerkbar. Er absolvierte eine Entspannungsübung, auf die ein anderer ehemaliger Schauspiellehrer geschworen hatte. Zehnmal.

Es funktionierte nicht.

Joseph Fontenot. Jacques Forte. Und James French. Hatte er noch andere falsche Namen gehabt, andere Identitäten? Spraggue spürte den ersten Anflug von Mitgefühl, eigentlich eher Nachempfinden, für den toten Mann. Er kannte das Verlangen, mehr als nur ein kurzes, vorherbestimmtes Leben zu führen, an der freien Wahl gehindert durch die Umstände der Geburt. Immer nur Entscheidungen der Art treffen zu können, die Pferden mit Scheuklappen erlaubt sind, Tieren, die nur die breite Straße vor sich sehen, statt die Hunderte faszinierender, gewundener Wege zu beiden Seiten. Die Schauspielerei erlaubte ihm, in andere Häute zu schlüpfen, mit anderen Möglichkeiten zu experimentieren, und mit anderen Leben.

Die Arbeit als Privatdetektiv besaß den gleichen Reiz. Sein größter Aktivposten war seine Anpassungsfähigkeit, mit sicherem, ruhigem Selbstvertrauen jede Rolle spielen zu können, die in einer bestimmten Situation gerade erforderlich war. Er hatte das Gesicht dazu, unauffällig und flexibel. Wenn ein Theaterstück eine Doppelrolle erforderte, fiel die Wahl für gewöhnlich auf ihn.

Joe Fontenot, Dieb, Betrüger und Heiratsschwindler, hatte mehr als ein Leben geführt. Und das in der wirklichen Welt, nicht auf der Bühne. Spraggue fragte sich, wie es wohl sein würde – den Namen zu ändern und den Gang und die Haare und die Kleidung, um woanders noch einmal ganz von vorn anzufangen, ein frisch geborener Fremder in einem sauberen Land, befreit von den Fesseln der Vergangenheit.

Wie hatte ‹James French› seine Fesseln abgestreift? Selbst wenn man wegen tadelloser Führung vorzeitig auf Bewährung entlassen wurde, mußte man sich doch strengen Auflagen unterwerfen. Auf Bewährung entlassene Häftlinge, die die Behörden vielleicht zu einer halben Million Dollar und einem oder zwei Mördern führen konnten, mußten mit schärferer Überwachung rechnen als andere.

Aber ‹French› hatte ein ausgezeichnetes Doppelleben parat – seinen richtigen Namen – und eine Frau und eine Tochter, die sich freuten, ihn zu Hause willkommen zu heißen, ohne Fragen zu stellen.

Hatte Jeannine Fragen gestellt? Hatte Aimée sich gefreut?

Sergeant Rawlins' Enthüllungen hatten die Gruppe der Menschen, die Joe Fontenot womöglich am liebsten tot sehen wollten, erheblich vergrößert. Zellenkumpane, Angehörige des ermordeten Sicherheitsbeamten, Komplizen . . .

Vielleicht hatte Fontenot seine Partner ausfindig gemacht und reiche Belohnung für sein Schweigen verlangt. Abgesehen von seinem rechtmäßigen Anteil an der nicht sichergestellten halben Million.

Der Raubüberfall hatte neunzehnhundertsechsundsechzig stattgefunden. Siebenundsechzig der Prozeß. Sechs Jahre Haft. Neunzehnhundertdreiundsiebzig. Fontenot war über zehn Jahre aus dem Gefängnis gewesen. Aber erst, als er vor sechs Monaten seinen Stiefbruder T-Bob beerbte, hatte er begonnen, größere Summen auszugeben. Das behauptete wenigstens Jeannine Fontenot.

«Wünschen Sie noch etwas?» Pierce' schwarze Hochglanzschuhe drückten dreißig Zentimeter von Spraggues rechter Schulter den Teppichflor platt. Spraggue war sich der Anwesenheit des Butlers bewußt gewesen, der Aschenbecher reinigte, mit Gläsern klirrte und den Wagen des Zimmerservice auf den Gang gerollt hatte, aber die plötzliche Frage erschreckte ihn.

«Gehen Sie zu Bett», sagte Spraggue. «Mary ist bestimmt erst in ein paar Stunden zurück.»

«Dann wünsche ich Ihnen eine gute Nacht.»

«Schalten Sie beim Hinausgehen bitte das Licht aus.»

Die Dunkelheit half ihm möglicherweise, sich zu konzentrieren, vielleicht konnte er dann einschlafen. Wenn Tante Mary von ihrem Kneipenbummel mit ihrem Detective-Sergeant-Kavalier zurückkam, würde sie ihn sanft schnarchend auf dem Teppich finden. Über ihn stolpern. *Falls* sie zurückkam. Als sie ihm zum Abschied zuwinkte, hatte er einen flüchtigen Blick auf die Bohemienne Mary Spraggue erhascht, die gefährlich dicht unter der Oberfläche der seriösen Upperclass-Fassade lauerte.

Ein horizontaler Lichtstrahl schimmerte wie eine Neonröhre in der Dunkelheit. Durch den Spalt unter der geschlossenen Tür zum angrenzenden Zimmer fiel Licht. Doras Zimmer.

Er lauschte dem leisen Tapsen von Schritten, dem Stoffrascheln, während er lautlos aufstand. Wie lange die Geräusche dauerten, konnte er nicht mit Sicherheit sagen. Ein schmaler Lichtstreifen tauchte an der Seite der Tür auf, wurde breiter. Eine Gestalt schlüpfte in den Raum und glitt zur Couch hinüber.

Spraggue knipste das Licht an.

Er erwischte Dora in dem Augenblick, als sie sich über die Couch beugte und sie abklopfte. Auf einem der Kissen lag eine braune Handtasche. Sie packte sie blitzschnell und drehte sich um.

Langsam stieß sie den Atem aus. «Oh, Sie sind es», sagte sie. In ihrer Stimme lag nichts, weder Erleichterung noch Besorgnis.

«Sie gehen aus?»

Sie trug ein adrettes, beigefarbenes Kostüm und eine pinkfarbene Bluse, deren hoher Kragen mit einer Schleife zugebunden war.

«Nein», erwiderte sie. «Ja... vielleicht. Ich wollte nur... ich wollte mir nur etwas die Füße vertreten.» Sie hatte Lippenstift aufgelegt. Viel zu leuchtend für ihr blasses Gesicht.

«Es ist schon spät», sagte Spraggue. «Weit nach Mitternacht.»

«Mitternacht ist in Boston spät, aber nicht hier in New Orleans. Ich wollte plötzlich an einen Ort mit hellen Lichtern und Musik und Menschen, die sich unterhalten. Glücklichen, ausgelassenen Menschen. Ich wollte mir die alten Lokale anschauen. Vielleicht auf einer Bank in der Preservation Hall sitzen und den alten Männern beim fröhlichen Musizieren zuschauen. Und Sweet Emma. Ob Sweet

Emma wohl immer noch Klavier spielt? Inzwischen müßte sie eine alte Frau sein. Oder tot.»

«Die Preservation Hall schließt früh. Um Mitternacht, glaube ich.» Müßte Dora das nicht selbst wissen, fragte sich Spraggue. Sie hatte Jahre ihres Lebens hier verbracht, nicht nur wenige Monate.

«Ach, das habe ich vergessen», sagte sie schnell. «Dann vielleicht das *Pat O'Brien's*. Oder...»

«Ich könnte Sie begleiten.»

«Nein, wirklich, es war nur so eine spontane Idee. Vielleicht sollte ich lieber gar nicht mehr ausgehen. Früher, als ich noch hier lebte, war es in New Orleans sicher. Heute wird man angeblich sogar auf der Straße überfallen. Beinahe so schlimm wie in New York.»

«Wollen Sie wirklich nicht mehr ausgehen?»

Sie versuchte ein Lächeln. «Nein, *Monsieur*.»

«Ich möchte Ihnen nur helfen, Dora. Das wissen Sie doch.»

«Glauben Sie mir, *Monsieur*, es hat wirklich nichts mit dem Tod dieses Mannes zu tun. Muß denn mein ganzes Leben unter einem Mikroskop untersucht werden, nur weil ich zu Unrecht dieser Tat verdächtigt werde?»

«Wenn Sie gehen möchten, dann gehen Sie», sagte Spraggue. Ob es noch voll genug auf den Straßen war, damit er ihr unbemerkt folgen konnte?

Sie zögerte. «Ich werde bleiben.»

«Dann setzen Sie sich. Und erzählen Sie mir mehr über Ihren Jacques Forte.»

«Ich habe Ihnen bereits erzählt, was für ein Mann er war. Alles, was ich weiß», sagte Dora hilflos. «Es ist alles schon so lange her. Ich habe mich so bemüht zu vergessen, daß es mir nicht leicht fällt, mich zu erinnern.»

Sie setzte sich auf die Sofakante und umklammerte ihre Handtasche. Hätte sie nicht die Handtasche auf der Couch gelassen, wäre sie problemlos aus dem Hotel gekommen. Ihr Zimmer besaß eine Tür auf den Gang. War sie auch vorher schon fort gewesen? Hatte Mary ihr einen Schlüssel gegeben? Wahrscheinlich gab es an der Rezeption ohnehin einen Zweitschlüssel.

«Was ich brauche», sagte Spraggue, «sind ein paar Fakten. Wann und wo und warum und wie?»

«Ich weiß nicht, was Sie meinen», sagte Dora einfach.

«Was wußten Sie über Jacques Forte, als Sie ihn geheiratet haben?»

«Ich wußte – ich glaubte zu wissen –, daß ich ihn liebte.»

Toll. Die naive Antwort einer Siebzehnjährigen.

«Das habe ich aber nicht...»

«Seine Familie habe ich nie kennengelernt», sagte Dora verteidigend, «falls Sie das meinen.»

«Was hat er Ihnen von seiner Familie erzählt? Warum haben Sie sie nicht kennengelernt?»

«Es gab Schwierigkeiten. Seine Mutter, sagte er, wäre gestorben, als er noch ganz klein war, und zu der Frau, die sein Vater später heiratete, hätte er nie ein enges Verhältnis gehabt. Er mochte sie nicht. Er und seine Schwestern hätten sich ebenfalls auseinandergelebt. Das verstand ich gut, weil ich selbst keine Familie habe.»

«Dann eben Freunde», sagte Spraggue. «Wer waren Ihre Trauzeugen?»

«Ich hatte Denise Michel. Es war keine große Hochzeit, müssen Sie wissen. Er nannte es immer ‹FR-Hochzeit›. Ein Friedensrichter führte unsere Trauung durch.»

«Wer war der Trauzeuge des Bräutigams?»

«Niemand, glaube ich. Sein Freund, an seinen Namen kann ich mich nicht mehr erinnern, mußte dringend aus der Stadt, und der Mann im Amt meinte, es wäre rechtlich auch nicht zwingend vorgeschrieben.»

«Kein Freund, der bei der Zeremonie dabei war?»

«Der Mann sollte ja kommen, aber im letzten Augenblick kam etwas dazwischen.» Doras Stimme wurde tonlos, und sie schloß mit einem matten: «Das hat Jacques mir wenigstens erzählt.»

«Dieser Freund, hieß er zufälligerweise T-Bob?»

«T-Bob», wiederholte sie. «Ja, ich glaube schon. Ich erinnere mich an diesen Namen. Kleiner Bob. Könnte sein, daß das der Freund war.»

«Kannten Sie ihn?» fragte Spraggue. «Haben Sie ihn mal getroffen?»

«Nein. Nie. Aber ich erinnere mich, daß ich den Namen schon einmal gehört habe.»

Sackgasse. Straßensperre.

«Wo haben Sie gewohnt?» fragte Spraggue weiter. «Sie und Jacques?»

«Im *Faubourg Marigny*, einem Ein-Zimmer-Apartment in der Kerlerec Street.»

«Haben Sie die Wohnung zusammen gesucht? Stand sein Name auf dem Mietvertrag?»

«Nein», sagte Dora schnell. «Wir haben in meiner Wohnung gelebt. Eine hübsche Wohnung, vielleicht nicht groß genug für zwei, aber wir hatten so wenig Geld...»

«Dann ist also dieser Mann, der keine Familie und keine Freunde hatte, in Ihre Wohnung eingezogen.»

«Glauben Sie vielleicht, ich hätte mir nicht schon selbst gesagt, wie dumm ich war?» Dora spielte nervös mit dem Schulterriemen der Handtasche. «Ich weiß, jede vernünftige Frau würde eine Bratpfanne oder ein Schälmesser sorgfältiger aussuchen.» Sie starrte auf den Boden, und ihre Stimme blieb leise und tonlos. Ihre Aufrichtigkeit war Salz in einer offenen Wunde. «Ich war kein vor Liebe blindes Schulmädchen mehr. Ich war fast dreißig Jahre alt...»

«Hatte Ihr Mann einen Job, Dora? Ist er jeden Morgen zur Arbeit gegangen?»

«Er war Koch, *Monsieur*, das wußte ich. Aber er konnte keine Arbeit finden. Er sei Saucier in einem der großen Hotels gewesen, sagte er, doch man habe ihn wegen eines Zwischenfalls mit einem dämlichen Kellner gehen lassen. Er hat jeden Tag Arbeit gesucht. Es war bestimmt sehr hart für ihn. Ein Mann braucht schon allein wegen seiner Selbstachtung Arbeit. Manchmal glaube ich, daß er jede Arbeit gemacht hat, die er bekommen konnte. Denn hin und wieder kam er sehr schmutzig nach Hause. Als hätte er beim Straßenbau gearbeitet. Er hatte schwielige Hände vom Graben. Er brachte mir immer Blumen mit, manchmal wunderschöne Sträuße aus dem Blumengeschäft, dann wieder Blüten, die aussahen, als hätte er sie am Straßenrand gepflückt. Und er hatte dann auch etwas Geld, das er zur Miete beisteuern konnte. Aber er schämte sich immer. Von seiner Arbeit wollte er nichts erzählen.»

«Gepäck?» sagte Spraggue. «Fotos?»

«Erst als er längst fort war, wurde mir klar», sagte Dora, in Gedanken ganz weit weg, «wie wenig persönliche Dinge von ihm in unserer Wohnung waren. Es war immer meine Wohnung. Er hatte nur einen einzigen Koffer mit Kleidung bei sich. Das war alles. Ich dachte, er sei einfach nur arm. Aber Armut ist doch keine Schande.»

«Nein, keine Schande», wiederholte Spraggue leise.

«Er schien ein anständiger Kerl zu sein», sagte Dora trotzig. «Er war kein dahergelaufener Dieb oder Mörder!»

Tiefe Stille legte sich über den Raum.

«Warum stellen Sie mir all diese Fragen?»

«Weil es helfen könnte, den Mord aufzuklären», antwortete Spraggue schließlich.

«Nein», sagte Dora. «Er ist nicht von seiner Vergangenheit getötet worden. Er wurde mit meinem *tanqueuer* ermordet – mit meinem Messer, und die Leute haben es an dem Nachmittag noch gesehen. Mein Messerkasten war nur während des Seminars unverschlossen. Anschließend habe ich ihn abgeschlossen, und den Schlüssel trage ich immer um den Hals. Also muß es jemand aus dem Seminar gewesen sein, von diesem Dinner, jemand von *heute*.»

Da war's, dachte Spraggue. Sie hatte recht. Gleichgültig, welche alten Zeitungsausschnitte Rawlins aus seinen Taschen zauberte.

«Wo wollten Sie heute nacht hin?» fragte er.

«Raus, *Monsieur*. Einfach nur raus.»

DREIZEHN

Die Gebäude links und rechts von Aimée Fontenots Apartment in der Esplanade Avenue waren hier und da regelrecht nobelsaniert: neue Fensterläden, Topfpflanzen, *Mardi-Gras*-Fähnchen. Der verwitterte graue Anstrich der verzogenen Fensterrahmen von Aimées Haus blätterte ab. Im offenen Eingangsflur war der Name *Fontenot* auf ein Stück weißes Klebeband gekritzelt, das an einem Holzbrett unter einem verbeulten Briefkasten befestigt war.

Um neun Uhr am nächsten Morgen klingelte Spraggue bei ihr. Er fand, sie hatte bis neun genug Gelegenheit, nach dem miesen Champagner auszuschlafen, aber nicht genug Zeit, um sich von einem Kater zu erholen und das Haus zu verlassen. Wieder drückte er auf den Klingelknopf. Die Muskeln in seinem Oberarm schmerzten, und bei dem Gedanken an die Rausschmeißer hoffte er, daß die Klingel unmittelbar neben Aimées Trommelfell explodierte.

Nichts. Er fragte sich, ob sie wohl einen zahlenden Kunden im Bett hatte. Das könnte ihre Reaktionen ein wenig verlangsamen. Er verpaßte der Klingel eine Stakkato-Salve. Nichts.

Albert Flowers wartete im Taxi, überflog die Morgenzeitung und nahm Aimées Abwesenheit nicht weiter tragisch. Er meinte, Spraggue solle den Kopf nicht hängen lassen, es gebe noch einen Ort, wo die Frau sein könne, wenn er auch nicht verstand, wieso ein Mädchen in einer Bourbon-Street-Spelunke arbeitete und trotzdem einen miesen Angestelltenjob bei der *K&B*-Filiale behielt. Da verdiente sie, weiß Gott, in zwei Tagen weniger als in einer einzigen Stunde im Liegen.

Hinter der Theke des kleinen Ladens wirkte Aimée Fontenot so deplaziert wie ein Rabe in einem Käfig voll Sittichen. Ihr hübsches Gesicht hielt sie nicht davon ab, die wartenden Kunden finster anzustarren. Spraggue war überzeugt, daß die Worte «Schönen Tag noch» niemals über ihre Lippen kamen. Sie arbeitete mechanisch, gerade langsam genug, um eine Idee unverschämt zu wirken, als wüßte sie genau, daß sie viel zu gut für diesen Job und diese Gegend und diese Leute war. Sie war unhöflich, ohne offen respektlos zu sein, beleidigend, ohne jemandem konkret Anlaß zu einer Beschwerde zu geben. Es war eine solide Vorstellung, und Spraggue ertappte den Manager des Ladens dabei, wie er der Frau von Zeit zu Zeit nervöse Blicke zuwarf, als brütete er darüber nach, wie er diesen Dämon hinter der Kasse loswurde, bevor sie die Kunden loswurde.

Spraggue nahm ein Päckchen Kaugummi von einem knallbunten, ungeheuer kinderfreundlich aufgestellten Display und stellte sich am Ende der Schlange an.

Als er mit dem Bezahlen an der Reihe war, erkannte sie ihn. Das sah er an ihren Augen. «Fünfundvierzig Cents», sagte sie.

«Ich wette, Sie haben gleich eine Viertelstunde Pause», sagte Spraggue. «Wir könnten uns auch später zum Mittagessen verabreden.»

«Volle fünfundvierzig Minuten, ja», sagte sie und riß ihm den Dollarschein aus der Hand. «Und die möchte ich gern allein verbringen.»

«Sie sehen Ihrer Mutter nicht sehr ähnlich.»

«Ja, aber ich bin ihre Tochter. Wer mein Vater war, weiß ich nicht so genau. Aber wenn ich die Wahl hätte, wäre mir jeder lieber als der alte Joe, tot oder lebendig.»

Die Frau hinter Spraggue hüstelte dezent.

Spraggue nahm eine Rolle *Life Savers* aus einem Display. «Die auch noch», sagte er.

«Vierzig Cents.»

«Vierzig Minuten. Ich lad Sie zum Essen ein.»

«Ich hab mein Mittagessen immer dabei.»

«Dann auf einen Drink.»

«Ich trinke nicht.»

«Nicht mal Champagner?»

Die Frau hinter Spraggue knallte ihre Einkäufe auf die Theke, knurrte ärgerlich in Richtung des Managers und eilte zur Tür.

«Gibt's Probleme, Aimée?» fragte er mit grollendem Unterton.

«Nein, Bobby», antwortete sie mit einem spöttischen Lächeln, das der Mann nicht ignorieren konnte.

«Mir wäre lieber, wenn Sie mich Mr. Thomas nennen, Aimée.»

«Mir wär's lieber, wenn Sie mich Miss Fontenot nennen.»

«Raus!» zischte der Manager, wobei er neugierigen Kunden zuliebe einen betont freundlichen Gesichtsausdruck beibehielt. «Sie sind entlassen. Ich wußte, daß es mal soweit kommen würde. Verdammt, ich hab die Schnauze voll von Ihnen ... Für alles sind Sie sich zu gut. Verschwinden Sie, und zwar schleunigst.»

«Mit Vergnügen», sagte Aimée ruhig, als hätte sie gerade eine Einladung zum Tee angenommen. Sie riß sich die dunkelrote Schürze herunter, die sie über ihrem schwarzen Pullover trug, schleuderte sie auf die Theke und war durch die Tür gerauscht, noch ehe der entsetzte Manager etwas erwidern konnte.

Spraggue folgte ihr. Sie ging so schnell, daß er laufen mußte, um sie einzuholen; er legte ihr die Hand auf die Schulter und drehte sie zu sich herum.

«Spendieren Sie mir ein Frühstück», sagte sie. «Ich habe noch nichts gegessen, und mein verfluchtes Mittagessen ist in seinem Kühlschrank. Von mir aus kann er's sich sonstwohin stecken.»

Sie hakte sich bei ihm ein und lotste ihn den Bürgersteig hinunter.

«Tut mir leid», sagte er.

«Was? Daß ich gefeuert worden bin? Ich wäre heute oder morgen oder übermorgen sowieso rausgeschmissen worden. Aus solchen Jobs fliege ich dauernd.»

«Wieso arbeiten Sie dort, wenn Sie es so hassen?»

«Um meine widerlichen Angewohnheiten zu finanzieren. Essen. Miete zahlen.»

«Es gibt andere Jobs.»

«Ach, Sie meinen so einen wie letzte Nacht? Ja, ich arbeite in der Bar, aber ich brauche auch etwas Solides. Damit ich auch mal nein sagen kann.»

«Es gibt auch noch andere Jobs außer in Bars und kleinen Läden.»

«Auch für Cajun-Mädchen ohne High-School-Abschluß? Die nicht gern ‹Jawohl, Sir› sagen? Weder Maschineschreiben noch Akten ablegen, noch Diktate aufnehmen können? Mann, wir sind hier in Fast Food City, und das bedeutet, man nimmt für den Rest des Lebens Bestellungen entgegen oder aber kriecht einem Typen in den Arsch, der so scharf drauf ist, einen zu bumsen, daß er einen sogar heiraten würde.»

«Zwei», sagte Spraggue zu der lächelnden jungen Frau, die in dem schmuddeligen kleinen Eckrestaurant neben dem Schild stand, das aufforderte, zu warten, bis man einen Platz zugewiesen bekam. Er fragte sich, ob die Hosteß mit den strahlend weißen Zähnen eine ebenso trostlose Sicht der Welt hatte wie Aimée Fontenot. Sie wurden zu einem tristen hölzernen Rechteck vor einem schmierigen Fenster geführt. Schlaffe orangefarbene Vorhänge sperrten das Tageslicht weitgehend aus.

«Morgen suche ich mir einen neuen Job», sagte Aimée. Kaum hatte sie sich gesetzt, schien ihr Zorn zu verfliegen. Statt dessen machte sie wieder einen auf erotisch und zupfte an ihrem engen, schwarzen Pullover.

«So schnell?» fragte er.

«Ich habe nie Probleme, einen Job zu finden. Die Typen glauben, ich wäre pflegeleicht, also stellen sie mich ein.»

Spraggue fand ihre Wut attraktiver als ihre billige Anmache. Die Wut war echt.

«Natürlich», sagte sie mit dem ersten Anzeichen eines Lächelns, das er um ihre Mundwinkel spielen sah, «hat der alte Herr mir in seinem Testament was vermacht. Angenommen, er hat überhaupt ein Testament aufgesetzt. Er hat geglaubt, er würde ewig leben.»

«Ich weiß nicht, ob er ein Testament aufgesetzt hat oder nicht. Ihre Mutter dürfte es aber wissen.»

Aimée nickte nachdenklich. «Könnte sogar sein, daß sie mir unter die Arme greift, wissen Sie, jetzt, wo der alte Knabe tot ist. Vielleicht könnte ich genug zusammenkratzen, um von hier zu verschwinden.»

«Um wohin zu gehen?»

«Irgendwohin», sagte sie mit einer Bestimmtheit, die das Ende des Gespräches signalisierte.

Sie bestellte Schinken, Eier und Brötchen. Spraggue bestellte Kaffee.

«Was wünschen Sie?» äffte sie die Kellnerin nach, als die wieder weg war. Ihre Stimme war rauchiger als die der Kellnerin, und die Augen hatte sie zu schmalen Schlitzen zusammengekniffen. Bei ihr klang die Frage wie ein unsittlicher Antrag.

«Ich möchte etwas über Ihren Vater wissen.»

«Warum?» Die Wut war wieder da.

«Ich will herausfinden, wer ihn ermordet hat.»

«Ich nicht. Vielleicht fehlt's mir an Phantasie», sagte sie. «Vielleicht ist's mir einfach auch egal.»

«Hat ihn jemand noch mehr gehaßt als Sie?»

«Das bezweifle ich.»

«Warum haben Sie ihn gehaßt?»

«Wieso sollte ich Ihnen das sagen?»

«Ich möchte es gern wissen. Ich höre zu. Ich spendiere Ihnen das Frühstück. Ich bin billiger als ein Shrink.»

«Sie meinen, ich brauche eine Therapie?»

«Ich glaube, jeder braucht eine Therapie.»

Sie lachte, aber selbst ihr Lachen war bitter, wie eingerostet und selten benutzt.

«Also schön, extra für Sie: mein Vater!» Ihr Akzent änderte sich, wurde breiter und hörte sich an wie eine Parodie auf die melodische

Cajun-Sprechweise ihrer Mutter. «Arm und ungebildet aufgewachsen. Gut genug für ihn, gut genug für mich, jawohl, jawohl. Wär ich ein Junge, hätte sich's vielleicht gelohnt, mich auf eine Schule zu schicken. Ein Junge bringt's vielleicht zu was. Ein Mädchen ist nur gut für eins.» Ihre Stimme wurde wieder normal. «Ich meine, es war schon schlimm genug, als er jeden Pfennig umdrehen mußte, aber Sie haben ja das Schloß gesehen, das er aufmachen wollte. Woher kam das Geld? Und wieso habe ich nichts davon abbekommen? Das ist eine leichte Frage. Weil er nie glaubte, daß ich auch nur einen Scheißdreck wert war.» Sie spülte einen Bissen Schinken mit Kaffee runter und schaute zu Spraggue auf. «Wollen Sie mir jetzt nicht sagen, daß mein Daddy mich geliebt hat und ich ihn nur nicht richtig verstanden habe? So was sagen Shrinks doch.»

«Unsinn. Für mich hört er sich an wie ein Arschloch.»

Wieder dieses schiefe Lächeln. «Ich wär auch gern mal ein Arschloch. Sie auch?»

«Nein.»

«Sie sind okay. Sie reden nicht viel.»

«Nein.»

Sie starrten sich an, bis sie schließlich wegsah.

«Wie alt sind Sie?» fragte sie und warf ihm einen intimen Blick zu.

«Älter als Sie, Kindchen.»

«Für wie alt halten Sie mich denn?» Sie packte ihr dunkles Haar und schob es nach hinten. Jetzt mimte sie die Abgeklärte.

«Achtzehn vielleicht, vielleicht aber auch noch nicht. Größe und Gewicht kann ich gut schätzen, aber Alter nicht.»

«Was wollen Sie wirklich von mir?» Wieder dieser Schlafzimmerblick. Sie schien sich zu amüsieren, war sich ihrer Wirkung auf Männer sicher.

«Wo waren Sie an dem Abend, als Ihr Vater ermordet wurde?»

«Lassen Sie mich nachdenken», sagte sie betont unbekümmert. «Welcher Abend war das noch gleich? Mittwoch? Donnerstag? Hat keinen besonderen Eindruck bei mir hinterlassen. Wahrscheinlich in der Bar. Vielleicht zu Hause. Vielleicht auch nicht.»

«Sehr hilfreich», sagte Spraggue trocken.

«Fragen Sie mich etwas anderes», sagte sie, schlüpfte tiefer in ihre Rolle, senkte die Wimpern und machte ihre Stimme rauchiger.

«Wie wär's mit dem Schlüssel zum Haus Ihrer Mutter?»

Das war die falsche Bitte. Sie riß die Augen auf. «Zum Restaurant? Wozu zum Teufel?»

«Ich möchte sehen, was Ihr Dad im Haus hatte. Ihre Mutter stellt sich auf den Standpunkt, daß Joe ein großartiger Mensch war, und sie will kein schlechtes Wort gegen ihn hören. Sie wird mir nicht erlauben, mich umzuschauen.»

«Besonders, nachdem Sie sie angelogen haben», sagte Aimée süffisant.

«Haben Sie Ihrer Mutter erzählt, daß ich Privatdetektiv bin?»

«Ich habe sie sofort angerufen, nachdem Sie gestern abend gegangen sind.»

Gegangen. Spraggue fand interessant, wie sie seinen Abgang aus der Bar umschrieb. «Also läßt sie mich jetzt ganz sicher nicht mehr herein.»

«Wieso brechen Sie nicht einfach ein? Schon mal was von Einbruch gehört?»

«Bedeutet das, Sie wollen mir den Schlüssel nicht geben?»

Sie ließ sich mit der Antwort Zeit. «Ich werde drüber nachdenken», sagte sie. «Ich meine, ich kenne Sie ja kaum. Vielleicht will ich ja auch mitkommen, nur für den Fall, daß Sie was Wertvolles finden.»

Das gefiel ihm nicht, aber wenn er erst einmal den Schlüssel hatte, konnte er sie vielleicht abhängen. «Wann ist Ihre Mutter aus dem Haus?»

«Sie sind einer von der ganz schnellen Truppe.» Satt und zufrieden schob sie ihren Teller zurück. «Lassen Sie mich nachdenken... Momma spielt heute abend Bridge.» Sie stützte das Kinn auf eine Hand und schaute unter seidigen Wimpern zu ihm auf. «Aber das ist erst heute abend... Was machen wir bis heute abend?»

«Keine Ahnung», sagte Spraggue. Ihre Augen waren unglaublich dunkel.

«Machen Sie ein paar Vorschläge», sagte sie. «Könnte sein, daß das den Ausschlag gibt, ob Sie Mommas Schlüssel kriegen oder nicht.»

VIERZEHN

Spraggue starrte in Aimées Augen, wurde in sie hineingezogen, als wären es Magnete. Ihre Pupillen waren weit. Aber sie nahm keine Drogen, und dunkel war es auch nicht. Vielleicht war sie kurzsichtig. Vielleicht lag es an den vergrößerten Pupillen, daß er sich ein schattiges Schlafzimmer vorstellte und schneller atmete. Die Reaktion kannte sie aus dem Effeff. «Ich bin alt genug, um...» begann er.

«Ich wollte nicht vorschlagen, daß Sie mich adoptieren.» Sie griff unter den Tisch und legte sanft die Hand auf seinen Oberschenkel. «Ich hatte an etwas völlig anderes gedacht.»

«Ganz egal, was», sagte Spraggue und versuchte ruhig zu sprechen, «es wird noch eine Weile warten müssen.» Er faltete vier Dollar-Scheine und legte sie unter die Ecke eines Aschenbechers.

«Erzählen Sie mir nicht, Sie wären nicht interessiert. Ich merke es, wenn ein Kerl interessiert ist.»

Was nicht besonders schwer sein dürfte, dachte Spraggue. Sie brauchte ja nur tote Männer auszuschließen. «Ich bin interessiert», gab er zu, achtete aber darauf, sich das Ausmaß dieses Interesses nicht anhören zu lassen. Er war neugierig, sowohl auf ihr Angebot als auch auf den dahinterliegenden Grund. Im *Creole Strip* war Cash gegen Dienstleistung selbstverständlich. An welche Art Bezahlung dachte sie jetzt? «Aber ich habe noch andere Dinge zu erledigen.»

«Zum Beispiel was?»

«Einen Anruf machen. Gibt's hier irgendwo ein Telefon?»

«An der Ecke. Kann ich mitkommen?»

«Okay. Wo Sie ja heute nachmittag nichts anderes vorhaben.»

Sie hakte sich wieder bei ihm unter und paßte sich seinen Schritten an. Ihre Finger brannten auf seinem Arm.

Nach einmaligem Klingeln meldete sich die Hotelrezeption, und die *Angestellte stellte* ihn durch, noch bevor er Marys Namen und Zimmernummer angegeben hatte. Mary meldete sich munter.

«Wie ist's gelaufen?» fragte er.

«Gott sei Dank.» Sie atmete tief ein und sprach schnell weiter. «Dann brauche ich dir keine Nachricht zu hinterlassen. Mir ist nicht eingefallen, wie ich es ausdrücken könnte, ohne daß gleich das ganze

Hotel mitbekommt, was los ist. Liebling, ich erzähl dir alles auf dem Polizeirevier... Wo bist du?»

«Dem Polizeirevier?» wiederholte Spraggue. Er wollte keine Telefonzelle beschreiben, in der es dank Aimée Fontenots provozierender Anwesenheit zunehmend enger wurde. «Ist Rawlins aus Angola zurück?»

«Nein, mein Lieber. Oh, ich wünschte, er wäre! Sein Deputy hat angerufen. Zumindest glaube ich, daß es sein Deputy war, dieser Mann namens Hayes. Wir müssen hin. Dieser schreckliche Mann, dieser fette Rezeptdieb Harris Hampton veranstaltet ein Mordstheater, hat irgendeinen Koller, und jetzt sucht dich die Polizei...»

«Mich?»

«Ja, Liebling, darum geht's ja. Er behauptet, du hättest versucht, ihn umzubringen.»

FÜNFZEHN

Aimée zog ihre Anmache bis zu dem Augenblick voll durch, als sie aus Flowers' Taxi glitt und sich immer noch weigerte, den Schlüssel zum Haus ihrer Mutter herauszurücken. Sie behauptete steif und fest, ihn «verlegt» zu haben, und sie könnten ihn ja gemeinsam suchen, wenn Spraggue abends gegen acht Uhr bei ihr vorbeikäme. Flowers spitzte die Ohren, und ein breites, genüßliches Grinsen zog über sein Gesicht.

«Ich sag ja immer», murmelte er, nachdem sie die Tür zugeworfen hatte, «in New Orleans soll sich jeder amüsieren.»

Ein glänzend weißer Transporter versperrte den Weg zum Polizeirevier. Auf halber Höhe des Weges rückte eine dunkelhaarige Frau ihr Reversmikro zurecht und bellte zwei Männern mit tragbaren Kameras, die das Logo von *Channel 4* trugen, Anweisungen zu.

Auf Spraggues hastige Warnung hin fuhr Flowers schnell vorbei und bog um die nächste Ecke. Sie hielten vor dem Hintereingang des Reviers.

«Warten Sie besser nicht», sagte Spraggue. «Ich werde Sie anrufen.»

Keiner der Cops im Revier trat vor und legte ihm Handschellen an, aber ihren wachsamen Blicken konnte er entnehmen, daß er in Ungnade gefallen war. Er wünschte, Rawlins wäre da.

Ein stummer Polizist führte ihn in ein stickiges, winziges Büro im zweiten Stock. Tante Mary im roten Strickkleid war der einzige Farbklecks im Raum. Sie thronte auf einem tristen beigen Sofa, das geringfügig freundlicher wirkte als der stoppelige Teppichboden und die verbeulten grauen Aktenschränke. Sein Eintreten nutzte sie als Vorwand, um aufzustehen.

Der Mann in dem Zimmer überragte sie um Längen. Er war drei Nuancen dunkler als der kaffeebraune Flowers, anderthalbmal so groß und besaß nichts von Flowers' lockerer Zurückhaltung.

«Sergeant Hayes», sagte Mary förmlich, «ich möchte Ihnen meinen Neffen vorstellen, den berühmt-berüchtigten Michael Spraggue. Michael, Sergeant Hayes.»

Hayes sah aus wie dreißig. Um die Augen, die Spraggue aus einem Gewirr von Falten anstarrten, wie fünfzig. Spraggue halbierte die Differenz und schätzte ihn auf vierzig. Sein Händedruck war fest und kräftig. Das bewies aber nichts.

«Was gibt's, Sergeant?» fragte Spraggue.

Hayes betrachtete ihn wie eine in die Luft geschnipste Münze, als wolle er sehen, ob Kopf oder Zahl dabei herauskam.

«Ein Problem», sagte Hayes. «Ja.» Er hatte eine tiefe, sonore Baßstimme, wie Schlagsahne.

Die Münze war auf der Kante gelandet. Spraggue beobachtete die Augen des Sergeant, der darauf wartete, daß die Münze auf einer Seite zu liegen kam.

«Wir haben unten einen Bürger, der Anzeige gegen Sie erstatten will», dröhnte Hayes. «Allerdings nicht wegen unerlaubten Überquerens der Straße. Und Sie sind hier oben und nicht drüben im Verhörzimmer bei dem Cop, der die Anzeige aufgenommen hat, weil irgendwer da unten diese Sache mit dem Mord an Fontenot in Zusammenhang gebracht und mir die Geschichte übergeben hat. Rawlins hat mich informiert, bevor er nach Angola aufgebrochen ist. Er hat mir von Ihnen erzählt, und er ist ein Mann, dessen Urteil ich im allgemeinen vertraue. Ich habe diesen Burschen hingehalten. Ich dachte, wenn ich Sie beide zusammenbringe, könnten wir uns vielleicht eine Menge Papierkram und Publicity sparen.»

Publicity. Spraggue nickte bedächtig. Er dachte an die Fernsehkameras vor dem Haus. Der große Mann ließ ihn keine Sekunde aus den Augen.

«Wollen Sie einen Anwalt?»

«Nicht, wenn wir die Sache inoffiziell halten können», erwiderte Spraggue.

Kopf oder Zahl, die Münze fiel. Hayes traf eine Entscheidung. Zu wessen Gunsten wußte Spraggue nicht.

«Ich werde den Kläger jetzt raufholen», sagte Hayes. «Kann sein, daß er auf einem Anwalt besteht. Oder auf einem bewaffneten Beamten.» Die Zähne des Sergeant blitzten; es konnte ein Grinsen oder eine Grimasse sein. Er ging hinaus und ließ die Tür angelehnt.

Spraggue setzte sich auf das Sofa und wartete. Er war überzeugt, daß Aimées Sofa erheblich bequemer war...

Tante Mary holte ihn mit einem Flüstern in die Wirklichkeit zurück, das möglichen Lauschern vor der offenen Tür einen Strich durch die Rechnung machen sollte. «Ich habe Henri Fiorici in New York angerufen. Meiner Meinung nach ist er aus dem Schneider. Kein Rückgrat. Kein Motiv.»

«Klang nicht so, als wäre er bis über beide Ohren in Dora verliebt?»

«Früher vielleicht mal. Aber jemanden vor vielen Jahren zu lieben und heute, also, vor zwei Tagen, einen anderen zu ermorden, um die Ehre dieses Jemand zu schützen – dazwischen liegen Welten.»

«Stimmt.»

«Wichtiger aber» – Mary senkte ihre Stimme, bis sie kaum noch zu verstehen war – «ist Fontenots finanzielle Lage.»

«Du hast etwas herausgefunden?»

«Du hast gar keine Vorstellung, wie viele Bankvorschriften ich mir um die Ohren hauen lassen mußte.»

«Nicht so viele, wie du zu umgehen weißt», sagte Spraggue.

Mary lächelte. «Also, Pierce und ich haben jede Bank am Ort angerufen und uns im Namen der *Foundation* nach Joseph Fontenots Bonität erkundigt. Es ist ein schrecklich weitverbreiteter Name in Louisiana, aber glücklicherweise beginnt sein zweiter Vorname mit O.

Keine Ahnung, für was das steht. Paul Armand hat mir die Kopie einer seiner alten Gehaltsüberweisungen gegeben, und damit habe ich angefangen. Herausgekommen ist dabei ein simples Spar- und Girokonto bei der *First National Bank of Commerce.* Keine von Fontenots Transaktionen über die *First National* erklärt eine Anzahlung von sechzigtausend Dollar auf das Restaurant. Der Mann hatte das Geld einfach nicht.»

«Sackgasse», sagte Spraggue.

«Du unterschätzt mich, mein Lieber. Nachdem ich Joseph Fontenot abgehakt hatte, habe ich mit Jacques Forte und James French weitergemacht. Ein zuvorkommender Chefkassierer bei der *Hibernia Bank* hat Fortes Konto aufgestöbert.»

«Den Namen James French hat er bestimmt nicht mehr benutzt. French hatte eine Akte bei der Polizei.»

«Wenn ich daran gedacht hätte, hätte mir das einige Zeit erspart», sagte Mary. «Aber hör dir das an.» Sie zog einen Zettel aus ihrer grauen Lederhandtasche. «Jacques Forte eröffnete am zehnten Juli vergangenen Jahres ein Festgeldkonto mit einer anfänglichen Einlage von zwanzigtausend Dollar. Mit einem gedeckten Scheck. Und bis zu seinem Tod hat er Monat für Monat weitere zehntausend Dollar eingezahlt.»

Sergeant Hayes' Stimme hallte durch die offene Tür, ersuchte Mr. Hampton, ihm bitte zu folgen.

Spraggue stand auf.

Hampton betrat den Raum so gekonnt elegant, wie er in das *Café Creole* hinein- und wieder hinausgeschwebt war. Er sah gepflegt und gutgenährt und selbstzufrieden aus. Sein sich lichtendes Haar war in Form gesprayt. Er klopfte auf das gelbe Einstecktuch, das aus der Tasche seines himmelblauen Anzugs ragte, und schaute sich im Raum um. Der Inhalt schien ihn zu enttäuschen.

«Setzen Sie sich.» Hayes deutete mit einem gebieterischen Kopfnicken auf das durchgesessene Sofa.

Hampton gehorchte mit einem Anflug von Leutseligkeit: ein Monarch nahm in Gegenwart von Bürgerlichen Platz.

«Ich bleibe stehen, wenn Sie nichts dagegen haben», sagte Mary.

Spraggue lehnte sich an eine dünne Rigipswand.

«Mr. Hampton», sagte Hayes. «Sie kennen diese Leute?»

«Ich habe mit Mrs. Spraggue-Hillman gesprochen.» Seine Stimme war seidenweich. Spraggue hatte sie schon im Radio gehört. «Sie saß mit Dora Levoyer beim Bankett an meinem Tisch. Mr. Spraggue habe ich bislang nur auf der Bühne und in, ich glaube, einem Film gesehen. Und natürlich vergangene Nacht.»

Wenn Harris Hampton ihn in einem Film gesehen hatte, dann hatte er ihn in der Hälfte aller Filme gesehen, die er in seinem Leben gedreht hatte, dachte Spraggue. Womit sich der Mann als Fan qualifizierte. «Sie haben vergessen, das *Café Creole* zu erwähnen», sagte Spraggue. «Gestern nachmittag, als Paul Armand Sie vor die Tür gesetzt hat.»

Der fette Mann wandte sich an Sergeant Hayes. «Ja», sagte er frostig, «ich bin beinahe sicher, praktisch hundert Prozent sicher, daß dies der Mann ist. Das dunkle Haar, das Profil. Übrigens, hat jemand nach mir gefragt? Ich habe eigentlich mit einem Anruf gerechnet. Es ist ziemlich wichtig.»

«Nachrichten werden in der Zentrale entgegengenommen», sagte Hayes kurz angebunden. «Jetzt ist das hier wichtig. Sie identifizieren den Mann also eindeutig?»

«Sie meinen, hier und jetzt?» Hampton gab ein nervöses Geräusch von sich, irgend etwas zwischen Kichern und Grunzen. «Jetzt sofort? Ich dachte immer, so etwas geschieht durch ein einseitig verspiegeltes Fenster. Eine richtige Gegenüberstellung. Zeugenschutz.»

«Was soll eine Gegenüberstellung bringen?» sagte Hayes ruhig. «Wie Sie schon sagten, kennen Sie Spraggues Gesicht aus dem Kino. Es wäre ein Klacks, ihn bei einer Gegenüberstellung unter mehreren Verdächtigen herauszufinden.»

«Und wir haben uns gestern nachmittag flüchtig gesehen», erinnerte Spraggue, nur weil es ihm solchen Spaß machte, zu sehen, wie Hampton sich bei der Erinnerung daran wand.

«Dann hat er also meinen Neffen als meinen Neffen identifiziert», sagte Mary. «Was jetzt?»

«Sie können sich Ihren Sarkasmus sparen, Madam.» Hamptons würdevolle Gelassenheit wäre bei einer Talk-Show ganz groß angekommen. «Ich weiß, was ich gesehen habe.»

«Ich nicht», sagte Spraggue.

«Na los, sagen Sie es ihm», schlug Sergeant Hayes vor.

«Ich dachte, ich könnte einfach meine Anzeige machen und wieder gehen.» Hamptons Blick huschte von einem Gesicht zum anderen. Als er registrierte, daß er als einziger in dem winzigen Raum saß, versuchte er seine Würde wiederherzustellen, indem er aufstand.

«Das könnten Sie», pflichtete ihm der Sergeant bei. Jede Nuance seiner tiefen Stimme, jede Falte seines Gesichts straften seine Worte Lügen.

Hampton riß seine Manschette zurück und starrte auf die Uhr. «Das ist aber jetzt absolut das letzte Mal, daß ich das alles noch einmal durchgehe.» Er funkelte Hayes herausfordernd an, erhielt jedoch nur ein eisernes Stirnrunzeln als Antwort. «Ich stand gestern nacht vor meinem Hotel, dem *Monteleone*, als ein Auto die Straße heruntergerast kam und genau auf mich zuhielt. Wenn ich nicht blitzschnell zur Seite gesprungen wäre...»

«Was für ein Wagen?» fragte Hayes.

«Das habe ich bereits dem anderen Officer gesagt.»

«Sagen Sie es mir.»

«Eine dunkle Limousine. Ich fahre selbst nicht. Ich verstehe nichts von Autos.»

«Wie spät war es?»

«Oh, kurz nach drei Uhr morgens.»

«Zeugen?»

«Der Portier war im Hotel. Ich bin davon ausgegangen, die Polizei würde die Zeugen suchen.»

«Warum in aller Welt haben Sie um drei Uhr morgens ‹vor Ihrem Hotel› herumgestanden?» fragte Mary.

«Vielleicht muß ich ja *Ihre* Fragen beantworten», fuhr Hampton Hayes an, «aber *ihre* ganz sicher nicht!» Wieder starrte er auf die Uhr. «Könnten Sie nachhören, ob jemand versucht, mich zu erreichen?»

«Ich frage mich, bis wann dieser Mist wohl aufgenommen werden muß, damit er noch in die Sechs-Uhr-Nachrichten kommt», sagte Spraggue.

Hampton riß den Kopf herum.

Spraggue ignorierte ihn und sagte statt dessen zu Sergeant Hayes: «Draußen auf Ihrem Rasen kampiert ein Fernsehteam.»

«Ein Fernsehteam vor dem Revier?» echote Hayes angewidert. «Falls es bei diesem Micymaus-Theater nur darum geht...»

«Davon ist mir selbstverständlich nichts bekannt», sagte Hampton schnell. «Woher auch? Ich meine, vielleicht hat mich jemand gesehen, als ich hereingekommen bin? Ich bin eine Berühmtheit, müssen Sie wissen. Millionen Menschen lesen meine Bücher, kennen mich aus dem Fernsehen.»

«Rufen Sie den Sender an», sagte Spraggue zu Hayes. «Zehn zu eins, daß sie einen anonymen Tip erhalten haben.»

«Wenn Sie nur meine kostbare Zeit verplempern...» setzte Hayes an.

«Ihre Zeit verplempern! Das gefällt mir. Ich bin hergekommen, um Ihnen zu helfen. Ein Mörder macht Ihre Straßen unsicher und wartet nur darauf, wieder zu morden.»

Hayes schluckte. «Während *Mardi Gras* betrinkt sich manch anständiger Bürger im Quarter und fährt ein wenig unvorsichtig. Vielleicht ist genau das letzte Nacht passiert.» Der Sergeant äußerte seine Vermutung durch zusammengebissene Zähne.

«Das war ein vorsätzlicher Angriff. Und ich glaube, es war dieser Mann. Es sei denn, er hat ein Alibi...»

«Für drei Uhr morgens?» Spraggue zuckte mit den Achseln. Er hätte die Bar verlassen und mit zu Aimée Fontenot nach Hause gehen sollen. Er wußte es.

«*Haben* Sie die Fernsehleute benachrichtigt?» Hayes' Arm langte unwillkürlich nach Hamptons Kragen. Der Restaurantkritiker wich ins Sofapolster zurück.

«Ich habe Informationen!» sagte Hampton schnell. Die bot er Hayes an wie ein geprügelter Hund seinem Peiniger einen Knochen. «Wichtige Informationen, und jedesmal, wenn ich sie einem Ihrer dämlichen Beamten geben will, sagt man mir, ich soll den Mund halten.»

«Was diese angebliche versuchte Fahrerflucht betrifft?» fragte Hayes.

«Nein.» Hamptons helle Augen suchten den Raum ab, konnten aber keinen geneigten Zuhörer finden. «Ich gebe zu, ja, vielleicht habe ich mich in dieser Sache geirrt, wie Sie schon sagten. Es war dunkel.»

«Die Geschichte würde für erheblich mehr Aufsehen sorgen, wenn mein Name darin auftaucht», sagte Spraggue. «Stimmt's?»

«Ich besitze Informationen über Joseph Fontenots Tod.» Hampton dachte gar nicht daran, jetzt aus dem Scheinwerferlicht zu treten. «Er war mein Freund, und ich weiß, wer ihn umgebracht hat. Die Polizei weigert sich zu ...»

«Wollen Sie eine Aussage machen oder lediglich vor laufenden Fernsehkameras Ihre Ansprache halten?» brummte Hayes.

«Niemand will die Wahrheit hören.» Hampton überging Hayes' Frage. «Nur weil Denise Michel hier in der Gegend so was wie die große alte Dame ist, eine traditionelle, heilige Kuh, tun alle so, als hätte sie nichts damit zu tun. Denise Michel ist eine gefährliche Frau. Sie sollte eingesperrt werden. Das habe ich auch diesem anderen Polizisten gesagt, und getan hat er absolut nichts. Nichts!» Hampton wischte sich sorgfältig die Hände an den Hosenbeinen ab und sackte auf das Sofa zurück. Es quietschte, als es die volle Last seines Gewichtes abbekam.

«Ich habe die Aussage gelesen, die Sie bei Sergeant Rawlins gemacht haben», sagte Hayes. «Wenn ich mich recht entsinne, konnten Sie Ihre Verdachtsmomente nicht mit Fakten untermauern.»

«Hah! Denise Michel hatte einen Grund, Fontenot umzubringen, den selbst ein Heiliger nicht ignorieren könnte. Er hat sich in ihre Kochbuchgeschäfte eingemischt. War dabei, sie auszustechen. Ich meine, was glauben Sie denn, warum sie Dora überhaupt eingeladen hat? Aus unsterblicher Freundschaft?» Er tippte sich auf die massige Brust und senkte die Stimme zu einem vertraulichen Flüstern. «Niemand kennt die Küchen- und Weinszene von New Orleans so gut wie ich!»

Spraggue wechselte einen langen Blick mit Hayes. «Vielleicht hat sich die Polizei Ihr Insiderwissen noch nicht richtig zunutze gemacht.»

«Genau.» Hayes schluckte. «Vielleicht war diesen anderen Beamten nur nicht bewußt, mit wem sie sprachen.»

Mary zwinkerte dem Sergeant anerkennend zu.

Ein zufriedenes, süffisantes Lächeln breitete sich auf Hamptons rundlichem Gesicht aus. «Die Polizei hat keine Spur», sagte er. «Ich meine, es liegt doch auf der Hand, oder nicht? Bigamie ist immer noch strafbar, oder? Denise benutzt Dora, um Fontenot zu drohen, sagt, Finger weg von meinen Verlagsgeschäften oder du hast eine Klage am Hals, die dich mehr kosten wird, als du je an Honoraren verdienen wirst. Ganz zu schweigen von deinem Ruf und deiner Ehe. Ich behaupte ja nicht, daß sie geplant hat, ihn umzubringen. Vielleicht hat er versucht, sie zu töten, und sie hat sich gewehrt. Eine verflucht zähe Frau, diese Denise Michel. Schlachtet noch selbst.»

«Und was würden Sie sagen, wenn ich Ihnen erzähle, daß sie zum Zeitpunkt des Mordes von mehreren Zeugen gesehen wurde? Wir haben fünf, vielleicht sieben Zeugen, die das beschwören können», sagte Hayes.

«Dann muß sie einen Komplizen gehabt haben.» Hampton ließ sich nicht einschüchtern.

Die kleine Paulette mit dem geblümten Kleid, dachte Spraggue. «Wie gut kannten Sie Joe Fontenot?» fragte er.

«Oh, wir haben in denselben Kreisen verkehrt, wissen Sie.»

«Sie haben ihn vorhin Freund genannt. Einen alten Freund?»

«Kommt drauf an, was Sie darunter verstehen. Ich war einer der ersten in New Orleans, die mitbekommen haben, was für außergewöhnliche Dinge er mit der Cajun-Küche anstellte. Ich habe seine Karriere *gemacht*, nicht daß ich dafür jemals ein Dankeschön erwartet hätte. Die Macht der Presse, verstehen Sie? Und des Fernsehens. Ich hätte über viele Köche Sendungen machen können, aber Joseph hatte es am meisten verdient. Und wie die Leute darauf reagiert haben! Fontenots Küche war absolut die neue Welle. Das konnte jeder sehen! Selbst eine Ignorantin wie Denise Michel. Ich wäre nicht weiter überrascht, wenn ihr nächstes Kochbuch bei Fontenot geklaut wäre.»

«Jemand hat mir gesagt, daß Sie selbst an einem Kochbuch arbeiten, Mr. Hampton», sagte Mary leise.

Hampton wischte sich mit dem gelben Einstecktuch über den Mund und versuchte sich an einem jovialen Grinsen. «Sie wissen selbst, was die Leute so reden, meine Dame. Ich habe mich auch früher schon nebenbei mit Rezepten beschäftigt, allerdings bin ich überzeugt, daß mein eigentliches Metier das Fernsehen ist.»

«Diese Person», fuhr Mary fort, «deutete an, daß Ihnen nicht alle Ihre Rezepte auch gehören.»

«Das war Denise, stimmt's? Denise, Denise! Alle verehren diese Frau. Kaum zu glauben, daß niemand sie durchschaut. Dora hält Denise wahrscheinlich auch für ihre Freundin.»

«Sollte sie nicht?» fragte Spraggue.

«Denise wollte immer mehr sein als nur Doras Freundin, falls Sie wissen, was ich meine», sagte Hampton mit einem spöttischen Grinsen. «Als Dora sitzengelassen wurde, hat Denise praktisch ihr Leben übernommen. Oh, ja. Sie hat darauf bestanden, daß die gute Dora bei ihr einzog, wollte Dora unbedingt helfen, das Baby großzuziehen. Einen tollen Vater hätte Denise abgegeben, das fand ich schon immer.»

«Warten Sie einen Moment», sagte Hayes. «Welches Baby? Eins nach dem anderen. Über welches Baby reden Sie?»

«Dora war der Meinung, sie sollte das Baby zur Adoption freigeben. Denise war dafür, es zu behalten. Sie glaubte, ein Kind wäre besser dran ohne einen Mann...» Irgend etwas an dem Schweigen im Raum ließ Hampton verstummen. «Aber egal. Es hat nichts mit dieser Sache zu tun und ist schon sehr lange her. Ich wollte es wirklich nicht erwähnen. Mich macht nur diese irrsinnige Heldenverehrung so wütend, die diese Michel für sich gepachtet hat.»

«Sprechen Sie weiter», sagte Hayes. «Ich entscheide hier, ob es wichtig ist oder nicht.»

Einen Augenblick kämpfte Hampton mit sich, doch dann triumphierte das Verlangen zu tratschen. «In Wirklichkeit hat Fontenot Dora nicht einfach verlassen», sagte er, wobei er so tat, als behage ihm die Situation ganz und gar nicht. «Er hat sie abserviert, als sie schwanger wurde. Natürlich verlief der Streit zwischen Dora und Denise im Sande. Er war sowieso nur theoretisch. Das Baby starb.»

«Moment», sagte Hayes. «Über was reden wir hier eigentlich? Wie ist das Baby gestorben?»

Hampton zuckte mit den Achseln. «Ich weiß nur, daß sie es gar nicht aus dem Krankenhaus mit nach Hause gebracht hat. Geburtsfehler, soweit ich gehört habe. Eine schreckliche Geschichte. Ich war sicher, Denise hätte Ihnen davon erzählt. Oder jemand anderes. Weil Sie so schnell bei der Hand waren, Dora für Fontenots Mörder zu halten. Ich meine, es tut mir leid, daß ausgerechnet ich damit herausplatzen muß. Obwohl es», meinte er eifrig zu Mary, «die Verteidigung stärkt, finden Sie nicht auch? Falls es zu einem Prozeß kommen sollte. Ich meine, welche Geschworenenjury würde das nicht verstehen? Sie könnte auf Affekt plädieren oder was weiß ich.»

«Mr. Hampton», sagte Hayes, «über dieses Baby benötigen wir einen Zusatz zu Ihrer Aussage.»

«Ich weiß nicht...»

«Oder wollen Sie immer noch Anzeige gegen Mr. Spraggue erstatten? Sollte dies der Fall sein, garantiere ich Ihnen, daß ich persönlich dafür sorgen werde, daß Ihnen diese lästigen Fernsehreporter vom Leibe bleiben, wenn Sie hier hinausgehen, was allerdings noch eine ganze Weile dauern könnte. Sie werden das Revier durch den Hinterausgang verlassen, vielleicht unter Polizeischutz, damit die Zeitungsleute auch gar nicht erst versuchen, Sie zu belästigen.»

«Ich will keine Anzeige erstatten», brummte Hampton.

«Sie können gehen, Mr. Spraggue. Mrs. Hillman.» Hayes deutete mit dem Kopf zur Tür. Er wollte sie bei möglichen weiteren Enthüllungen nicht dabeihaben.

«Eines noch», sagte Spraggue schnell. «Kannten Sie Joseph Fontenot schon, als er mit Dora verheiratet war?»

«Oh, nein. Ganz und gar nicht. Abgesehen von seinen Kochkünsten wußte ich nichts über diesen Mann, bis, hmmm, bis alles aus dem Gleis geriet. Was Dora betrifft, wußte ich nur von einem Mann, mit dem sie mal verheiratet war. Das ist alles. Ich meine, damals war er noch kein großer Koch. War noch kein großer Name, nur einer unter vielen.»

«Das reicht», sagte Hayes. «Sie beide können jetzt gehen.»

Der große Mann führte sie hinaus und schloß hinter ihnen die Tür.

«Ich frage mich», sagte Mary im Fahrstuhl auf dem Weg nach unten, «wo Hampton 1966 war.»

«Und wie er damals hieß», sagte Spraggue. «Das frage ich mich.»

SECHZEHN

Im ersten Stock von Joe Fontenots Traumrestaurant war es dunkel bis auf eine einzelne Lampe, deren Licht durch dünne Gardinen in der Eingangshalle schimmerte; eine Lampe, wie man sie vielleicht anließ, um Einbrecher abzuschrecken. Spraggue schlenderte einen Block weiter bis zu einer Telefonzelle, von der aus er Jeannine Fontenots Nummer anrief. Er war zu weit entfernt, um das Klingeln zu hören; in der drückenden, regennassen Luft schon gar nicht. Er stellte sich vor, wie das Klingeln in der Wohnung oben von leeren Wänden zurückgeworfen wurde. Er ließ es fünfzehnmal läuten und legte zufrieden auf.

Es wäre erheblich einfacher gewesen, wenn Aimée Fontenot den Schlüssel herausgerückt hätte.

Eine rostige Metallfeuerleiter, die vom Parkplatz hinten am Haus hochführte, sah vielversprechend aus. Er wollte nicht an der teuren Alarmanlage fummeln, die Fontenot zum Schutz des Restaurants im Erdgeschoß hatte installieren lassen. Schon komisch, wie selbst vorsichtige Menschen die Sicherheit vom ersten Stock an aufwärts vernachlässigen. Gut, daß er das billige Schloß am Wohnzimmerfenster bemerkt und schnell geöffnet hatte, bevor Jeannine Fontenot das Pseudozeitungsteam hinauskomplimentiert hatte. Zweifellos hätte Fontenot es früher oder später auswechseln lassen.

Von Zeit zu Zeit zischte ein Wagen auf der regennassen Straße vorbei. In einer Gegend wie dieser, einer Mischung aus Wohn- und Gewerbegebiet, konnte eine einzelne Person in einem Regenmantel die Aufmerksamkeit eines zufällig vorbeifahrenden Streifenwagens erregen. Spraggue vertraute auf seine Tarnung: Mit einer Einkaufstüte suchte er sich seiner Umgebung anzupassen. Eine wunderbare Einbrecherrequisite, dachte er, die prall gefüllte, harmlos braune Einkaufstüte, «völkerverbindend» wie das öde Schlangestehen vor Supermarktkassen allerorten.

Durch das nasse Glas wirkte die Wohnung über dem Restaurant unwirklich, wie eine gemütliche, traumähnliche Szene auf einem verschwommenen Fernsehschirm. Das Fenster glitt lautlos auf. Mrs. Fontenot, Gott segne sie, hatte nach seinem Besuch die Verriegelung nicht überprüft. Aber nach zehn Zentimetern blieb das Fenster hängen.

Spraggue spürte keinerlei Nervosität, keine Atemlosigkeit, keinen Adrenalinstoß. Er ging in seiner Rolle auf, nicht der des Einbrechers, sondern der des etwas zerstreuten spießbürgerlichen Hausbesitzers. So etwas war ihm auch schon passiert, er hatte sich auch schon mal ausgesperrt. Was für ein Ärger, mit der vollen Einkaufstüte und allem. Und noch dazu im Regen.

Ein bißchen mehr Anstrengung, und das widerspenstige Schiebefenster gab nach. Auf seinem Nacken vermischten sich Schweißperlen mit Regentropfen.

Er beugte sich durch das Fenster und stellte die Einkaufstüte auf den Boden. Dann kletterte er hinein.

Die Wohnzimmercouch war immer noch an der Stelle eingedellt, wo er während seines Gesprächs mit Jeannine Fontenot gesessen hatte. Neben einem altersschwachen, dick gepolsterten Sessel lag ein Stapel Zeitungen. Er fragte sich, ob Mrs. Fontenot wohl etwas verspätet seine Referenzen überprüft hatte.

Er ging in den winzigen Korridor und trat die Schuhe auf der Gummifußmatte ab. Sein Regenmantel tropfte auf den beigefarbenen Teppich. Er sah auf die Uhr. Die Zeiger leuchteten im Dunkeln. Neun. Wie lange würde die Partie Bridge dauern?

Er ließ das Fenster offen und überlegte, wie lange er zur Flucht brauchte, wenn er hörte, daß unten die Haustür aufgeschlossen wurde. Würde er es überhaupt hören? Die Treppe zur Wohnung hoch war aus Holz. Kein Läufer. Er testete ein paar Stufen. Sie knarrten zufriedenstellend. Er würde die Schritte hören.

Wo sollte er anfangen? Das schwache Licht aus dem Flur warf geheimnisvolle Schatten. Im Wohnzimmer gab es nur wenige potentielle Verstecke. In einer Ecke hockten fett und staubig Kartons. Spraggue schloß sie aus. Er hatte ja bereits einen kurzen Blick auf sie geworfen und lediglich Kochbücher und Fotoalben gefunden. Die Dokumente, nach denen er suchte, hätte Fontenot sicher nicht in Umzugskartons herumliegen lassen.

Wurden sie überhaupt hier im Haus aufbewahrt? Wußte Fontenots Frau vielleicht gar nichts davon? Wußte Jeannine vom Gefängnisaufenthalt ihres Mannes? War der Kochtrip nach Frankreich ein Traum, der für sie durch ständige Wiederholung und Überzeugung Wirklichkeit geworden war?

Erste Annahme: Jeannine wußte nichts. Er hatte ihr zugehört, hatte sie beobachtet, während sie von Joes Koch-Odyssee durch Frankreich erzählte, hatte aufmerksam ihre Hände und Augen betrachtet.

Würden Unterlagen, die mit Fontenots Vergangenheit zu tun hatten, im Restaurantsafe deponiert sein? Ganz bestimmt benötigten sie im Restaurant einen Safe, einen Ort, wo die abendlichen Einnahmen vor dem Gang zur Bank am nächsten Morgen aufbewahrt werden konnten. Aber Jeannine würde natürlich die Kombination kennen. Also nicht der Safe. Irgendein Geheimversteck.

Er ging durch den Flur, identifizierte die Räume zu beiden Seiten. Abgesehen von dem großen Zimmer nach vorn und einer winzigen Küche, in der glänzende Kupferpfannen gespenstisch von der Decke hingen, gab es ein gelb gekacheltes Bad und ein Schlafzimmer – sehr französisches 18. Jahrhundert, mit geblümter Tagesdecke und gerafften kleinen Rosenknospengardinen. Er zog die Jalousien herunter und drückte auf den Schalter am Fuß einer bronzenen Nachttischlampe. Ein rosiger Lichtschein fiel durch den getönten Lampenschirm.

Im Schlafzimmer befanden sich eine Kommode aus dunklem, geschnitztem Mahagoni, eine Frisierkommode mit einem dreigeteilten Spiegel, ein Handarbeitstisch und zwei Beistelltische. Auf dem einen lagen eine Sammlung alter Geburtstagskarten und Streichholzheftchen, zwei Flaschen mit rotem Nagellack und eine einsame Stricknadel: Mrs. Fontenots Seite des Bettes. Auf dem anderen ein wildes Durcheinander von Kontoauszügen – ausnahmslos von dem offiziellen Konto bei der *First National* –, Hustensaft, eine Packung Hustenbonbons, ein Taschenbuch mit reißerischem Titel. Im Schrank, hinter viel zu eng hineingestopften und zu selten gewaschenen und gebügelten Kleidern, befand sich gut ein Meter achtzig über dem Boden ein Regalbrett. Spraggue stellte sich auf die Zehenspitzen und fand nur Staub und zwei Hutschachteln samt blumenverziertem Hut.

Jeannine hatte die Kleider ihres Mannes noch nicht aussortiert, noch nicht mit der traurigen Prozedur des Verschenkens und Ausmistens begonnen, die auf jeden Todesfall folgt. Spraggue ging Fontenots Kleider durch. Er durchsuchte jede Tasche. Zwei Kinokarten, ein paar Münzen.

Der vielversprechendste Raum wäre ein Arbeitszimmer, ein Raum mit einem Schreibtisch – vorzugsweise ein Schreibtisch mit einer abgeschlossenen Schublade oder einem Geheimfach. Ein Zimmer mit einem Schreibtisch, genau das suchte er.

Und genau das fand er auch. Es ging vom Schlafzimmer ab und war so klein, daß es in der alten Spraggue-Villa nicht mal als Wandschrank durchgegangen wäre. Fensterlos wie ein Wandschrank mußte es auf jeden Fall sein, so undurchdringlich war die Dunkelheit.

Er hörte das Geräusch, blieb wie angewurzelt stehen und lauschte konzentriert. Sein Herz hämmerte wie eine Kesselpauke.

«Herzlich willkommen, Schnüffler.»

Er schob seine Hand in den Raum und tastete die Wand ab, wo der Lichtschalter sein mußte, fand ihn und knipste das Licht an. Kein Grund mehr für Heimlichkeiten.

Eine Frau saß lässig in einem Lehnstuhl. Die Beine, nackt bis zu den Oberschenkeln, auf dem Schreibtisch übereinandergeschlagen. Schwarzes, ärmelloses T-Shirt. Kurzer, schwarzer Rock. Knallgrün lackierte Zehennägel lugten aus schwarzen, hochhackigen Sandalen.

Ihr Gesicht konnte er nicht erkennen.

Sie trug eine *Mardi-Gras*-Maske, das Antlitz eines großen, gefiederten und paillettenbesetzten Vogels. Grün, braun, rot. Ein grausamer, falkenähnlicher Raubvogel.

Sie krächzte das gleiche rostige Lachen, das sie auch im Restaurant versucht hatte. «So macht ihr das also?» sagte Aimée Fontenot. «Ihr Schnüffler.»

Er konnte seinen Blick nicht von der Maske wenden. Ihre grünen Zehennägel waren wie Krallen. «Warten Sie schon lange?»

Die Augen waren mit grünen Pailletten abgesetzt. «Seit Momma das Haus verlassen hat. Hat Spaß gemacht. Einbruch muß echt anturnen. Ich bin mir selbst wie ein Einbrecher vorgekommen, raffiniert, total aufgeregt.»

«War nicht zu langweilig für Sie?»

«Absolut nicht.» Sie hob eine Haarsträhne vom Nacken und wikkelte sie um einen Finger, betont lässig.

«Nehmen Sie die Maske ab.»

«Gefällt sie Ihnen nicht? Macht sie Sie nicht an?»

«Ich sehe Sie gern an, wenn ich mit Ihnen rede.»

«Sie sehen mich doch an, oder nicht?» Sie reckte sich katzengleich und provozierend. «Ich hab mich ein bißchen umgesehen, während ich hier auf Sie gewartet habe.»

«Irgendwas gefunden?»

«Ich habe gefunden, was Sie suchen, falls Sie das wissen wollten. Allerdings hatte ich auch eine ziemlich klare Vorstellung, wo es sein könnte.»

«Wollen Sie mich an Ihrer Entdeckung teilhaben lassen?»

«Kommt drauf an.»

«Auf was?»

«Geld.»

«Geld?»

«Ja», sagte sie. «Sie wissen, daß ich die Cops rufen und Sie verhaften lassen könnte.»

«Wegen was?»

«Einbruch.»

«Wen, mich? Einen Freund von Ihnen? Einen Mann, der Sie erst vor ein paar Stunden in einem Lokal zum Frühstück eingeladen hat?»

«Oh», sagte sie und zeigte mit einem Finger auf ihn. Es war unerträglich, ihr Gesicht nicht sehen zu können. «Ich verstehe. Sie würden denen sagen, ich hätte Sie hereingebeten – wir wären zusammen durch die Haustür reingekommen. Und hier sind wir, ganz weit hinten im Haus, praktisch im Schlafzimmer. Warum?» Hinter ihrer alterslosen Maske mimte sie die Unschuld. «*Ich* weiß es ganz bestimmt nicht.»

«Die Cops werden sich schon was zusammenreimen», meinte Spraggue trocken. «Die sind da ziemlich phantasievoll.»

«Sie und ich? Ich dachte, Sie wären alt genug, um mein Vater zu sein. Wahrscheinlich sind Sie auch noch verheiratet.»

«Nein.»

«Dann eben geschieden.»

«Bin nie verheiratet gewesen.»

«Tja, je oller, je doller», sagte sie. Das Angebot war eindeutig, aber die Feindseligkeit hinter der Anmache warnte ihn.

«Ich schau noch mal bei Ihnen vorbei, wenn ich siebzig bin», sagte er. «Im Augenblick bin ich hinter Papieren her, die Ihr Vater vielleicht versteckt hat – Pässe, Ausweise . . .»

«Die Maske turnt Sie ab?» Sie zerrte an etwas hinter ihrem Kopf und zog die Vogelmaske ab.

«Gesichter gefallen mir besser.»

«Gefällt Ihnen meines?» Sie legte die Beine nebeneinander, drehte sich um ein paar Grad und posierte; ein Bein auf dem Schreibtisch, das andere auf dem Boden. «Denken Sie daran, was Ihnen entgeht.» Der Schreibtischsessel drehte sich vor und zurück, vergrößerte und verkleinerte den Winkel zwischen ihren gespreizten Schenkeln. Ihre Hand wanderte in die Schreibtischschublade.

«Ich bin hergekommen, um etwas zu holen.»

«Schnell rein und schnell wieder raus? Wo Sie jetzt die Tochter des Hausbesitzers bei sich haben, muß es ja nicht zwangsläufig so laufen. Es sei denn, Sie wollen's unbedingt so.»

Spraggue zählte langsam bis zehn. Ihre Hand unter der Schreibtischplatte machte ihm Sorgen. Die Muskeln ihres Unterarms spielten.

«Kommen Sie», sagte sie. «Das hier ist ein Deal, Mann. Unter der Woche koste ich normalerweise fünfzig Mäuse. Aber ein schneller Fick in Daddys Bett würde mich echt anmachen. Ich mach eine Gratisnummer und hoffe, der Geist des guten alten Joe spukt um uns herum.»

Er beobachtete ihre Hand und sagte: «Ich will nicht für Ihren Daddy einspringen. Ich will seine Papiere. Mehr nicht.»

Langsam zog sie die Hand aus der Schublade, die Krallen lang und grün. Sie schien sich zu entspannen, als wäre die sexuelle Offerte obligatorisch gewesen und hätte erledigt werden müssen, bevor sie wirklich verhandeln konnte.

«Ich hab sie», sagte sie. «Er hat seinen ganzen Kram hier oben versteckt, zum Beispiel seine speziellen Rezepte. Er hatte eine Scheißangst vor Rezeptdieben. Leute wie dieser Waschlappen Harris Hampton haben ihn wahnsinnig gemacht. Er wollte immer ein Kochbuch schreiben und hat gesagt, seine Rezepte wären wertvoll. Was mich jetzt interessiert, ist, wie wertvoll genau?»

«Ich bin nicht hinter Rezepten her.»

«Sie finden, daß ich nicht um Geld bitten sollte, was?»

«Ganz im Gegenteil, es wärmt mir das Herz zu sehen, wie eine Tochter um Geld für die Geheimnisse ihres verstorbenen Vaters feilscht.»

«Hören Sie, ich habe Nachforschungen über Sie angestellt. Ich wußte doch, daß ich Ihren Namen schon mal gehört hatte. Sie sind reich. Sie haben in diesem Film mitgespielt, den ich gesehen habe. Wenigstens sagt das jeder. Ich erkenne Sie allerdings nicht wieder.»

«Das ist mit Abstand das Netteste, was Sie bislang zu mir gesagt haben.»

«Affenscheiße. Sie kommen aus einer schweinisch reichen Familie, und Sie sind ein Scheißfilmstar. Leute wie Sie verstehen nichts von Geld.»

«Wir wissen, was man dafür kaufen kann. Und was nicht.»

«Oh, ja-a», sagte sie, und der tiefe Sarkasmus in ihrer Stimme verwandelte das «ja» in ein zweisilbiges Wort. «Erzählen Sie doch mal. Für Geld bekommt man keine Liebe.»

Spraggue achtete darauf, seine Stimme leise und ausdruckslos zu halten. «Und keine einzige Sekunde seines Lebens, die man noch einmal leben könnte.»

Sie tippte mit einem grünen Fingernagel auf den Hefter, den sie unter der Schreibtischauflage herausgezogen hatte. «Jedenfalls kriegt man dafür, was hier drin ist. Und zwar unbesehen. Es sei denn, Sie möchten lieber zuschauen, wie's verbrennt.»

«Ich nehme an, Sie haben einen Blick in die Mappe geworfen.»

«Flüchtig durchgeblättert.»

«Nicht neugierig? Vielleicht kann ich einige Unklarheiten für Sie aus dem Weg räumen.»

«Ich bin neugierig ... wieviel Sie mir bieten.»

«Dann fange ich mit dem Höchstgebot an. Ich biete ein Streichholzheftchen.»

«Was?»

«Sie würden mir noch die Zeitung von gestern für einen Dollar verkaufen, stimmt's?»

«Aber mit Vergnügen», fauchte sie, wobei ihr Gesicht so feindselig wirkte wie die Vogelmaske. «Leute wie Sie haben es verdient, ausgenommen zu werden.»

«Ja, wir sind so viel schlimmer als die ehrlichen Armen, die ihren Vater für ein paar Dollar verraten würden.»

Ihre Hand bewegte sich zur Schublade. Da riß er mit einer Hand die Papiere vom Schreibtisch und packte mit der anderen ihren Arm. Einen Augenblick lang drehte sie sich hilflos mit dem Schreibtischsessel, dann knallte sie die Füße auf den Boden und wehrte sich. Er drehte ihr den Arm auf den Rücken und zog ihn hoch, bis sie aufschrie.

Der Hefter fiel auf den Boden. Die Papiere segelten auf den Teppich.

Leere Blätter.

«Es *waren* Papiere drin», sagte sie kläglich. «Sie *waren* da... ich wollte sie holen, aber sie waren schon weg. Momma muß sie weggeschmissen haben.»

«Hätten Sie sie verkauft, wenn Sie sie gefunden hätten?»

«Worauf Sie sich verlassen können.»

«Gleichgültig, was darin stand?»

«Joe hat keine Sekunde darauf verschwendet, mich zu beschützen. Ich schulde ihm nichts.»

Es hatte keinen Sinn, ihren Ellbogen noch höher zu drücken. Überhaupt keinen Sinn. Jemand hatte ihr schon weher getan, als er es je konnte.

«Ich lasse Sie jetzt los», sagte er. «Sie können nach der Polizei brüllen. Sie können tun, wozu Sie Lust haben, aber, verdammt noch mal, ich werde dieses Zimmer durchsuchen.»

«Okay», sagte sie. «Von mir aus.»

Sie rieb sich nicht den Arm, als er seinen Griff löste. Sie verzog nur die Mundwinkel zu einer müden Grimasse, aber mehr ließ sie sich den Schmerz nicht anmerken. «Hier ist nichts. Alles, was er geheimgehalten hat, wäre in diesem Hefter ganz weit hinten in der verschlossenen Schublade gewesen. Da hat er seine Rezepte aufbewahrt, das hab ich ja schon gesagt, und nichts war ihm so heilig wie ein Rezept. Ein beschissenes Rezept. Ich hab alles durchsucht. Mehr gibt's hier nicht.»

«Und natürlich glaube ich Ihnen, aber ich werde trotzdem selbst nachsehen.»

«Natürlich.»

Etwas hatte Aimée nicht bemerkt. Es war kein Rezept, sondern ein zusammengefalteter Zeitungsausschnitt, in die hinterste Ecke der Schublade geschoben.

«Was ist das?» fragte sie schnell.

Spraggue steckte es in die Tasche. «Wenn Sie's haben wollen, müssen Sie's sich schon holen», sagte er.

Aimée verschränkte die Arme vor der Brust. Die grünen Klauen hinterließen halbmondförmige Einkerbungen auf dem nackten Fleisch ihrer Oberarme.

In der obersten Schreibtischschublade lag ein Taschenmesser. Die ausgeklappte, verrostete Stahlklinge war kaum acht Zentimeter lang. Aber so lang, daß er froh war, Aimée Fontenots Angebot nicht angenommen zu haben.

So lang, daß er sich fragte, wo sie wirklich in der Nacht gewesen war, als ihr Vater starb.

SIEBZEHN

Die Nachricht an der Rezeption des *Imperial Orleans* lautete schlicht und ergreifend: *Napoleon House*.

Spraggue wechselte sein durchgeschwitztes T-Shirt gegen ein kurzärmeliges Freizeithemd und vergewisserte sich, daß der Zeitungsausschnitt immer noch in seiner Hosentasche steckte. Den Trenchcoat warf er über einen Stuhl.

Es war nicht weit, nur bis zur Ecke Conti und Chartres Street, ausgesprochen «CONT-ei» und «CHAR-ters», um die Touristen aufs Glatteis zu führen. Der Regen hatte inzwischen aufgehört; eine schwache Brise vom Mississippi streifte seine nackten Arme. Nach Joe Fontenots stickigem Arbeitszimmer und Joe Fontenots wütender Tochter fühlte sie sich frisch und sauber an.

Das *Napoleon House* war eine Bar, die er während des längst vergangenen Sommers als Schauspielschüler häufig frequentiert hatte. Die abblätternde Wandfarbe, der orangefarbene Schein der Hängelampen, die sich ständig drehenden Casablanca-Ventilatoren – alles war noch genau wie damals und erinnerte an die Kulisse eines alten Filmes, die sorgfältig bewahrt wurde. Trotz der Hitze fröstelte es ihn. Er hatte das Gefühl, eine Szene aus seiner Vergangenheit zu betreten, aus einem anderen Leben, das er einmal geführt hatte, und er fragte sich, ob wohl gleich die Schauspieler seines alten Ensembles aufstehen, Zeilen aus *Die Katze auf dem heißen Blechdach* runterrasseln und ihn anschließend einladen würden, sich zu ihnen an den runden Holztisch zu setzen. Würden sie ihn wiedererkennen? Würden sie Spraggue in dem Schnüffler mittleren Alters, noch Spraggue, den ernsten, jungen Schauspieler in spe wiederfinden? Oder hatte er sich völlig verändert, sowohl was sein Äußeres als auch sein Inneres betraf? Wenn er einen neuen Namen annahm, wie Fontenot – würde ihn dann noch jemand kennen?

Vivaldi-Klänge zogen durch den Raum. Auch die Musik schien aus der Vergangenheit zu kommen. Auf der verspiegelten Bar stand immer noch die Elfenbeinbüste von Napoleon. Bilder des Kleinen Kaisers bedeckten eine Wand. Ein längst verstorbener Bürgermeister von New Orleans hatte Napoleon das Haus als Zuflucht fürs Exil angeboten. Aber Napoleon war auf St. Helena gestorben, bevor seine Flucht in die Wege geleitet werden konnte. Nur die Memorabilien hatten es bis in die Bar geschafft.

Tante Mary konnte er nirgendwo sehen. Er durchquerte den Raum und warf einen Blick in eine Nische neben dem Telefon. Zwei grauhaarige Männer hockten konzentriert über einem Schachbrett. Er versuchte sein Glück mit der nächsten Nische und störte eine junge Liebe. Die beiden Liebenden beugten die Köpfe über den Tisch, einer dunkelhaarig, der andere blond, und registrierten nicht einmal seine Anwesenheit, so hypnotisiert waren sie voneinander. Auf der gegenüberliegenden Seite gelangte man durch eine Tür neben der dunklen Holzanrichte in einen separaten Raum. Mary war nicht allein.

«Hi», sagte Spraggue. «Wann sind Sie zurückgekommen?»

Sergeant Rawlins drehte sich um und lächelte sein ungezwungenes, trügerisches Lächeln. «Ach, vor einer Weile.»

Spraggue hatte das Gefühl, daß sie nicht über den Fall gesprochen hatten. «Tut mir leid, wenn ich störe», sagte er und hob fragend eine Augenbraue.

«Wenn ich nicht gewollt hätte, daß du kommst», meinte Mary

trocken, «hätte ich dir wohl kaum eine Nachricht hinterlassen.» Ohne einen Finger zu heben, machte sie einen Kellner auf sich aufmerksam, bediente sich der geheimnisvollen Macht, die sie immer auf Restaurantpersonal ausübte. «Bitte, noch ein Glas», sagte sie. «Trinkst du Cognac?»

«Napoleon würde das sicher gutheißen.»

«Rawl hat mir von seinem Ausflug nach Angola erzählt», sagte sie.

Vielleicht, sinnierte Spraggue, aber dann waren sie zu anderen Themen übergegangen.

Als könne er Gedanken lesen, beantwortete Rawlins die unausgesprochene Frage. «Was nicht besonders lange gedauert hat, da ich herzlich wenig in Erfahrung gebracht habe.»

«Unsinn», sagte Mary. «Sie haben phantastische Arbeit geleistet. Darf ich ihm den besten Teil erzählen?» Spraggue konnte ihre rechte Hand nicht sehen – Rawlins' linke auch nicht. Er hoffte, sie hielten unter dem Tisch Händchen.

«Klar.» Rawl grinste. «Dann erfahre ich auch, was der beste Teil ist.»

«Joseph Fontenot hat seine Kochausbildung nicht in Frankreich erhalten. Er... Nein.» Sie bremste sich und schenkte dem Sergeant ein strahlendes Lächeln. «Erzählen Sie es, Rawl. Sie haben es aus berufenem Mund.»

«Der berufene Mund dürfte wohl der Gefängnisdirektor sein, der alte Jason Beaumont», sagte Rawl. «Aber wenn ich es recht bedenke, bringt man ihn oft mit einem anderen Körperteil in Verbindung.» Er fühlte sich sichtlich wohl, und sein schleppender Akzent wurde noch gedehnter und ausgeprägter. «Derselbe Direktor, den sie auch zu James Frenchs Zeiten da oben hatten.»

«Und», sagte Mary, «er hat sich sofort an French erinnert.»

«Das hat er allerdings.» Rawls einer Mundwinkel zuckte nach oben. «Ist schon komisch, ich dachte, er müßte erst irgendwo nachschlagen oder so. Aber nein, er bekam sofort große Augen und wurde ganz aufgeregt. Erst später kapierte ich, daß er richtiggehend in den Gedanken verliebt war, ich hätte ihm den Burschen womöglich für einen neuerlichen Knastaufenthalt vorbeigebracht.»

«Wie bitte?» fragte Spraggue, um Rawlins von Mary abzulenken.

«Wissen Sie, welche Aufgabe man dem armen James French im

Knast übertragen hat?» fuhr Rawlins fort. «Er war Gefängniskoch. Und der alte Beaumont sagt, er hätte es nie mehr so gut gehabt wie damals, als French Chefkoch war, und wenn er gewußt hätte, wie schlecht die Köche nach ihm sein würden, dann hätte er zur vorzeitigen Entlassung wegen guter Führung niemals sein Okay gegeben. Er hätte ihm irgendwas angehängt und ihn für immer und ewig im Knast behalten. Ich meine, das sind jetzt zwölf Jahre her, und dem Direktor läuft bei dem Gedanken an die Mahlzeiten, die French gekocht hat, immer noch das Wasser im Mund zusammen.»

«Lebenslänglich wegen exquisiter Kochkünste», schaltete sich Mary ein. «Keine Berufungsmöglichkeit.»

«Der Direktor sagte, es wäre fast zu einer Revolte gekommen, als die anderen Knastvögel kapierten, daß French endgültig fort war. Sie dachten, er bliebe bis in alle Ewigkeit.»

«Hat der Direktor auch noch über was anderes als die Qualität des Essens geredet?» erkundigte sich Spraggue.

Rawlins seufzte. «Er sagt, French war ein Einzelgänger. Daß er sich die größte Mühe gegeben hat, den armen, dummen Cajun zu spielen. Daß er gekocht hat. Punkt. Daß er keinen Freund hatte. Daß er weder Briefe geschrieben noch welche bekommen hat. Daß er von draußen kein Geld geschickt bekam. Daß er stur und unkooperativ war... aber, verdammt und zugenäht, der beste Koch.»

Mit einem Klirren stellte Mary ihr Glas auf den Tisch. «Hör zu. Wenn sich herumgesprochen hätte, daß Joe Fontenot Absolvent des *Angola State* und nicht einer Ausbildung bei einem Meisterkoch war, wäre das für ihn mehr als nur peinlich gewesen, besonders, wo er gerade ein neues Restaurant eröffnete und sich ein Kochbuchvertrag am Horizont abzeichnete. Vielleicht wurde er erpreßt.»

Rawlins dachte darüber nach, nippte an seinem Cognac. «Wenn er erpreßt wurde, wieso sollte dann der Erpresser das Huhn schlachten, das gerade mit der Goldenen-Eier-Nummer beschäftigt ist?»

«Notwehr?» schlug Mary vor. «Vielleicht hat Fontenot versucht, den Erpresser umzulegen.»

«Am Tatort gab es keine Hinweise auf einen Kampf», sagte Rawlins. «Das Labor hat keinen Anhaltspunkt dafür gefunden, daß Fontenot seinen Mörder verletzt hat. Keine Hautfetzen unter den Fingernägeln oder irgendwas in der Richtung.»

«Und», fügte Spraggue hinzu, «Fontenot hat hohe Bareinzahlungen bei seiner Bank gemacht und nicht etwa Geld abgehoben, um einen Erpresser zu bezahlen.»

«Aha?» brummte Rawlins.

«Verdammt», sagte Mary, «daran habe ich überhaupt nicht mehr gedacht.»

«Haben Sie sonst noch was in Angola erfahren?» fragte Spraggue.

«Ich habe mehr Gefängnisakten überprüft, als Sie sich vorstellen können. Ich habe Namen und Anschriften von Typen, die mit French gesessen haben. Manche von denen sind wieder im Gefängnis, andere sind auf Bewährung draußen, ein paar führen jetzt ein anständiges Leben. Aber, laut dem Direktor, keiner von denen war ein besonders dicker Kumpel von James French.»

Mary schenkte Rawlins Cognac nach. Er lächelte sie an, trank einen Schluck und fuhr fort.

«Der Direktor sagt, French hätte diesen Überfall nie auch nur mit einer Silbe erwähnt, hätte kein Sterbenswörtchen über das Geld oder seine damaligen Komplizen verloren. Sie haben versucht, einen Deal mit ihm zu machen. Wenn er seine Kumpane verpfiffen hätte, wäre er vielleicht ungeschoren davongekommen. Er war schließlich nicht derjenige, der den Schuß abgegeben hat. Wenn sie das Geld und den Mörder gekriegt hätten, hätte man ihn aufgrund der bereits abgesessenen Zeit entlassen. Der Direktor hat es French persönlich vorgeschlagen, und French hat ihn einfach nur angesehen und keinen Ton gesagt.»

«Womit wir eine Menge haben, mit dem wir weitermachen können», sagte Mary düster.

«Tja», sagte Rawlins, «einen merkwürdigen Vorfall gab es allerdings...»

«Rawl, haben Sie mir etwas verheimlicht?» Marys Blick widersprach ihrem strengen Tonfall.

«Hab mir nur das Beste bis zum Schluß aufgehoben. Offensichtlich hat ein Sohn des bei dem Überfall getöteten Wachmanns aus dem Geldtransporter versucht, James French im Gefängnis zu besuchen.»

«Warum?»

«Er sagte, er wolle dem Mörder seines Daddy versichern, daß er ihm verzeihe, daß er nicht an Vergeltung interessiert sei, daß Rache allein Sache des Herrn sei. Außerdem wollte er French angeblich bekehren, glaubte wohl, daß seine Herde ihm mehr Respekt entgegenbrächte, wenn er den Mörder seines Vaters bekehren könnte.» Rawl las Teile davon aus den Notizen vor, die er auf die Rückseite von Visitenkarten gekritzelt hatte.

«Seine Herde?»

«Er ist so was wie ein Prediger. Archibald Renner heißt er. Sie hatten ein kleines Problem mit ihm. Er drückte sich eines Tages so lange dort herum, bis French Hofgang hatte, dann startete er eine Open-air-Erweckung, was die übrigen Häftlinge überhaupt nicht lustig fanden. Sie brüllten ihn nieder, was einen Entzug von Vergünstigungen für alle zur Folge hatte.»

Mary hob den Cognacschwenker zum Mund. «Ich frage mich, ob der Prediger je herausgefunden hat, wer French wirklich war. Und ob er wirklich so wenig nachtragend gewesen ist.»

«Ich habe seine Adresse. Er wohnt hier in der Stadt.»

«Also, das ist ja wunderbar», sagte Mary. «Sehr vielversprechend.»

Rawlins seufzte tief, schüttelte den Kopf. Die schummerige Deckenbeleuchtung verlieh seinem grauen Haar einen rötlichen Schimmer. «Das alles ist ziemlich weit hergeholt und sehr unwahrscheinlich», sagte er behutsam und starrte Spraggue an, um nicht Mary ansehen zu müssen. «Ich sage es wirklich nur sehr ungern, glauben Sie mir, aber blicken wir den Tatsachen ins Auge. Sergeant Hayes hat einen Bericht auf meinen Schreibtisch gelegt. Er hat Harris Hamptons Aussage überprüft.»

Mary wußte, daß er eigentlich mit ihr sprach, daher antwortete sie. «Harris Hampton hat unter anderem behauptet, daß mein Neffe versucht hätte, ihn zu töten. Daher gedenke ich nicht, auch nur einen Teil von seinen Hirngespinsten zu glauben.»

«Das ist Ihr gutes Recht, Mrs. Hillman.» Die Atmosphäre kühlte merklich ab. Spraggue wußte, daß die zwei das Stadium der förmlichen Anrede längst hinter sich gelassen hatten. «Dennoch ist Hayes der Sache nachgegangen. Etwa zur gleichen Zeit, als James French sein Gastspiel als Koch des Staatsgefängnisses in Angola antrat, brachte eine Dora Forte im *St. Savior's Hospital* ein totes Kind zur Welt. Was bedeutet, daß er sie nicht einfach nur verlassen, sondern auch noch geschwängert hatte. Kann gut sein, daß sie ihm die Schuld am Tod des Babys gegeben hat. Sicher, das ist alles lange her, aber manche Wunden heilen nicht, da können die Leute sagen, was sie wollen.»

«Ach, Dora», flüsterte Mary leise.

«Ich möchte, daß Ihnen bewußt ist, wie schlecht das vor Gericht rüberkommt.»

«Auch andere hätten Fontenot umbringen können!» brauste Mary auf. «Denise Michel zum Beispiel. Sie haßte den Mann. Er hat versucht, in ihre Kochbuchverträge reinzufunken, und ihr Alibi taugt nichts, wenn diese Kellnerin – Pauline, Paulette, egal! – ihre Komplizin war. Harris Hampton hat Fontenot Rezepte gestohlen, und Fontenot schwor Rache. Fontenot hat bei Paul Armand gekündigt. Da könnte mehr dahinterstecken. Jeannine Fontenot zog auch Nutzen aus dem Tod ihres Mannes. Jetzt wird sie das Restaurant eröffnen...»

«Könnte», sagte Rawlins. «Hätte.»

«Aber Sie können doch jetzt nicht aufhören», sagte Mary trotzig. «Sie werden doch diesen Prediger aufsuchen, diesen Archibald Renner?»

Rawlins studierte die Maserung des Holztisches. «Ich habe andere Fälle. Die Steuerzahler wollen, daß ich alle unvoreingenommen bearbeite. Ihr Neffe kann sich um Renner kümmern.»

«Oder ich», sagte Mary.

«Überlassen Sie das besser...» begann Rawl.

«Moment! Ich habe eine eigene Spur, der ich noch nachgehen muß.» Spraggue zeigte schnell seinen zusammengefalteten Zeitungsausschnitt und hoffte, damit den Wutausbruch im Keim zu ersticken, der unweigerlich folgen mußte, nachdem Rawlins angedeutet hatte, es gebe etwas auf Gottes weiter Erde, das Mary besser anderen überließ. «Das ist aus der *Times-Picayune*. Ich sage nicht, woher ich es habe, aber es befand sich an einem Ort, an dem Joe Fontenot seine wichtigen Papiere aufbewahrte. Ach ja, all diese Papiere sind übrigens auf geheimnisvolle Weise verschwunden. Das behauptet wenigstens Fontenots ihn nicht liebende und ungetreue Tochter. Das hier war liegengeblieben. Na los, lest es.»

GEHEIMNISVOLLES SKELETT AUF DEM ST. LOUIS FRIEDHOF lautete die Schlagzeile.

«Hmmmpf», machte Mary. «Ein geheimnisvolles Skelett. Das hat uns gerade noch gefehlt.»

«Lies», sagte Spraggue streng. Er kannte die vier kurzen Absätze inzwischen auswendig.

«GEHEIMNISVOLLES SKELETT
AUF DEM ST. LOUIS FRIEDHOF

Die Beisetzung eines Angehörigen einer der ältesten Familien Louisianas wurde gestern durch eine grausige Entdeckung gestört.

Thomas Despardieu, 78, aus dem Jefferson Parish, letzter noch lebender Sohn von Emile und Angela Despardieu, Namensgeber des Despardieu Square, sollte gestern in der Familiengruft auf dem St. Louis Friedhof Nummer drei beigesetzt werden. Nachdem Arbeiter zur Vorbereitung der Beisetzung das Grabmal geöffnet hatten, wurde das Begräbnis vom Leiter der Friedhofsverwaltung verschoben und die Polizei zur Grabstelle gerufen.

Laut erzbischöflicher Unterlagen fand die letzte Bestattung in der Familiengruft der Despardieus, einer der schönsten Marmorgruften des ganzen Friedhofs, vor neunzehn Jahren statt, in dem Jahr, als Despardieus Schwester starb. In der Erwartung, nur ein Skelett in der Gruft vorzufinden, waren die Arbeiter erstaunt, zwei Skelette zu finden, wo nur eines hätte sein sollen.

Der Gerichtsmediziner des Parish wurde umgehend verständigt. Eine Untersuchung der bislang nicht identifizierten Leiche wird durchgeführt.»

Rawlins nahm den Artikel und runzelte die Stirn. «Ich erinnere mich daran», sagte er. «Ein paar Tage hat das eine Menge Staub aufgewirbelt, und dann war nichts mehr.»

«Und das hast du in Fontenots Haus gefunden?» fragte Mary.

«Vergessen wir das Wo und konzentrieren uns statt dessen auf den Artikel. Zwei Dinge faszinieren mich daran», sagte Spraggue.

«Was?» fragte Rawlins. «Sie sind in das Haus eingebrochen?»

Spraggue überhörte die zweite Frage. «Erstens», sagte er. «Das Wort ‹neunzehn› wurde umkringelt. Das Grabmal ist vor neunzehn Jahren zum letztenmal für eine Beisetzung geöffnet worden. Zweitens. Das Datum auf der Ecke des Ausschnitts ist der zweite Juli. Letzten Jahres.»

«Sagt mir nichts», meinte Mary.

«Am zehnten Juli hat Fontenot zwanzigtausend Dollar auf ein Bankkonto eingezahlt. Am fünfzehnten Juli machte er eine Anzahlung in Höhe von sechzigtausend Dollar auf ein neues Restaurant.»

ACHTZEHN

In seinem Traum lachte Aimée Fontenot verächtlich, ihre Lippen waren hinter dieser knalligen Federmaske verborgen. Sie verspottete ihn. Sie trug nur die Maske, sonst nichts. Ihre Nacktheit war zwar gewagt, aber auch selbstverständlich und erregend. Sie war zu schüchtern, um die Maske abzunehmen, daher wurde ihr Gesicht zu dem eigentlich erotischen Körperteil. Doch als sie die Maske abnahm, hatte sich ihr Gesicht verwandelt, und es war Dora, die zum Vorschein kam. Der Körper wurde älter, die Brüste erschlafften. Die wundersame Logik des Traumes kleidete den veränderten, vergrößerten Körper in die weiße Uniform eines Kochs und verwandelte ihn dann in eine grimmig dreinschauende Denise Michel. Sie umklammerte hinter ihrem Rücken etwas mit soviel Kraft, daß die Muskeln ihres Unterarmes deutlich vortraten, und Spraggue wußte, daß es ein Schlachtermesser war, das nach Blut schrie. Paul Armand und Henri Fiorici drückten Harris Hampton auf einen Holzblock, und Spraggue war erleichtert, daß Hampton das auserkorene Opfer war. Jetzt kam alles wieder in Ordnung, da Fontenot wieder leben würde, sobald Hampton auf dem Küchenaltar geopfert war. Es ergab einen Sinn. Aber die Gestalt war wieder maskiert, nicht mit der bösartigen Vogelmaske, die Aimée getragen hatte, sondern mit einer anderen, die er in einem Schaufenster gesehen hatte, dem riesigen Gesicht eines unversöhnlichen Wolfsgottes, gelb und rot, mit starrenden Löchern als Augen. Er versuchte, die Augen hinter diesen Löchern zu erkennen, aber die Augenhöhlen waren leer. Die jetzt geschlechtslose Gestalt war wie ein geiler Priester ganz in Schwarz gekleidet. Das Messer schnellte hinter dem Rücken hervor, die Verlängerung grausamer Klauen. Stimmen klagten, schrien, heulten...

Zumindest die Stimmen waren echt. Spraggue wachte schweißgebadete auf, umklammerte das pastellblaue Deckbett wie ein Schutzschild. Auf der Uhr war es halb neun, und der pelzige Belag auf seiner Zunge verriet ihm, daß er am vergangenen Abend zuviel Cognac getrunken hatte.

«Nein! Sie haben absolut unrecht! Das ist ein Irrtum...»

Die Stimme gehörte Dora, und weil er noch nie so laute Worte aus ihrem Mund gehört hatte, sprang Spraggue schnell in eine Jeans und ignorierte die innere Stimme, die ihm sagte, es sei nicht klug, in seinem gegenwärtigen Zustand aufzustehen.

Er schwitzte immer noch, als er das Wohnzimmer der Suite betrat. Die Klimaanlage half nicht bei Schweiß, der von wirbelnden Alpträumen kam.

Dora saß in einem formlosen weißen Bademantel zusammengesunken auf dem Sofa und hatte sich so weit vorgebeugt, daß ihre Stirn beinahe ihre Knie berührte. Das Gesicht hatte sie in den Händen vergraben, das dünne Haar fiel darüber. Ihre Schultern bebten, aber ihr Weinen war lautlos.

Tante Mary ging unruhig auf und ab und starrte auf ihre Schuhe, während sie immer wieder das gleiche Muster auf dem goldenen Teppich abschritt. Sie trug das blaßrosa Kostüm von gestern abend, es war nur ein wenig zerknittert. Sie hatte keine Gelegenheit zum Umziehen gehabt und wahrscheinlich gar nicht im Hotel geschlafen. Spraggues Augenbrauen hoben sich leicht zu einer stummen Begrüßung Gorman Rawlins'. Ein Blick auf Marys ernstes Gesicht verriet ihm, daß eine schnodderige Bemerkung kaum angebracht war.

Pierce tätschelte Doras Rücken, ohne Erfolg, und sah so peinlich berührt aus, wie Spraggue ihn noch nie gesehen hatte.

Mary hob den Kopf, als er eintrat. «Tut mir leid, wenn wir dich geweckt haben», sagte sie automatisch. «Meine Schuld. Ich dachte, ich sollte es ihr sagen. Was man beim Prozeß sagen wird – über das Kind – was dieser schreckliche Hampton gesagt hat.»

Spraggue zuckte zusammen. Mary wagte sich auf Boden vor, den selbst Engel nur zögernd betraten.

«Ich habe eigentlich nur ein ‹Nein!› mitgekriegt», sagte Spraggue. «Wenn sie es abstreitet, und es gibt Krankenhausunterlagen, sieht's schlecht aus.»

Pierce sagte mit fester Stimme: «Ich glaube, das richtige Wort lautet hier ‹verdrängt›. Ich glaube kaum, daß man ihr etwas vorwerfen kann, wenn sie ein solch offensichtlich unerträgliches Ereignis verdrängt...»

«Nein!» stieß Dora aus. «Sie irren sich.»

«Wir irren uns bezüglich was, Dora?» fragte Spraggue behutsam, fragte in völlige Leere hinein.

«Mein Baby ist nicht tot.»

Pierce tätschelte sie unbeholfen. Mary sagte leise: «Ich werde den Hotelarzt kommen lassen. Er kann uns jemanden nennen, der...»

«Was meinen Sie damit?» fragte Spraggue Dora und ignorierte seine Tante, deren Hand über dem Telefon erstarrte.

«Ich glaube kaum, daß wir sie jetzt ins Kreuzverhör nehmen sollten», sagte Mary. «Es tut mir leid, daß ich die ganze Sache überhaupt angeschnitten habe. Ich hatte ja keine Ahnung...»

«Vielleicht leidet Dora nicht an Wahnvorstellungen, Tante Mary», sagte Spraggue. «Vielleicht gibt sie sich ganz einfach Mühe, deine Frage, so gut es geht, zu beantworten. Sie wissen doch, wo Sie im Augenblick sind, Dora, nicht wahr?»

«Natürlich. Wieso fragen Sie mich das? Ich bin in einem Hotelzimmer. Man beschuldigt mich, einen Mann ermordet zu haben, und jetzt sagen Sie auch noch, mein Baby wäre gestorben.»

«Das geht aus den Krankenhausakten hervor.»

«Nein. Das stimmt nicht. Ich habe das Baby zur Adoption freigegeben. Ich konnte mich nicht selbst um das Kind kümmern. Denise hat gesagt, ich könnte, aber es ging nicht. Ich habe getan, was für das Baby das Beste war. Man hat mir gesagt, man hat mir versprochen...»

«Wer hat es Ihnen versprochen?»

«Der Arzt, die Krankenschwester... ich erinnere mich an ihren

Namen. Elise. Die Krankenschwester war meine Freundin. Einmal dachte ich sogar daran, das Baby nach ihr zu nennen, wenn es ein Mädchen wäre. Elise – so ein hübscher Name. Sie hat gesagt, es wäre das Beste. Die Adoption. Dem Baby ein gutes Zuhause zu suchen.»

«Ach, Dora», sagte Mary. «Es tut mir ja so leid.»

«Ich kann nicht mehr», sagte Dora. Ihre Stimme war jetzt ganz leise, klar, aber auch verwirrt. «Ich kann nicht mehr darüber reden. Ich habe zwanzig Jahre lang mit mir selbst darüber debattiert, habe zu entscheiden versucht, ob ich... ob ich richtig gehandelt habe. Ich kann heute nichts mehr daran ändern, was ich damals getan habe. Ich kann nicht mehr sein, was ich vorher war. Dieses ganze Gerede hat einfach keinen Sinn.»

Sie stand sehr vorsichtig auf, als könnte sie sich nicht darauf verlassen, daß die Füße ihr Gewicht auch trugen. Die Worte kamen abgehackt und trocken. Spröde. Sie ging zur Tür ihres Zimmers, machte jeden Schritt so zögernd wie ein Kleinkind, das Angst hat zu stürzen. Kleine Babyschritte, unsicher und langsam. Die Tür schloß sich und wurde von innen verriegelt.

«Tja», sagte Mary in das darauf folgende lange Schweigen, «es tut mir aufrichtig leid, daß ich damit angefangen habe.»

Spraggue atmete laut aus und ließ sich auf das Sofa fallen. «Wahrscheinlich hätte ich das gleiche getan. Es müßte ihr erspart bleiben, daß im Zeugenstand von dem Baby die Rede ist.»

«Aber kann es soweit kommen?»

«Rawl hat recht. Die Grand Jury wird jede Menge Gründe zur Anklageerhebung haben. Es *war* ihr Messer. Alles andere sind nur unausgegorene, verrückte Ideen. Was, wenn? Vielleicht? Fontenot mag ja ein zwielichtiges Doppelleben geführt haben, aber Dora nicht auch? Tun wir das nicht alle?»

«In Ordnung.» Mary beendete das Thema mit einem tiefen Seufzer. «Ich gehe jetzt duschen und mich umziehen. Und dann mache ich mich auf die Suche nach diesem Archibald Renner. Keine Angst, ich werde Pierce mitnehmen. Vielleicht hat Bruder Archibald bei neuerlicher Lektüre der Heiligen Schrift ja herausgefunden, daß er mit dem Teil von wegen ‹die Rache ist mein, sagt der Herr› doch nicht einverstanden war. Oder vielleicht sieht er sich auch als Stellvertreter Gottes.»

«Er müßte aber immer noch irgendwie ins *Imperial Orleans* gekommen sein», sagte Spraggue.

«Tja, die Wege des Herrn sind unergründlich.»

NEUNZEHN

Die Presse hatte wenig mehr über das überzählige Skelett zu bieten als der anfängliche Artikel. Spraggue saß auf einer harten Holzbank in einem Kellerraum der *Times-Picayune* und las jedes Wort der Folgestories, wobei er unter vielen Spekulationen eine Tatsache fand: Die Knochen waren an die Gerichtsmedizin des Bezirkes überstellt worden.

Das Büro des Coroner nahm einen ganzen Flügel des großen Criminal Court Building an der Tulane Avenue in Beschlag. Dort traf Spraggue mit voller Wucht auf Bürokratie in Reinkultur. Der Coroner hatte zu tun. Um was es gehe? War er gekommen, um die sterblichen Überreste zu identifizieren? Arbeitete er für eine Zeitung? Ah, die Polizei. Könne er sich bitte ausweisen? Gewiß werde man Detective Rawlins anrufen. Man arbeite schließlich jederzeit gern mit der Polizei zusammen. Oje, Detective Rawlins war nicht im Hause und leider nirgendwo erreichbar. Zu dumm. Wir bedauern sehr, aber der vielbeschäftigte Coroner kann wirklich nicht wegen jemandem gestört werden, der womöglich ein Niemand ist. Es war schließlich diese erbarmungslose, falsche Höflichkeit, die ihn schaffte. Das ewige Lächeln. Das finale «Einen schönen Tag noch», das den Wunsch in ihm weckte, jemandem seine schimmernden weißen Frontzähne einzuschlagen.

Albert Flowers hatte vor dem Gebäude geparkt und blockierte einen Hydranten. Spraggue gab ihm den Zeitungsausschnitt und wartete. «Dieser Friedhof», sagte Spraggue, «*St. Louis Nummer drei*. Wissen Sie, wo der ist?»

«'türlich weiß ich das. Soll ich Sie hinfahren?»

«Ja.»

«Sie sehen heute morgen blaß aus, für einen Friedhof aber lebendig genug», meinte Flowers.

«Fahren Sie einfach», knurrte Spraggue.

Am Eingang von *St. Louis Nummer drei,* dem neuesten der alten *St.-Louis*-Friedhöfe, war ein schweres, schmiedeeisernes Tor mit Bögen und Spitzen. Das verblassende Nachmittagslicht und der leichte Nieselregen verliehen den weißen Grabstätten einen perlmuttfarbenen Glanz. Sie sahen aus wie zusammengepferchte Villen einer prächtigen, in Miniaturform nachgebauten Stadt.

«Totenstädte», sagte Flowers leise.

«Was?» Spraggue war überrascht, als er seinen eigenen Gedanken laut ausgesprochen hörte.

«Sehen sie aus wie Ihre Friedhöfe oben im Norden?»

«Gespenstischer», erwiderte Spraggue.

«Weil der Grundwasserspiegel so hoch ist, können wir unsere Toten nicht in der Erde bestatten», sagte Flowers. «Das Grab füllt sich mit Wasser, sobald man fünfzehn Zentimeter tief ist. Die ältesten Grüfte, auf diesem und den beiden anderen *St.-Louis*-Friedhöfen, wurden aus Ziegel gemauert und anschließend getüncht. Dann kamen die reichen Leute auf die Idee, es wäre doch hübsch, sich in schikken Marmorgrüften zur letzten Ruhe betten zu lassen. Eine Weile gab es einen richtigen Wettbewerb. Sie importierten Marmor und Steinmetze. Und nicht nur die reichen Familien waren versessen darauf. Die Vereine mischten mit, die Wohltätigkeitsvereine und die Italienisch-Amerikanische Gesellschaft, und jeder mußte den besten Architekten und die besten Baumaterialien haben. Was Bestattungen betrifft, ist man schon ein bißchen komisch in New Orleans. Hier unten ist Allerheiligen ein wichtiger Feiertag, und alle gehen mit Blumen auf den Friedhof.»

Am Ende eines schmalen Weges hielten sie an. Der Friedhof wirkte verlassen, ein eigenes Land, von der Stadt der Lebenden durch hohe Ziegel- und Steinmauern abgeschnitten. Die Mauern waren ein Flikkenteppich aus gemeißelten Tafeln und übersät mit winzigen Vasen voll verblichener Blumen.

«Befinden sich Grüfte in den Mauern?» fragte Spraggue.

«*Yep.* Die alten kreolischen Familien nannten das die ‹*fours*›, die Öfen. Wenn Ihre Familie nicht so stinkvornehm ist, daß eine große

Gruft benötigt wird, können Sie ein oder zwei der Öfen mieten oder kaufen. Manche sind für ein Jahr gemietet, andere für zehn, und wieder andere für immer.»

«Gemietet?» wiederholte Spraggue verdutzt.

«Ja. Sehen Sie, wie die dort in den Boden eingesunken sind?»

An einer Ecke des Friedhofs war der untere Teil der Mauer im Matsch verschwunden und hatte die in eine zerbröckelnde Grabplatte eingemeißelten Worte mitgenommen. LYDIA, ÉPOUSE DE HU- war alles, was über der Erde noch zu sehen war. Die meisten Inschriften waren französisch.

«Was meinen Sie mit Gruft ‹mieten›? ‹Mieten› bedeutet doch, daß man auch zur Räumung gezwungen werden kann.»

«Genau», sagte Flowers. «Eine Gruft wird hier für mehrere Bestattungen benutzt. Ich vermute, daß ist einer der Gründe, warum in New Orleans die Familien so wichtig sind. Man verbringt buchstäblich die Ewigkeit im Kreise seiner Leute. Wissen Sie, diese Familiengrabstätten, selbst die der wirklich Reichen, die haben auch nur zwei, drei Öfen, zwei drei Grüfte, mehr nicht. Sagen wir also mal, die alte Granny Money stirbt, und sie ist die erste Money, die uns verläßt, und die Familie errichtet eine schöne große Grabstätte für sie. Und sie haben auch einen hübschen Sarg, und den schieben sie in den Ofen, und dann versiegeln sie das Ganze mit einer Marmorplatte, und, *oops*, ehe man sich's versieht, ist auch Grandpa Money von uns gegangen. Große Beerdigung. Er kommt in den unteren Ofen. Jetzt könnte man meinen, die Grabstätte sei voll, aber schon im nächsten Jahr segnet auch Onkel Alfred Money das Zeitliche. Beauftragen diese reichen Leutchen jetzt vielleicht einen anderen Architekten, und karren sie vielleicht eine weitere Ladung italienischen Marmor hier her? Oh, nein, sie haben doch schon eine bildschöne Familiengruft. Also machen sie folgendes: Wenn seit Grannys Bestattung ein Jahr und ein Tag vergangen sind, öffnen sie ihren Ofen und verbrennen den Sarg und alles. Die Knochen der guten alten Granny werden ganz nach hinten in das Grab gekehrt, das nennen die Kreolen *caveau* – so eine Art Grube ganz unten –, und Onkel Alfred bekommt ihren Platz, wenigstens für ein Jahr und einen Tag, beziehungsweise bis es zum nächsten Familienbegräbnis kommt.»

«Sie sind besser als jeder Fremdenführer», sagte Spraggue.

«Das ist eine Touristenattraktion, genau wie die Hoodoo-Talismane. Die Leute fragen immer nach den Friedhöfen», sagte Flowers. «Und da ich ja den Flughafen bediene, betrachte ich mich sowohl als Fremdenführer als auch als Taxidienst.»

«Was passiert, wenn es zu einer Katastrophe kommt?» fragte Spraggue. «Einem Brand? Sagen wir, drei Familienmitglieder sterben auf einmal. Oder was ist, wenn Onkel Alfred nicht ein Jahr und einen Tag wartet?»

«Tja, dann wird eben einer der Öfen in der Wand gemietet, bis in der Familiengruft wieder Platz frei ist. Und manchmal wird dieser Platz niemals frei. Sagen wir mal, Sie hätten ein richtig schwarzes Schaf in der Familie. Viele von denen landen nie in der Familiengruft. Wenn man in New Orleans mit der Familie im Streit liegt, wird man nicht einfach nur enterbt. Man wird auch aus der ewigen Ruhestätte verbannt. Und bei uns hier ist es Tradition, daß der Mann zur Familie der Frau zieht, wenigstens in die Grabstätte. Also muß man mit den Leutchen auskommen, sonst landet man als Leiche in den Maueröfen, und dann vermischt man seine Knochen nie mit denen der lieben Schwiegermutter. Beerdigungen sind hier bei uns wirklich eine kitzlige Sache.»

Sie gingen eine Avenue der Grabmale entlang. Spraggue las die Namen auf den Gedenktafeln. Französische Namen. LaForge und Fabre und Darrière. La Famille Lafontaine. Danielle Lafontaine, 1882–1884. Zwei Jahre Leben zusammengefaßt zu einer einzigen Zeile in Stein gemeißelter Buchstaben. Lebte Doras namenloses Kind noch? Oder war es in einer solchen Marmorpracht bestattet?

Der Friedhofswärter hauste in einer getünchten Hütte, die kleiner war als manche Grabstätten. Er beendete gerade sein Mittagessen. Ein Pappbecher mit schwarzem Kaffee stand neben einem verstaubten Telefon auf einem winzigen Schreibtisch. Der Whiskeygeruch verriet, daß die Farbe mehr Tarnung als Kaffee war. Der Mann trug einen Overall, der vor vielen Jahren mal weiß gewesen war. Die Schirmmütze hatte er tief in die Stirn gezogen. Er war eine Nuance oder auch zwei heller als sein ominöser Kaffee. Mißtrauisch schaute er seine beiden unerwarteten Gäste an.

«Ja? Was kann ich für Sie tun, eh?» fragte er, und Spraggue fühlte sich an einen Frankokanadier erinnert, den er mal gekannt hatte.

Der Mann hatte in Maine gelebt und einen eigenen Mischmasch von Yankee-Französisch entwickelt. Die Stimme dieses Mannes hier war allerdings weicher. Er artikulierte die Worte nicht richtig, eins floß ins andere über.

Spraggue zeigte ihm den Artikel aus der *Times-Picayune*. Der Mann erkannte ihn sofort, und ein Lächeln breitete sich auf seinem Gesicht aus.

«Wieder Zeitungsfritzen?» fragte der Mann im Overall zufrieden. «Schon lange her. Halbes Jahr vielleicht. Ist das Thema immer noch nicht tot?» Er lachte, und Spraggue wäre jede Wette eingegangen, daß er noch dreihundert Totenwitze auf Lager hatte. Er wappnete sich.

«Haben Sie die Leiche gefunden?» fragte Flowers schnell, als wollte auch er eine Lawine an Friedhofshumor aufhalten.

«Leiche könnte man's nicht direkt nennen, nach all der Zeit», sagte der Friedhofswärter. «Nennen wir's Skelett. Klar war ich hier. Todsicher.»

«Ich würde gern ganz genau von Ihnen hören, was an diesem Tag geschehen ist», sagte Spraggue. «Sehr gern, Mr. ...»

«Mr. Breaux. Jack Breaux.»

Spraggue drückte ihm einen Zehn-Dollar-Schein in die Hand.

«Ein Cop sind Sie nicht», meinte der Mann.

«Es spielt keine Rolle, wer ich bin.»

«Ich will keine Scherereien.»

«Wie sollten Sie Scherereien bekommen, wenn Sie von den Toten erzählen?» fragte Spraggue.

«Da haben Sie mal recht, genau. Denen ist's egal, wieviel man über sie tratscht, diesen Typen.»

«Erzählen Sie mir von dem Tag, an dem die zusätzliche Leiche gefunden wurde.»

«Wollen Sie einen Kaffee?»

«Ja, bitte.»

Pappbecher wurden mit einer heißen, braunen Flüssigkeit aus einem Topf von einer Kochplatte gefüllt. Eine braune Papiertüte mit einer Halbliterflasche *Southern Comfort* kam zum Vorschein und wurde abgelehnt.

Für alle drei war es zu eng in dem winzigen Büro. Sie traten in den Nebel hinaus und setzten sich auf eine Bank vor eine der Grabstätten.

Breaux schlürfte seinen Irish Coffee. «Dann will ich mich mal an den Tag zurückerinnern. War kein guter Tag, daran erinnere ich mich deutlich. Regnerisch und trüb, genau wie heute. Ganz normales Wetter. Der ganze Tag war total normal. Wir haben hier nicht mehr viele Bestattungen. Unser Friedhof ist praktisch voll und schon so alt, daß wir nicht mehr viel zu tun haben. Ein paar von den alten Familien benutzen ihre Grabstätten immer noch, klar, und Leute kommen auch zu Besuch. Manchmal gibt's schon was zu tun, aber mehr mit Instandhaltung als mit Neuankömmlingen. So, und an diesem Tag hatten wir dann eine Bestattung für die Gruft der Despardieus, die wirklich schön ist, direkt links von Ihnen, als Sie durchs Tor reingekommen sind...»

«Könnten wir sie sehen?» fragte Spraggue.

«Ich soll eigentlich hier bei der Hütte bleiben, jawohl, das Telefon könnte ja mal klingeln oder so.»

«Aber manchmal müssen Sie doch woandershin», sagte Flowers. «Kommen Sie. Zu dieser Story gehören ein paar ordentliche Fotos.»

«Okay, *cher*», sagte Jack Breaux. «Kommen Sie mit.»

Der Boden war völlig durchgeweicht vom Nieselregen. Jack mied die Kieswege. Er kannte sich gut genug aus, um die Abkürzungen durch den Matsch zu nehmen.

Das Familiengrab der Despardieus war aus cremefarbenem, geädertem Marmor und wunderbar gepflegt. Zwei kannelierte Säulen rahmten die Grabtafel. Darüber spielte ein geflügelter Engel auf der Lyra, die Augen verzückt geschlossen. Die Grabstätte wurde von einem schmiedeeisernen Zaun umschlossen, wie man sie auch an den Balkonen vornehmerer Häuser im French Quarter findet. Der schmale Pfad um das Grabmal war nicht mit Kies, sondern mit zerstoßenen Muscheln bestreut. Breaux öffnete das Tor mit einem Schlüssel an einem riesigen Bund, der an seinem Gürtel hing.

«Ist hier immer abgeschlossen?» erkundigte sich Spraggue.

«Ja. 'türlich weiß ich nicht, wie's zu der Zeit gehandhabt wurde, als das Skelett hier eintrudelte. Ich bin erst sieben oder acht Jahre hier. Die Typen vom Büro des Coroner, die auch die Fotos gemacht haben und so, die glauben, unsere überzählige Leiche wär schon lange vor meiner Zeit hier gewesen.»

«Was genau ist an diesem Tag passiert?»

«Wie üblich hatten wir zu wenig Leute, sonst wär eine Menge anders gelaufen. Wenn wir ein Grab vorbereiten, tun wir das normalerweise am Tag vorher, okay, aber wir haben's einfach nicht geschafft. Also haben wir uns erst am Morgen der Beisetzung darum gekümmert. Sehen Sie, und genau da lag das Problem. Okay, wir hätten noch jede Menge Zeit gehabt. Zeit wär überhaupt kein Problem gewesen, weil wir ja nichts anderes tun mußten, als den alten Holzsarg zu verbrennen und die Knochen in die Grube zu kehren. Wir kontrollieren das Datum auf dem Ofen, den wir öffnen wollen, und alles ist bestens. Sechs Jahre war in dieser Grabstätte nichts mehr los gewesen – keine Action in der Gruft seit fast zwanzig Jahren. Also denken wir uns, kein Problem. Sind ja nur noch Knochen, nach so langer Zeit.»

«Sechs Jahre und zwanzig Jahre?»

«Sehen Sie hier.» Breaux deutete auf die Tafel, die die Öffnung des unteren Ofens versperrte. «Der hier ist seit sechs Jahren versiegelt. Hoffentlich müssen wir den nicht auch noch aufmachen und nachsehen, ob nur eine Leiche drin ist. Hier in dem oberen, da war die zusätzliche Leiche drin – und der ist das letzte Mal am 12. Februar 1966 für die sterblichen Überreste einer Miss Evelyn Despardieu aufgemacht worden. Vor neunzehn Jahren, richtig?»

«Ja.»

«Ich hab's entdeckt. Ich und Henry Wayne, wir klotzen ein bißchen ran, weil die Familie nachmittags um zwei kommen sollte, und wir wollen noch ein paar Stühle für die älteren Leutchen aufstellen und so. Wir denken nichts Böses. Wir müssen nur die Marmorplatte da entfernen und uns um die sterblichen Überreste kümmern.»

«Wie entfernen Sie die Platte?»

«Tja, nichts leichter als das, eh? Man schlägt einfach den Mörtel weg, wobei man natürlich aufpassen muß, den Marmor nicht kaputtzumachen. Man wickelt ein Tuch drum und arbeitet mit einem guten Meißel, und schon ist die Sache geritzt. Dauert zwar eine Weile, aber schwer ist's nicht. Und wenn man die Platte erst mal weg hat, ist die Öffnung dahinter nur noch zugemauert, und dann kann man richtig loslegen. Ziegel interessieren nicht. Billiges Zeug.»

«Klingt nach einer Menge Lärm.»

«Hammer und Meißel machen schon ordentlich Krach, ja. Aber die Nachbarn beschweren sich nicht, eh?»

«Ist der Friedhof immer bewacht?» fragte Spraggue.

«Oh, ja. Worauf Sie sich verlassen können, *cher*. Falls Sie meinen, jemand könnte einfach so vorbeikommen und eine Gruft aufmachen und kein Mensch würde was mitkriegen, dann vertun Sie sich gewaltig.»

«Was ist denn Ihrer Meinung nach passiert?»

«Also, das ist jetzt nur meine persönliche Privatmeinung, okay?» Breaux leerte seinen Kaffeebecher und stellte ihn auf den Rand der Gruft. «Aber die Cops waren nicht an meiner Meinung interessiert, und die Pressefritzen auch nicht.»

«Ich würde Ihre Meinung gern hören», sagte Spraggue.

Breaux strahlte und zog seinen Overall zurecht. «Okay. Ich glaube, die beiden Skelette sind zusammen reingeschoben worden. Also, wenn die alte Miss Despardieu eine junge Miss Despardieu gewesen wäre – Sie wissen schon, achtzehn und hinreißend und sexy und alles – und sie wär bei einem Autounfall ums Leben gekommen, dann würde ich sagen, ihr Freund hat sich in der Nacht nach der Beisetzung hier reingeschlichen und sich umgebracht, um für immer bei ihr zu sein.»

Ein Friedhofsromantiker. Spraggue fragte sich, ob Breaux *Romeo und Julia* kannte. Oder *Hamlet*. *«Wie lange liegt wohl einer in der Erde, eh' er verfault?»*

«Sie glauben, die überzählige Person wäre hier gestorben?» fragte Spraggue. «Hätte sich hier umgebracht?»

«Ich nehm's an.»

«Wie hat er anschließend das Grab verschlossen?»

«Oh. Also, ich weiß nicht, wie's früher gemacht wurde. Aber manchmal, wenn wir viel zu tun haben, dann lehnen wir die Marmortafel einfach gegen den Ofen und mauern das Ding erst am nächsten Tag oder so zu. Die Friedhofsarbeiter mauern das Ding einfach zu. Kein Grund, vorher noch mal einen Blick reinzuwerfen.»

«Das ist nicht ungewöhnlich?»

«Absolut nicht.»

«Okay. Fahren Sie fort.»

«Also, es war gottverdammt schaurig. Das kalte Grausen hab ich gekriegt, das kann ich Ihnen flüstern. Ich mach das Grab auf, und da ist dieses Skelett, liegt einfach da neben dem Sarg. Wissen Sie, wie's für mich ausgesehen hat? Wie lebendig begraben. Ich meine, ich dachte, das alte Mädchen, irgendwie hat sie's aus dem Sarg geschafft, und dann kommt sie aus der Gruft nicht mehr raus. Erinnern Sie sich an das alte Mädchen, die mit ihrem Telefon begraben wird, damit sie jeden anrufen kann, wenn die Trompeten des Jüngsten Gerichts erschallen? Also, ich hab gedacht, vielleicht ist Miss Despardieu aus ihrem Sarg gestiegen, und mir läuft's eiskalt über den Rücken, und das passiert mir normalerweise nicht. Also haben wir die Cops nicht sofort angerufen, nicht mal die Kirchengemeinde verständigt, denn wir dachten ja noch, es wären die sterblichen Überreste von Miss Despardieu. Wir haben erst losgebrüllt, als wir den Sarg geöffnet und die andere Leiche gefunden haben. Und selbst da haben wir erst noch mal ein bißchen nachgedacht. Henry ist dafür, einfach die überzähligen Knochen ins *caveau* zu schieben. Er glaubt, es wär nur irgendein Familienmitglied, um das sich zum Schluß kein Mensch mehr gekümmert hat. Aber ich fand das nicht in Ordnung. Ich meine, der Bursche hatte noch Fetzen von Jeans an, nicht gerade was, womit die Leute beerdigt werden. Und, tja, die ganze Geschichte war einfach komisch – und gruselig, das kann ich Ihnen sagen.»

«Es war richtig, daß Sie die Polizei verständigt haben», sagte Spraggue, als Breaux schwieg und den Kopf schüttelte.

«Tja, ich weiß nicht. So besonders glücklich sind die deswegen nicht gewesen. Ich meine, die haben wichtigere Sachen zu tun, als einer alten Leiche nachzuschnüffeln. Aber man fragt sich schon, wer er war – und wieso kein Mensch ihn vermißt hat. Was ist das für ein Bursche, den keiner vermißt?»

«Sind Sie sicher, daß es ein Mann war?»

«Er war viel größer als Miss Despardieu. Der Coroner wird Ihnen da mehr sagen können als ich. Ich kann nur soviel sagen, daß er kein Geld in den Taschen hatte. Eine Brieftasche oder so hatte er auch nicht dabei.»

«Überhaupt nichts?» fragte Spraggue, der ein untypisches Zögern in der Stimme des Mannes bemerkte.

«Also, ich schätze, die Cops werden's Ihnen sowieso sagen, wenn Sie danach fragen», sagte Breaux und betastete die Tasche, in der er den Zehn-Dollar-Schein gebunkert hatte.

«Sie glauben, es wäre noch eine Kleinigkeit wert?» fragte Spraggue.

«Ich? Wie kommen Sie denn da drauf?» Breaux grinste breit und zeigte fleckige Grabsteinzähne.

Spraggue trennte sich von einem weiteren Zehner. Er bekam mehr, als er erwartet hatte.

ZWANZIG

Breaux erlaubte ihm einen einzigen Telefonanruf von seiner Hütte aus. Rawlins war wieder im Revier.

«Ich habe etwas», sagte Spraggue schnell. «Können wir uns im Büro des Coroner treffen?»

«Ihre Tante kommt in ein paar Minuten», sagte der Detective und klang hocherfreut.

«Bringen Sie sie mit», sagte Spraggue. «Sie ist nicht zartbesaitet.»

Das Wartezimmer des Coroner war ein merkwürdig geformter, abgeteilter Bereich in einem größeren Raum mit einem Münzfernsprecher in der Ecke, zwei Türen, die zu den Toiletten führten, einem ramponierten Sofa und zwei Metallstühlen. Ein gerahmter Spruch auf einer rissigen, schmuddelig weißen Wand lautete: «Wo der Tod sich freut, den Lebenden zu dienen.» Es war der einzige Versuch, den Raum etwas zu verschönern. Es roch nach Krankenhaus.

Zur Überbrückung der Wartezeit stellte der Coroner Lesestoff zur Verfügung. Einen Stapel gelber Karten mit der Aufschrift DIES SIND REALE FÄLLE AUS DER GERICHTSMEDIZIN. Die Hälfte aller Worte auf den Karten war fett gedruckt. Spraggue war bis zu «sämtliche Fälle mutmaßlicher einfacher wie schwerer Vergewaltigung, Geschlechtsverkehr sowie Verbrechen gegen die Natur» gekommen, als er seine Tante nahen hörte.

Ihre Stimme war laut und streitlustig und wurde noch lauter, als sie die Treppe heraufkam. «Dieser Renner», sagte sie gerade, «ist wahrscheinlich unzurechnungsfähig.»

Die Tür wurde aufgestoßen. Angetan mit einer glänzenden gelben Regenjacke trat Tante Mary ein. Rawlins folgte ihr, blieb aber kurz in der Tür stehen, um einen riesigen schwarzen Schirm auszuschütteln.

«Da habt ihr euch ja beeilt», sagte Spraggue und winkte beide in den Warteraum. «Erzähl du mir zuerst von Renner, und anschließend verrate ich euch, was ich herausgefunden habe.»

Rawlins half Mary aus dem Regenmantel. Der tropfte ein Punktemuster auf den Linoleumboden.

«Archibald Renner», sagte Mary mit Nachdruck, «war eine große Enttäuschung. Brother Archibald, sollte ich wohl besser sagen. So nennt er sich nämlich. Ich hatte mir einen verbissenen, asketischen Geistlichen vorgestellt, und statt dessen kriege ich Bruder Tuck. Allerdings ist Archie Renner noch fetter als Bruder Tuck. Irgendwas stimmt nicht mit seinem Fuß, und er trägt einen Schuh mit deutlich höherer Sohle. Er hätte genausowenig auf diesem Bankett aufkreuzen können, als Kellner oder Koch verkleidet, wie ich als Sophia Loren.»

«Er hätte jemanden anheuern können», meinte Rawlins.

«Ach, Rawl.» Schon wieder lag Streit in der Luft. «Sie hätten ihn sehen müssen! So schrecklich unbeholfen und dumm und irgendwie verloren. Ein erwachsenes Kind...»

«Okay, okay», sagte Rawlins. «Er ist eine Niete.» Er wandte sich an Spraggue. «Sagen Sie, was Sie herausgefunden haben.»

«Ich zeige Ihnen was», antwortete Spraggue.

Mit Rawlins' Polizeimarke schüchterten sie die lächelnde, aber feindselige Empfangsdame ein, rauschten an den Schreibtischen in der Eingangshalle vorbei und gelangten ungehindert in ein komfortables Büro, das mit einem riesigen, altmodischen Walnußschreibtisch und einer Ledergarnitur möbliert war. An einer Wand plätscherten Aquarien mit tropischen Fischen vor sich hin. Spraggue hatte erwartet, daß der Coroner ein alter Mann war – das Wort allein beschwor schon das Bild eines pflichtbewußten Arztes mit Backenbart und Brille herauf. Der Mann im weißen Kittel hinter dem Schreibtisch sah aber aus wie ein Medizinstudent im ersten Semester. Als er lächelte, sah Spraggue die winzigen Falten unter seinen Augen und dachte, vielleicht ist er schon so alt, daß er in der Kneipe bedient wird.

Dr. Noonan war aufgeregt und begeistert bei der Sache, was bedeutete, er war noch nicht lange in dem Job. Angesichts seiner Frische kam Spraggue sich alt und verbraucht vor.

Außerdem hatte er die Gabe, sich völlig auf das gerade anstehende Thema konzentrieren zu können. Nachdem sein Interesse erst einmal geweckt war, schob er einen Stapel Papierkram zur Seite, lehnte sich auf seinem Drehstuhl zurück und hörte wahrhaftig zu.

«Ja», sagte er und tippte mit einem Bleistift auf die Schreibtischunterlage, «das ist eigentlich eine hübsche Sache, ein hübscher Fall, wissen Sie. Ich hatte bisher nicht sonderlich viel Gelegenheit, mit alten Knochen herumzuspielen, und die hier sind wie ein Geschenk des Himmels, da ja nichts darüber bekannt ist, von wem sie stammen. Ich konnte Tests durchführen, von denen ich bislang nur in Büchern gelesen hatte. Ich erzähle Ihnen liebend gern etwas darüber, aber lassen Sie mich zuerst die Akte holen. Ich verlasse mich nur äußerst ungern allein auf mein Gedächtnis. Ich bringe die Fälle leicht durcheinander.»

Auf der Brusttasche von Dr. Noonans weißem Kittel befand sich ein Namensschildchen. *Dr. G. Noonan.*

«So, bei dieser Geschichte gibt es viele Wenn und Aber, falls Sie wissen, was ich meine», sagte der Coroner, während er triumphierend Papiere aus einem Aktenschrank zog. «Vermutungen. Ich habe bei diesem Fall um Hilfe gerufen und einen Gerichtsmediziner aus Tulane zu Rate gezogen. Wir haben genug Informationen, daß ich die Frage ‹Ist dies die Leiche von Richter Crater?› ganz klar verneinen kann. Aber wenn Sie mich bitten, unseren Burschen aus, sagen wir, einer Liste aller Leute herauszusuchen, die zwischen 1960 und 1970 verschwunden sind, dann kann ich Ihnen nicht weiterhelfen. Besorgen Sie mir einen Namen und zahnärztliche Unterlagen, und ich kann Ihnen sagen, ob sie passen.»

«Könnten wir die Liste der vermißten Personen vielleicht ein bißchen reduzieren?» fragte Spraggue. «Die Frauen ausschließen? Die Liste aufgrund von Körpergröße, Alter und so weiter ein wenig reduzieren . . .»

«Sicher», sagte Noonan. «Die Körpergröße ist kein Problem. Dafür muß man nur einen Oberschenkelknochen ausmessen und in einer Tabelle nachsehen. Dieser Bursche ist allerdings durchschnittlich groß. Das hilft uns nicht viel weiter. Er ist einsachtundsiebzig groß. War.»

«Alter?»

«Das Alter ermitteln wir anhand der Härte des Schädels und gewisser Formationen an der Schädeldecke, womit unser Mann Ende Zwanzig, Anfang Dreißig gewesen sein dürfte. Soweit entspricht er völlig dem Profil eines typischen Mordopfers.»

«Wie ist er getötet worden?»

«Das kann ich Ihnen zeigen, wenn Sie wollen.»

Spraggue wußte, hier hatte er einen Enthusiasten vor sich. Rawlins warf Mary einen fragenden Blick zu, doch sie nahm die Einladung freudig an.

Der Autopsieraum und die Leichenhalle befanden sich im Keller; zwei große, kühle, ineinander übergehende Räume, die leicht nach Moder und stark nach Desinfektionsmitteln rochen. Zwei Wände der Leichenhalle bestanden aus Kühlboxen mit Schubfächern. Der flekkige Linoleumboden hatte vom vielen Schrubben alle Farbe verloren. Der Boden des benachbarten Autopsieraumes war weiß gekachelt, in der Mitte war ein Abfluß. Zwei längliche Stahltische wurden von zwei verstellbaren Deckenstrahlern in grelles Licht getaucht. In einer Ecke stand ein Gabelstapler. In einer anderen Waagen und Gewichte.

Spraggue merkte, wie er eine Bestandsaufnahme seiner letzten Mahlzeiten machte. Als Vorsichtsmaßnahme schaltete er von «echter Person» zu «Schauspieler» um, womit er sich selbst geschickt aus der Affäre zog und von diesem Ort entfernte. Das alles hier hatte nichts mit ihm zu tun. Es war nur ein Drehbuch, ein Produkt der Phantasie. Er konnte jederzeit die Scheinwerfer anstellen. Er hatte alles fest im Griff. Wünschte er sich.

Dr. Noonan blieb so unvermittelt neben einem der Schubfächer stehen, daß er ein quietschendes Geräusch auf dem Linoleum machte.

«Wir haben uns streng an die Vorschriften gehalten», sagte er ernst. «Auch wenn wir nicht glauben, daß es noch Verwandte gibt, die die Knochen identifizieren, haben wir uns entschieden, sie wie jede andere Leiche in ein Schubfach zu legen. Kein toller Anblick, aber immer noch besser als manche andere, die wir reinbekommen. Nicht so frisch wie manche, aber erheblich frischer als andere. Er ist schon so lange tot, er stinkt nicht mal mehr.»

Rawl verzog das Gesicht, aber Mary trat fasziniert näher.

Das Skelett wirkte so klein, so schmal in einer Schublade, die für einen ganzen Körper vorgesehen war. Es wurde teilweise mit Draht zusammengehalten. Rumpf und Becken hingen zusammen, die Rippen befanden sich an Ort und Stelle. Bein- und Armknochen lagen zwar da, wo sie hingehörten, waren aber vom Rumpf getrennt. Die Zähne waren schockierend, entsetzlich weiß und vorspringend.

«Er lag auf dem Rücken», sagte Noonan mit einem Blick in seine Notizen. «Wie aufgebahrt, nur daß er auf dem Sarg statt drin lag. So feucht, wie es hier in Louisiana ist, wären seine Organe und die fleischigen Teile in wenigen Jahren verwest, aber er ist schon sehr lange tot.»

«Wie lange?»

«Über fünfzehn Jahre.»

«Wie ist er getötet worden?» fragte Rawlins. Er sagte das mit ganz normalem Tonfall, aber in der Stille hier hallte seine Stimme laut wider.

«Hmh», sinnierte Noonan laut, «der Mann kann erschossen worden sein. Die Kugel hätte seinen Körper durchschlagen können, ohne einen Knochen zu streifen. Er kann auch erstochen worden sein. Er kann mit irgendeiner obskuren Substanz vergiftet worden sein. Wenn er erwürgt worden wäre, hätte ich wahrscheinlich ein gebrochenes Zungenbein gefunden.»

«Könnte er auch einfach nur gestorben sein?» fragte Mary. «An den sprichwörtlichen natürlichen Ursachen?»

Noonan trug dünne Plastikhandschuhe, die so eng waren, daß sie wie eine glänzende zweite Haut wirkten. Jetzt berührte er das Skelett, drehte den Schädel um und zeigte ihnen einen Riß auf der rechten Seite des Hinterkopfs.

«Er ist keines natürlichen Todes gestorben», sagte er. «Nicht mit diesem Riß im Schädel. Damit wird er wohl kaum in der Gegend rumgelaufen sein.»

«Dieser kleine Spalt reicht zum Sterben?» Rawl schielte in die Schublade. Seine Hand zuckte vor, als wollte er die Knochen anfassen. Aber dann zog er sie zurück.

«Ein Schlag, der stark genug war, diesen Riß zu hinterlassen, dürfte großen Schaden angerichtet haben. Man kriegt keinen Riß in den Schädel, wenn man mit dem Kopf gegen die Wand rennt. Der Kopf dieses Burschen ist mit ziemlicher Gewalt traktiert worden.»

Rawlins ging langsam auf die andere Seite des Raums. «Das alles ist verflucht interessant», sagte er und forderte Spraggue mit einem Kopfnicken auf, ihm in die Ecke zu folgen, während Noonan die Knochen wieder richtig hinlegte und das Schubfach schloß. «Aber ich sehe beim besten Willen nicht, was das alles mit Joe Fontenot zu tun hat.»

«Warten Sie», sagte Spraggue. Er drehte sich zu Noonan um. «Was für Kleidung wurde an dem Skelett gefunden? Gab es irgendwelche Reste?»

«Ja, ja, Reste. Stoffe haben ihren eigenen Verfallsprozeß. Bei Baumwolle geht es schnell, bei Leinen dauert es etwas länger. Nylon und synthetische Fasern halten sich eine ganze Weile. Wir haben das Zeug ins kriminaltechnische Labor des FBI geschickt. Die sind zwar gut, aber langsam.»

«Könnten wir das Material sehen?» fragte Spraggue.

«Sicher. Ich würde sagen, wahrscheinlich kriegen wir es in ein paar Wochen aus Atlanta zurück.»

«In ein paar Wochen!» echote Spraggue.

«Dieser Bursche ist schon eine ganze Weile tot», sagte Noonan entschuldigend. «Da konnte ich die Sache wohl kaum mit höchster Dringlichkeitsstufe durchjagen.»

«Wurde bei den Knochen irgend etwas Ungewöhnliches gefunden?» fragte Spraggue.

«Etwas Ungewöhnliches... Da muß ich mal nachdenken. Ja, ja. Mir fällt was ein. Ich muß es nicht mal nachschlagen. So ein Lederbeutel mit diesem Hokuspokus-Zeugs. Die finden wir bei vielen Leichen. Meistens bei Schwarzen, manchmal aber auch bei Weißen. Dieser spezielle Beutel war ein echtes Prachtstück, würde ich sagen. Sah alt aus. Ein feiner Lederbeutel.»

«Ein feiner Lederbeutel...» wiederholte Rawlins.

«Meinen Sie, Sie wissen, wer das Skelett ist? Wer es vielleicht sein könnte?» In seiner Begeisterung wirkte Dr. Noonan noch mehr wie ein linkischer, aufgeregter Teenager.

«Ich glaube, wir müssen uns mal unterhalten», sagte Rawlins zu Spraggue.

«Dr. Noonan», sagte Mary mit ihrem taktvollsten Lächeln, «Sie waren uns sehr behilflich. Gibt es hier einen Raum, in dem wir drei uns ungestört unterhalten können?»

«Ich besorg Ihnen einen Kaffee», sagte Noonan höflich, doch ein wenig wehmütig. «Ich könnte einen gebrauchen. Aber», er drehte sich noch mal in der Tür um, «ich wüßte ja schon gern, was hier vor sich geht.»

«Ich auch», sagte Rawlins, sobald die Schritte des Coroner verhallt waren. «Sie bringen dieses Skelett mit Fontenot in Verbindung, weil bei beiden ein *gris-gris*-Beutel gefunden wurde?»

«Dieser spezielle *gris-gris*-Beutel gehört nicht zu der Sorte, wie Sie ihn in jedem x-beliebigen Laden kaufen können. Er ist etwas Besonderes, so welche besorgen Sie sich, wenn Sie um Schutz bei einer gefährlichen Unternehmung bitten wollen, zum Beispiel, wenn Sie in den Krieg ziehen müssen... oder einen Geldtransporter von *Brinks* ausrauben wollen.»

«Woher wissen Sie soviel darüber?»

Tante Mary hob den Blick warnend gen Himmel, und Spraggue sagte: «Hören Sie, ich will Ihnen eine kleine Geschichte erzählen. Vieles vermute ich nur, aber es paßt zu den Fakten.»

«Schießen Sie los», seufzte Rawlins. «Was kann's schon schaden?» In der Ecke stand ein Klappstuhl. Er riß ihn auseinander und bot ihn Mary an.

«Los geht's», sagte Spraggue. «Unterbrechen Sie mich, wenn ich zu schnell bin. Der Raubüberfall in Morgan City wurde von drei Personen verübt. Einer davon war Fontenot. Fontenot war bis zum Zeitpunkt des Verbrechens in New Orleans, wo er mit Dora zusammenlebte. Daher kann man mit einiger Sicherheit davon ausgehen, daß die beiden anderen Ganoven ebenfalls in New Orleans wohnten. Soweit alles klar?»

«Alles klar.»

«Der Überfall findet statt, und dann geht etwas schief. Fontenot wird geschnappt. Am 5. Februar 1966. Eine Woche später, am 12. Februar 1966, wird Miss Evelyn Despardieu beigesetzt, zusammen mit einer zusätzlichen Leiche.»

«Jetzt komme ich nicht mehr mit», sagte Rawlins.

«Wenn Sie mit zwei anderen einen kniffligen Überfall durchziehen wollten, würden Sie dann nicht einen Treffpunkt vereinbaren, um später die Beute zu teilen? Vielleicht würden Sie sogar eine Woche warten, bis sich die Sache etwas abgekühlt hat?»

«Ja, vielleicht. Aber wieso zum Teufel sollte ich mir ausgerechnet einen Friedhof für das Treffen aussuchen? Welche Verbindung gibt es zwischen diesem Friedhof und Fontenot?»

«Erinnerst du dich», sagte Spraggue zu Mary, «was Dora mir geantwortet hat, als ich mich nach der Arbeit ihres Mannes erkundigt habe?»

«Sie sagte, er wäre die meiste Zeit arbeitslos gewesen.»

«Ja, und sie hat auch gesagt, daß er manchmal völlig verschmutzt nach Hause gekommen ist, als hätte er einen Job beim Bau gehabt. Und er wollte nicht darüber sprechen. Bei diesen Gelegenheiten wirkte er niedergeschlagen, auch wenn er dann etwas Geld zur Miete beisteuern konnte. Manchmal brachte er an diesen Tagen Blumen mit nach Hause. Alle möglichen Blumen, aus Blumengeschäften, und manche sahen aus, als hätte er sie am Wegesrand gepflückt. Oder vom Friedhof mitgehen lassen.»

Marys Miene hellte sich auf. «Du glaubst, er hätte auf dem Friedhof gearbeitet?»

«Ich glaube, auf jeden Fall ein Mitglied der Gang. Vielleicht hat Fontenot einem Kumpel ausgeholfen, der ab und zu dort gearbeitet hat.»

«Fahren Sie fort», sagte Rawlins.

«Sagen wir einfach mal, die beiden Räuber treffen sich auf dem Friedhof. Es kommt zu einem Streit, in dessen Verlauf einer der beiden stirbt. Eine Gruft ist offen. Der Friedhofswärter hat gesagt, es wäre nicht weiter ungewöhnlich, daß ein Grab erst einen Tag nach der Beisetzung zugemauert wird. Schwupps, ist die zusätzliche Leiche weg.»

«Nehmen wir an, das stimmt», sagte Rawlins. «Was haben wir davon?»

«Wir haben eine Leiche, versteckt in einem Grab, einen sehr reichen Mörder, und James French, auch bekannt als Joe Fontenot, im Gefängnis.»

«Okay.»

«Jetzt machen wir einen zeitlichen Sprung zu Frenchs Entlassung. Was macht er als erstes, dieser Mann, der den Mund gehalten und geduldig auf seine Belohnung gewartet hat?»

«Er setzt sich mit seinen Komplizen in Verbindung», sagte Mary sofort. «Und verlangt seinen rechtmäßigen Anteil.»

Spraggue lächelte. «Ja. Und sagt der Dieb und Killer: ‹Aber bitte sehr. Hier ist dein Anteil. Du kriegst sogar noch mehr, weil ich den dritten Knaben umgelegt habe›?»

«Ich weiß nicht, was er sagen würde», meinte Rawlins. «Aber ich bin sicher, Sie haben schon eine Idee.»

«Gut, er könnte sagen ‹Joe, ich weiß nicht, wie ich dir das beibringen soll, aber wir sind beide reingelegt worden. Unser dritter Mann ist in der Nacht nicht auf dem Friedhof aufgetaucht. Er hatte das ganze Geld, und er hat sich aus dem Staub gemacht, und jetzt sitzen wir beide auf dem trocknen. Seit damals suche ich das Schwein, aber er muß seinen Namen geändert und das Land verlassen haben. Kannst du dir vorstellen, daß man seine Freunde so bescheißen kann?›»

«Und Fontenot hat ihm geglaubt», flüsterte Mary.

«Bis er einen Artikel in der Zeitung sah», sagte Spraggue. «Und dieser Artikel veränderte sein ganzes Leben.»

Rawlins fuhr sich mit den Händen durchs Haar. «Damit ich das jetzt richtig verstehe. Sie behaupten, Fontenot hätte einen seiner alten Komplizen erpreßt?»

«Unmittelbar nachdem dieser Artikel erschienen ist», sagte Spraggue, «machte Fontenot eine Anzahlung auf sein Restaurant. Jeden Monat gingen größere Summen bei ihm ein.»

«Können wir irgendwas davon beweisen?» fragte Rawlins.

«Wir können herausfinden, ob Fontenot Nachforschungen über diesen Artikel angestellt hat – bei der Zeitung, im Polizeirevier, auf dem Friedhof.»

«Einverstanden», sagte Rawlins.

«Und jemand kann in Erfahrung bringen, ob und welche Art von Unterlagen über die Beschäftigung von Friedhofsarbeitern geführt werden.»

«Das übernehme ich», sagte Mary. «Wonach genau suche ich?»

«Nach einem Mann, der neunzehnhundertfünfundsechzig oder sechsundsechzig dort gearbeitet und im Februar sechsundsechzig gekündigt hat.»

«Nicht viel», sagte Rawlins.

«Sein Vorname war Robert, und sein Nachname vermutlich Französisch.»

«Ach?» meinte Rawlins.

«Jeannine Fontenot hat mir erzählt, ihr Mann hätte eine unerwartete Erbschaft von seinem alten Freund T-Bob gemacht. Sie sagte, T-Bob und Joe wären zwei der drei Musketiere gewesen...»

Schritte unterbrachen ihn.

«Tut mir leid», sagte Dr. Noonan. «Können Sie bitte mal ans Telefon gehen, Sergeant Rawlins? Es ist Ihr Büro, und sie sagen, es sei dringend.»

Ein weißes Wandtelefon fügte sich so gut in seine Umgebung ein, daß es praktisch unsichtbar war. Dr. Noonan mußte es ihm erst zeigen.

«Rawlins hier», krächzte der Detective. Ein Ausdruck ungläubigen Erstaunens breitete sich auf seinem Gesicht aus. «Sie ist wo? Sie hat was?» Er nickte und grunzte, sagte dann: «Warten Sie. Ich bin sofort da», und knallte den Hörer auf die Gabel.

«Verdammt.» Das Wort platzte aus ihm heraus.

«Was?»

«So ein Mist. Ich muß sofort ins Büro. Dora Levoyer hat gerade den Mord an Joseph Fontenot gestanden.»

EINUNDZWANZIG

Rawlins schob sich so elegant, als hätte er nur einen halb so dicken Bauch, aus dem Büro des Lieutenant der Mordkommission und knallte die Tür laut genug zu, daß die Trennwände in dem Großraumbüro wackelten.

Spraggue hörte auf, auf dem abgewetzten braunen Teppich hin- und herzurennen. «Sie lügt. Lassen Sie mich mit ihr reden.»

«Sie ist nicht hier.»

«Wo hat man sie hingebracht?»

«Nirgendwohin.»

Der Sergeant ließ seine geballte Faust gegen die Schublade eines braunen Aktenschranks krachen. «Ich kann's nicht fassen», sagte er.

«Ich jage irgendwelchen Theorien hinterher, und sie kommt hier reinmarschiert, hinterläßt eine Nachricht, an mich persönlich adressiert, und gesteht den ganzen Kladderadatsch. Und tanzt ab.»

«Sie ist nicht hier?» sagte Spraggue.

«Das habe ich doch gerade gesagt.»

«Was steht in der Nachricht?»

«Ich bin unterwegs und versuche, ihre Unschuld zu beweisen, und sie kommt einfach hier reingelatscht und...»

«Was steht in dieser Nachricht?»

«Himmel, warten Sie. Ich habe eine Kopie gemacht. Hier, lesen Sie selbst, und versuchen Sie erst gar nicht, mir zu erzählen, es wäre kein Geständnis.»

An die zuständigen Stellen, begann die Mitteilung. Handschriftlich. Das Fotokopiergerät hatte das geprägte Logo des *Imperial Orleans* verunstaltet, und das billige weiße Papier kam auch nicht annähernd an die Qualität des cremefarbenen Hotelbriefpapiers heran. *Ich habe Joseph Fontenot erstochen. Ich bedaure, daß ich so viele Umstände verursacht habe.* Unterschrieben war das Ganze mit *Dora Levoyer.*

«Wir haben es mit Proben ihrer Handschrift verglichen», sagte Rawlins. «Also kommen Sie nicht auf den Gedanken...»

«Sie hat es geschrieben», sagte Spraggue.

«Und das muß ich jetzt Ihrer Tante erzählen!»

«Wie lange ist sie schon fort? Hat jemand sie gehen sehen?»

«Sergeant Hayes hat sie aus dem Büro kommen sehen und noch versucht, sie aufzuhalten. Sie ist praktisch über ihn wegmarschiert, und Hayes ist ein ziemlich kräftiger Bursche. Er sagt, sie hätte wirklich völlig von der Rolle ausgesehen, was ihn beunruhigt hat, also ist er in mein Büro und hat den Brief gefunden. Dachte, er sollte ihn lieber öffnen, selbst wenn mein Name draufstand. Unmittelbar danach hat er mich angerufen.»

«Sie kann also nicht länger als zwanzig Minuten fort sein.»

«Fünfzehn, zwanzig Minuten, ja.»

«Mr. Spraggue! Michael!» Der Ruf kam von der anderen Seite des Raumes. Pierce' Tonfall war kaum wiederzuerkennen, so anders war er als sein normales, vornehmes Raunen. Ein Uniformierter versuchte, den Butler festzuhalten, doch Pierce ging weiter und schleifte den Polizisten praktisch hinter sich her.

«Lassen Sie ihn los», bellte Rawlins. «Was soll das?»

«Dora.» Pierce atmete schwer. Er versuchte, seine Würde wiederzufinden, indem er sich das Haar zurückstrich. «Sie ist fort. Das hier hat sie hinterlassen.» Er streckte eine Hand mit einem steifen *Imperial-Orleans*-Briefumschlag aus. «Ich konnte Sie nicht erreichen. Ich dachte, die Polizei...»

Der Umschlag war aufgerissen. Spraggue überflog die Zeilen. Das gleiche. Ich war's. Tut mir leid.

Pierce redete weiter. «Sie war in ihrem Zimmer und hat gestrickt. Vor nicht mal einer Stunde. Und leise gesummt, wie sie's eben so macht. Wir haben noch zusammen Kaffee getrunken. Sie hat kaum etwas gegessen. Sie hat gefragt, ob Mrs. Hillman wohl etwas dagegen hätte, wenn sie bis zum Prozeßbeginn in der Küche des *Imperial Orleans* arbeitet. Denise hätte sie eingeladen...»

«Sie hat mit Denise gesprochen?»

«Nicht heute. Schon früher. Gestern, vorgestern...»

«Hat sie irgendwelche Anrufe bekommen? Irgendwas? Briefe?»

«Einen Anruf. Einen Anruf, während ich gespült habe. Nur jemand, der sich verwählt hatte.»

«Hat Dora gesagt, jemand hätte sich verwählt?»

Der Butler nickte.

«War sie nach diesem Anruf irgendwie anders?»

«Schwer zu sagen.» Pierce strich sich mit einer Hand über die Stirn. «Sie ist in ihr Zimmer gegangen. Ich habe dann verschiedene Telefonate geführt – Ihre Tante hatte mich darum gebeten. Mit Brokern. Ich habe das erledigt, die Post beantwortet und anschließend das Dinner bestellt. Dora war in ihrem Zimmer, die Tür stand offen. Hat gestrickt und gesummt. Dann war die Tür auf einmal zu. Vielleicht eine Stunde später, ich weiß nicht genau. Irgendwie hatte ich so ein mulmiges Gefühl. Ich hörte das Summen nicht mehr. Sie war fort. Der Brief lag auf ihrem Kopfkissen. Sie glauben doch nicht...»

«Der Anruf war die einzige Störung. Gibt es in Doras Zimmer ein Telefon?»

«Ja, aber... Nein, es war nicht die einzige Störung. Sie hatten Besuch. Eine junge Frau wollte Sie sprechen. Bildschön. Dunkles Haar. Sie hat mich gebeten, Ihnen auszurichten – ich muß nachsehen, ich hab's aufgeschrieben...» Pierce kramte in seiner Hosentasche. «Sie hat gesagt, sie hätte etwas aus dem Haus ihrer Mutter mitgenommen, das Sie haben wollen. Sie wollte keinen Namen oder eine Adresse oder Telefonnummer hinterlassen. Sie hat nur gelacht und gesagt, Sie wüßten schon Bescheid.»

«Während Dora dabei war?»

«Sie war in ihrem Zimmer.»

«Und die Tür stand offen? Denken Sie nach.»

«Ich glaube schon. Ich weiß es nicht. Ich weiß es einfach nicht.»

«Rawlins», sagte Spraggue. «War Dora allein? Als sie hier war, meine ich?»

«Ich habe nicht gefragt. Ich glaube, Hayes hätte es sicher erwähnt, wenn...»

«Mary soll hier auf mich warten.»

«Ich will nicht derjenige sein, der ihr sagt...»

«Zeigen Sie ihr die Zettel von Dora. Geben Sie eine Fahndung nach Dora raus.»

«Wo wollen Sie hin?»

«Zu Aimée Fontenot.»

ZWEIUNDZWANZIG

Da Flowers mit Tante Mary zur Friedhofsverwaltung des *St. Louis Nummer drei* unterwegs war, rief Spraggue sich ein Taxi, das ihn zu Aimée Fontenots Wohnung bringen sollte. Der Fahrer mit der karierten Stoffmütze war schweigsam und mürrisch, aber er kannte die Stadt und vermied die übelsten Baustellen.

Hatte er erst gestern morgen hier gestanden, wütend auf die Klingel über dem Namensschildchen «Fontenot» gedrückt, und niemand hatte aufgemacht? Die Zeit schien komprimiert, die Tage vollgepackt mit hektischen Aktivitäten. Er war längst über das Stadium der Müdigkeit hinaus; wie an einem Premierenabend schoß Adrenalin durch seinen Körper, das ihn durch die Vorstellung trieb. Ihm fehlte die Muße, über die richtige Vorgehensweise nachzudenken. Er mußte die

Szene spielen, auf das Stichwort reagieren, und es gab nur einen einzigen Weg durch einen gefährlichen Morast.

Diesmal kein Warten. Schritte auf der Treppe. Aimée vertraute dem Türsummer nicht, der die Leute ins Haus ließ. Spraggue sah sie durch die schmutzige Scheibe in der Tür. Wieder verschlug ihm die schiere Präsenz von Fontenots Tochter den Atem. Noch durch das verschmierte Glas schien sie in leuchtenderen Farben, mit kühneren Pinselstrichen gemalt zu sein als der Rest der Menschheit.

«Kommen Sie rein», sagte sie. Diesmal lag in ihrer Stimme keine Anmache. Sie wirkte sogar noch jünger, als sie tatsächlich war, und merkwürdig gedrückt, als hätte sie eine Entscheidung getroffen, von der sie ganz benommen war. Sie verstellte sich nicht mehr. Sie trug eine weiße Baumwollbluse, die am Hals offen und viel zu groß war – ein Männerhemd –, dazu winzige blaue Shorts, die kaum unter dem Hemd herausragten. Sie war barfuß. Verschwunden war das Grün auf Zehen- und Fingernägeln. Ohne sah sie wehrlos aus.

Ihre Wohnung war so ungewöhnlich und bunt wie sie selbst. Helles, rohes Holz und Kleckse in Primärfarben, wild und primitiv. In einem einzigen Zimmer befand sich ihre gesamte Habe, und es wirkte nicht überfüllt. Auf dem Fußboden lag eine Matratze, darauf eine rote Tagesdecke mit indianischem Muster. Sowohl Couch als auch Bett. Eine fleckige alte Flickenpuppe saß auf dem Kopfkissen. Bunte Lampions über nackten Glühbirnen. An einer Wand hingen *Mardi-Gras*-Masken: Falken, Adler, Löwen und Wölfe, gefiedert und mit Pailletten besetzt, wachten über den Raum. Die Wirkung war grell und verspielt – und bedrohlich. Widersprüchlich wie Aimée Fontenot selbst. Unschuldig und erfahren. Jung und alt. Im einen Augenblick provozierend und im nächsten defensiv.

«Im Schrank steht ein Klappstuhl, wenn Sie wollen», sagte sie.

«Ich kann auf dem Boden sitzen.»

«Sind Sie dafür nicht zu alt?» sagte sie, wobei sich etwas von der alten Härte in ihre Stimme schlich.

«Ich setze mich aufs Bett», sagte Spraggue. «Okay?»

«Okay», murmelte sie.

Sie ließ sich im Schneidersitz auf dem Boden nieder, legte die Ellbogen auf die Knie und stützte das Kinn auf die Handflächen.

«Pierce hat gesagt, Sie hätten etwas für mich.»

«Der versnobte Typ, der mir aufgemacht hat? Ist das Ihr Diener, oder was?»

«Er arbeitet für meine Tante.»

«Wie schön für sie.» Ihre Finger glitten an einer Ritze in den Dielen entlang. «Ich habe letzte Nacht ein paar Sachen aus dem Haus geholt. Hab sie im Kofferraum von meinem Auto verstaut, bevor Sie eingebrochen sind.»

«Dann waren Sie also der geheimnisvolle Einbrecher, der zuerst dort war.»

«Ja. Die Papiere in der Schublade waren wirklich nur Rezepte und alter Müll. Ich hab sie mitgenommen, und auch noch andere persönliche Scheiße, Dinge, die ich durchgehen wollte, ohne daß mir meine Mutter dabei auf der Pelle hing...»

«Aber jetzt plagt Sie Ihr Gewissen», sagte Spraggue, «und Sie wollen es mir zeigen.»

«Ja.» Ihre Stimme war kaum mehr als ein Flüstern.

«Wieso nicht alles verkaufen? Letzte Nacht waren Sie doch ganz scharf drauf, ein Geschäft zu machen.»

Sie starrte ihre unlackierten Fingernägel an. «Das ist nicht zu verkaufen.»

«Sie sind richtig sentimental geworden, als Sie Ihre Babyfotos angestarrt haben, was?»

«Halten Sie doch den Mund! Ja, vielleicht. Ich erwarte nicht, daß Sie etwas verstehen. Vielleicht habe ich mich an eine Zeit erinnert, als ich noch...» Der Zorn verschwand aus ihrer Stimme, sie wurde ruhig. «Anders gewesen bin», beendete sie ihren Satz müde. «Einfach nur anders. Und als man mich noch geliebt hat.» Mit einer einzigen Bewegung erhob sie sich, packte einen Stapel Bücher von einem Karton und ließ sie vor ihn auf den Boden fallen. «Nehmen Sie diese Scheiße und verschwinden Sie.»

Die Ledereinbände waren mit abblätternden Blattgold-Lilien geschmückt. Darin dicke, vergilbte Seiten. Spraggue schlug willkürlich eine auf. Sechs quadratische Fotos pro Seite. Schwarzweißaufnahmen. «Ist das Ihr Hund?» fragte er, um das Schweigen zu brechen.

«Ich will Ihr gottverdammtes Mitleid nicht. Ich will überhaupt nichts von dem, was Sie anzubieten haben.»

«Es würde helfen, wenn Sie mir ein paar Fotos erklären.»

«Wieso?»

«Wegen etwas, das Ihre Mutter gesagt hat. Über die alten Freunde Ihres Dad. Ein Bursche hieß T-Bob...»

«Ich bin ihm nie begegnet», sagte sie. «Mom hat früher immer von ihm erzählt. Dad auch. Aber ich glaube nicht, daß sie Freunde waren. Ich glaube, Joe hat ihn aus irgendeinem Grund gehaßt.»

«Könnten Sie mir ein Foto von T-Bob zeigen?»

«Vielleicht. Mom hat zu manchen Fotos etwas geschrieben. Zumindest kann ich Ihnen zeigen, in welchem Album Sie nachschauen müssen.»

«Als Sie in mein Hotelzimmer gekommen sind», sagte Spraggue und musterte dabei aufmerksam Aimées Gesicht, «haben Sie da eine Frau bemerkt?»

Aimée wendete sich ab. «Sie hat mich angestarrt, hat mich angestarrt, als wäre ich, ich weiß auch nicht, ein Gespenst oder so. Lange geblieben bin ich da nicht.»

Sie nahm die Fotoalben in die Hand und ließ sich neben Spraggue aufs Sofa fallen. Gestern noch hatte sie wie eine Nutte mit dreißig Jahren Berufserfahrung gewirkt. Heute war sie ein High-School-Mädchen, das noch nie geküßt worden war.

Sie begannen mit dem Album, in dem er schon an dem ersten Morgen geblättert hatte, als Albert Flowers unten Fotos schoß.

«Das hier ist Mom. Kaum älter als ich heute. Ich sehe ihr gar nicht ähnlich, oder? Aber man kann sehen, daß ich Joes Tochter bin. Das hier ist *Gran'mère*. Sie ist gestorben, als ich ungefähr drei war. Bei *Gran'pères* Tod war ich vier. Die hier sind alle aufgenommen worden, lange bevor ich auf die Welt kam. Mom hat als junge Frau auch nicht annähernd so gut ausgesehen. Heute weiß sie, wie sie sich zurechtmachen muß. Damals waren sie so verflucht arm, daß sie ihre Kleider und alles selbst genäht hat. Meine auch.» Sie schüttelte den Kopf. «Aber von so was verstehen Sie wahrscheinlich nichts.»

«Ich habe Ihr Leben nicht gelebt. Und Sie nicht meins.»

«Hier.» Sie zeigte auf einen verwackelten Schnappschuß. «Das ist mein Dad beim Angeln mit zwei Typen. Einer von denen könnte T-Bob sein. Sie sind alle in einem Alter.»

«Haben Sie eine Lupe?»

«Nee.»

Spraggue starrte auf das Foto. Drei Männer grinsten ihn an, blinzelten in die Sonne. Zwei zeigten auf einen Fisch in einem Netz, das von dem Mann zwischen ihnen hochgehalten wurde. Spraggue vermutete, daß Fontenot der mittlere war, aber das Foto war so grobkörnig, daß er es nicht mit Sicherheit sagen konnte. Er zog es aus den Fotoecken. Keine Namen auf der Rückseite. Mit einer Lupe vielleicht – möglicherweise konnte Mrs. Fontenot die Männer identifizieren.

«Darf ich diese Aufnahme mitnehmen?» fragte er. «Sie bekommen sie zurück.»

«Das hier sind Momma und *Gran'mère*», sagte Aimée. «Die Fotos von Joe können Sie alle verbrennen.»

Sie schlug eine Seite um, und Aufnahmen von Jeannine Fontenot gab es jetzt keine mehr. Auf der ersten Seite waren hauptsächlich welche von Jeannine gewesen, im Badeanzug posierend, lachend, hinter einem Baum versteckt. Dann wechselte das Album das Thema, die Seiten waren voll mit Fotos von Aimée als Kind.

Keine Fotos von Jeannine, als sie schwanger war.

Und jetzt überhaupt keine Fotos mehr von Joe Fontenot.

«Oh», sagte Aimée, «sehen Sie sich die an.» Eine Geburtstagsparty. Die dreijährige Aimée strahlte ihn an. Ihr Lächeln erhellte die ganze Seite.

Sie fuhr mit den Fingerspitzen über die glatten Bildoberflächen. Etwas von der Härte schien aus ihren Augen zu verschwinden, und Spraggue sah, warum sie kein Geld verlangt hatte. Sie versuchte, diesem Kind gerecht zu werden, den unmöglichen, makellosen Verheißungen, die in den Fotos lagen.

Auf einem Geburtstagsfoto ließ ein Mann sie auf den Knien reiten.

«Ist das Ihr Vater?» Spraggue zeigte auf die Aufnahme, sah genau hin. Er meinte, den Mann zu kennen, aber das Bild war klein und unscharf.

«Mein Dad? Bis zu meinem siebenten Geburtstag hatte ich keinen Dad. Die feine Küche zu erlernen war wichtiger, als eine Tochter großzuziehen.» Ein Hauch der alten Bitterkeit lag in diesen Worten, aber sie war immer noch verloren in einer längst vergangenen Welt. Sie hielt das Foto ins Licht einer Lampe mit blauem Schirm. «Ich glaube, ja, ich glaube, das ist Onkel Paulie. Ich erinnere mich an ihn. Momma sagte, ich hätte ihn immer Papa genannt und sie mußte mich dann immer korrigieren. Ich habe schon Jahre nicht mehr an ihn gedacht. Onkel Paulie. Ja. Ich frage mich, was wohl aus ihm geworden ist...»

«Darf ich kurz Ihr Telefon benutzen?»

«Für zwanzig Cents gehört es Ihnen. Wenn's ein Ortsgespräch ist.» Sie beachtete ihn nicht weiter, legte sich aufs Bett zurück und blätterte in den Seiten ihrer Vergangenheit.

Er fragte nach Rawlins und bekam Hayes. Verlangte Pierce und hatte Tante Mary an der Strippe.

«Liebling.» Nach mehrmaligem Klicken, er glaubte schon, die Verbindung sei unterbrochen, hörte er ihre Stimme. «Ich hab's. In der Friedhofsverwaltung.»

«T-Bob?»

«Ich hoffe. Es war nicht leicht. Die führen detailliertere Unterlagen über die Toten, die auf dem Friedhof beigesetzten Leute, als über die Lebenden, die dort arbeiten. Jedenfalls wurde ein gewisser Robert Landry im Sommer fünfundsechzig eingestellt. Klingt das nach dem Mann, den wir suchen?»

«Könnte sein.»

«Ist Dora bei dir?»

«Nein.»

«Du liebe Zeit, ich hatte gehofft... Es gibt noch etwas, etwas Wichtiges.»

«Was?»

«Noch ein Name in den Unterlagen, noch ein Mann, der stundenweise auf dem Friedhof gearbeitet hat.»

«Paul Armand?» fragte Spraggue.

«Paul Armand», sagte Mary gleichzeitig.

«Gib mir bitte kurz Rawlins.»

«Hier ist er.»

«Weiß er von Armand?»

«Ich bin gerade erst reingekommen.»

«Gib ihn mir.»

Der Detective nuschelte seinen Namen ins Telefon. «Irgendwas Neues?»

«Ja.»

«Wir haben auch was. Wie es aussieht, war Ihre Köchin nicht

allein. Der diensthabende Sergeant hat aus dem Fenster gestarrt und sie auf der Beifahrerseite in einen braunen Buick steigen sehen.»

«Scheiße.»

«Wir lassen Flughafen, Busbahnhof und Bahnhof überwachen.»

«Vergessen Sie das. Überprüfen Sie Paul Armand beim Straßenverkehrsamt. Ich wette, Sie werden herausfinden, daß er einen Buick besitzt.»

«Armand?»

«Mary erzählt Ihnen gleich alles. Schicken Sie ein paar Leute zu seinem Restaurant, stellen Sie fest, wo er wohnt, dann schicken Sie auch dort jemanden hin ...»

«Wir treffen uns am Restaurant?»

«Ja, ich denke schon.» Spraggue legte auf, drehte sich um, wollte sich noch kurz von Aimée verabschieden. Die Worte noch auf der Zunge, hielt er inne.

Er wußte plötzlich, wohin sie fahren würden.

Er wirbelte herum, riß den Telefonhörer von der Gabel und wählte die Nummer von Rawlins' Büro. Das *Piep-piep-piep* des Besetztzeichens plärrte ihm ins Ohr.

DREIUNDZWANZIG

Sämtliche Taxen der Stadt schienen wie vom Erdboden verschluckt. Spraggue rannte und stolperte über die unebenen, gepflasterten Bürgersteige des *Vieux Carré*. Er schwitzte in dem spätnachmittäglichen Dampfbad. Auf der Dauphine entdeckte er schließlich ein Taxi und sprang praktisch vor den Kühler, um es zum Anhalten zu zwingen.

«Zum *Imperial Orleans*.» Er war überrascht, wie ruhig seine Stimme klang. Schweißtropfen rollten ihm über die Brust.

An der Ecke Conti drückte er dem Taxifahrer einen Zwanziger in die Hand, gab ihm ein paar Instruktionen und die Aussicht auf einen weiteren Zwanziger mit auf den Weg.

Zweieinhalb Blocks zu laufen.

Die Bankettsäle des Hotels befanden sich im ersten Stock. Im Eiltempo raste er die Treppe rauf. Auf dem dicken Teppich hörte man nichts.

Die Tür vom Korridor in den Ausstellungsraum war mit einem goldenen Polizeiaufkleber versiegelt. Vielleicht irrte er sich. Nein. Er *wußte* es, er kannte den letzten Akt, er wußte, wo der Hauptdarsteller die letzte Szene spielen mußte. Die Tür in den größeren Bankettsaal schwang problemlos auf. In der gegenüberliegenden Wand eine gedrechselte weiße Tür. Das Polizeisiegel hing locker vom Rahmen.

Spraggue durchquerte den Raum, verharrte einen Augenblick mit der Hand auf dem Türknauf und lauschte auf Stimmen hinter der Tür.

Sollte er auf Rawlins warten?

Das Risiko konnte er nicht eingehen.

Er öffnete die Tür einen Spaltbreit und schob sich lautlos auf dem dicken, goldfarbenen Teppichboden hinein.

Alles im Raum war noch genau wie am Abend des Mordes. Spraggue spürte, daß er ihn mit Marys Augen bereits gesehen hatte: die von der Decke hängenden Töpfe und Pfannen, die ausgestellten, glänzenden Küchenutensilien. Alles war noch genauso, wie es gewesen war, als die Polizei den Raum versiegelt hatte. Trotz des Nachmittagslichts, das durch die dünnen Gardinen fiel, warfen die Kronleuchter schwache Schatten.

Zuerst glaubte er, der Raum wäre leer. Endlose Tischreihen. Absolute Stille. Der Raum hätte mitten auf einem Friedhof sein können, auf einer einsamen Insel. Sein Atmen klang rauh und scharf.

«Gehen Sie.» Er hörte Doras Stimme, bevor er sie sah, wirbelte herum, um das Geräusch zu lokalisieren, und spürte gleichzeitig eine Woge der Erleichterung. «Gehen Sie», flehte Dora.

«Sie...!» war alles, was der Mann sagte. Spraggue mußte die Stimme nicht erst hören, um den unsichtbaren Sprecher zu identifizieren. Onkel Paulie. Paul Armand.

Im verblassenden Tageslicht machte Spraggue zwei Gestalten aus, die eine saß, die andere stand. Er war sicher, daß sie sich in der Nähe des weißen Kreideumrisses auf dem Boden befanden, ganz nah an dem Absperrband, das die Stelle markierte, an der Fontenots Leiche gefunden worden war. Hier würde sich Doras Selbstmord am besten machen.

«Dora», rief er. «Ist mit Ihnen alles in Ordnung?»

«Gehen Sie.» Ihre gesamte Kraft lag in diesen beiden Worten.

«Er hat Sie angelogen, Dora.»

«Es reicht», sagte Armand.

«Was hat er Ihnen erzählt, damit Sie dieses Geständnis schreiben?»

«Halten Sie den Mund.»

«Es war meine Idee, *Monsieur*, allein meine Idee.»

«Hat er Ihnen gesagt, Aimée hätte Fontenot umgebracht? Daß Ihre Tochter ihren Vater getötet hätte?»

«Das bleibt besser ungesagt. Bitte, *Monsieur*, ich habe mich entschieden. Sie wird nicht kommen, wenn sie fremde Stimmen hört. Lassen Sie mich bitte.»

«Sie kommt nicht her. Ich war gerade bei ihr.»

«Sie haben Sie gesehen? Sie wissen Bescheid?» Doras Stimme klang merkwürdig schläfrig. Sie war diejenige, die saß. Ihr Kopf baumelte schlaff von einer Seite zur anderen.

Verdammt. Der letzte Akt hatte bereits begonnen. Er hatte den Vorhang verpaßt.

«Er hat Ihnen etwas zu trinken gegeben, Dora, stimmt's?»

Sie lachte. Das Lachen hallte durch den Raum und endete in einem tiefen, trägen Seufzer. «Ich weiß, ich sollte nachmittags nichts trinken. Bin so schläfrig.»

«Stehen Sie auf, Dora», sagte Spraggue. «Stehen Sie auf und kommen Sie zu mir. Ich bringe Sie zu Ihrer Tochter.»

«Ach, *Monsieur*, ich bin so müde. Kann sie nicht herkommen? Monsieur Armand hat gesagt, sie wollte mich sehen. Ich habe ihm geantwortet, sie schuldet mir nichts, keine Erklärung...»

Etwas funkelte in Armands Hand. «Sie geht nirgendwo hin», sagte er.

«Ihr Tochter hat Fontenot nicht umgebracht, Dora. Armand war es.»

«*Non, Monsieur*. Meine Tochter, ich habe meine Tochter gesehen. Sie ist ins Hotelzimmer gekommen. So wunderschön, meine Tochter...»

«Still!» Armand hielt das Messer hinter Doras Schulter. Sie schien es nicht zu bemerken. Hatte sie die Augen geschlossen oder offen? «Hat Jeannine Ihnen was erzählt?»

«Jeannine, Dora, Aimée. Sie alle haben was erzählt», erwiderte Spraggue. «Jeannine, fünf kinderlose Jahre verheiratet an einem Ort, an dem nicht gerade Geburtenkontrolle gepredigt wird. Jeannine, die sich so schützend vor ihr einziges Kind stellt. Dora, überzeugt, daß ihr Baby nicht bei der Geburt gestorben war, sicher, daß sie mit einer freundlichen Krankenschwester Vorkehrungen zur Adoption des Babys getroffen hatte, damit es in einer guten katholischen Familie aufwuchs. Aimée selbst hat es mir gesagt, dieses kleine Mädchen auf den Fotos hat es mir gesagt, das Mädchen bei Onkel Paulie, nicht Papa. Ist Ihre Frau immer noch auf der Entbindungsstation?»

«Sprechen Sie langsamer.» Dora schüttelte den Kopf, als versuchte sie, ihn wieder klar zu bekommen. «Ich verstehe nicht...»

«Halten Sie den Mund», sagte Armand. «Bleiben Sie sitzen und schlafen Sie. Sie wissen doch, daß Sie schlafen wollten.»

«Was haben Sie ihr ins Glas gemischt?»

«Genug.» Das Messer funkelte.

Zeit. Wieviel Zeit blieb ihm noch? Genug, um zu warten, daß Rawlins und die Polizei auftauchten? Dora war noch nicht bewußtlos. War Armand das Risiko eingegangen, ihr schon vor ihrem Abstecher ins Polizeirevier etwas zu geben?

Spraggue machte einen Schritt vorwärts.

«Kommen Sie nicht näher.»

«Wie haben Sie die Adoption eingefädelt?» Was, wenn der Taxifahrer nicht zur Polizei ging? *Zeit.* Mit jeder Minute kam Rawlins vielleicht näher, aber gleichzeitig entfernte sich Dora auch immer weiter.

Spraggues Augen hatten sich inzwischen auf das Halbdunkel eingestellt. Er sah Armands Lächeln. Der Koch trug ein gestreiftes, kurzärmeliges Hemd, dunkle Hose und eine dunkle Krawatte. Ohne seine hohe Toque wirkte er weniger vornehm und auch älter. Das Messer in seiner Hand schien wie eine natürliche Verlängerung seines knochigen Arms. Er gestikulierte damit und sagte: «Unwichtig.»

«Wieso sagen Sie's mir dann nicht?»

«Ja, wieso nicht?» Armand leckte sich über seine trockenen Lippen. Das Tranchiermesser war vielleicht fünfzehn Zentimeter lang. Spraggues Blick wanderte durch den Raum. Wo war die Vitrine mit den Messern? «Es wird uns die Zeit etwas vertreiben», sagte Armand. «Wir haben Zeit. Sofern Sie nicht der Polizei Bescheid gesagt haben?»

«Nein», log Spraggue.

«Und warum nicht? Warum zum Teufel nicht?» Das Messer bewegte sich auf Doras Wange zu.

«Wegen Aimée», sagte Spraggue schnell, «und wegen Dora. Wenn Dora es ihr sagen will, dann ist das ihre Sache, aber die Cops geht es absolut nichts an, oder?»

Für den Augenblick schien Armand zufrieden. Spraggue fand, daß er sich nie so ehrlich anhörte, wie wenn er log. Schauspielertricks.

«Wir waren alte Freunde», sagte Armand so leise, daß Spraggue es kaum verstand. «Joe und ich...»

«Und T-Bob.»

Armand fiel die Kinnlade herunter, als er den Namen hörte. «Woher wissen Sie von...»

«Glauben Sie mir», sagte Spraggue. «Ich weiß es. Ich bin aber weder wegen T-Bob noch wegen Fontenot hier. Ich bin nicht wegen der Vergangenheit hier. Ich bin hier wegen Dora.»

«Sie schläft gleich ein.»

«Fahren Sie fort, erzählen Sie mir von der Adoption.» *Beeil dich, Rawlins!*

Wieder leckte sich Armand über den Mund, sprach leise weiter. «Das ist meine einzige wirklich gute Tat», sagte er, «und ich vermute, selbst dafür muß ich büßen. Ich habe es aus Freundschaft getan. Glauben Sie's oder nicht, ich habe es aus Liebe getan. Joe war mein Kumpel. Joe hat mir etwas bedeutet, aber mehr als das, Jeannine hat mir etwas bedeutet. Ich habe sie geliebt. Wenn Joe sie nicht geheiratet hätte, dann hätte ich sie auf der Stelle geheiratet... Damals war sie unglücklich. Gott, unglücklich ist ein viel zu gelinder Ausdruck. Ihre Schwestern hatten alle Kinder, ihre Schwiegereltern ließen ihr keine Sekunde Ruhe. Es tat mir in der Seele weh, sie zu sehen, zu beobachten, wie sie sich veränderte, ansehen zu müssen, wie anders und verzweifelt sie wurde, wie besessen. Sie wollte nur eins im Leben: ein Baby. Sie wollte eins adoptieren, aber sie hatte solche Angst, daß Joe das Kind nie lieben würde, daß er sie verlassen würde. Sie glaubte, er würde sie ohnehin verlassen, weil sie kein Baby kriegte. Und er verließ sie.»

«Warten Sie bitte einen Moment.» Doras Stimme war ganz leise und undeutlich. «Ich verstehe nicht. Was ist...»

«Halten Sie den Mund!»

«Jeannine hat mir erzählt, daß er als Koch in Paris war», sagte Spraggue schnell. Er hoffte nur, daß die Polizei auf Sirenen verzichtete und den Mann nicht alarmierte, der das Messer nur wenige Zentimeter von Doras Gesicht entfernt fest umklammerte.

«Oh, ja.» Armand schnaubte verächtlich. «Ein feiner Koch in Paris. Nichts als Hirngespinste. Er hat sie einfach sitzenlassen. Er hatte nie vor, zu ihr zurückzukehren. Ich weiß das. Ich war schon hier in New Orleans und selbst verheiratet, als Joe sich mit der hier einließ.» Er stieß die Klinge in Doras Richtung. «Rückblickend denke ich manchmal, Joe hat nur darauf gewartet, daß ich endlich heiratete, um dann Jeannine zu verlassen. Ohne Kinder wollte er sie nicht, aber er wollte auch nicht, daß ich sie bekam. Mit oder ohne Kinder. Jedenfalls, er hat mit Dora hier angefangen. Ich weiß nicht, ob es von seiner Seite aus wahre Liebe war. Er war einsam. Er benutzte einen anderen Namen, weil... nun, etwas geschah, und...»

«Ja, ein Raubüberfall. Der Überfall auf einen gepanzerten Geldtransporter in Morgan City. Dabei wurde ein Mann getötet. Ein Gangster wurde geschnappt.»

Es war kalt in dem riesigen Raum, aber Spraggue meinte, Schweißperlen an Armands Haaransatz zu sehen, die sich langsam sammelten und dann über sein faltiges Gesicht rollten. Der Koch nickte in Doras Richtung.

«Sie ist eingeschlafen», sagte er. «Joe wußte nicht, daß sie schwanger war. Und nachdem er... nachdem er fortgegangen war, habe ich sie im Auge behalten. Ich fühlte mich verantwortlich. Ich habe zu Joe gesagt, falls irgendwas passiert... Tja... Sie hat Joe gesucht, aber sie hat ihn nie mit French in Verbindung gebracht, mit dem Burschen aus den Zeitungen.»

«Wessen Idee war die Adoption?»

«Ihre. Sie hat darüber mit Denise gestritten. Ich habe es gehört. Und es wurde darüber getratscht. Ich wußte einen Ausweg. Sie haben recht, meine Frau arbeitet immer noch als Krankenschwester auf einer Entbindungsstation. Elise aß immer in dem Restaurant zu Mittag, wo Dora damals arbeitete. Dora mußte bis kurz vor der Geburt des Babys arbeiten. Keine Ersparnisse, und Joe war nicht mehr da. Meine Frau hat mit Dora gesprochen, hat Geschichten erfunden. Sie sei selbst ein Adoptivkind, hat sie gesagt. Oder so was in der Richtung. Sie würde nie aufhören, den Tag zu preisen, an dem ihre arme, selbstlose Mutter sie zur Adoption freigegeben habe, ihr alle Vorteile eines intakten Familienlebens verschafft habe.

Dora hatte nicht viele Freunde. Meine Frau wurde ihre beste Freundin, bei ihr konnte sie sich ausweinen. Als die Geburt näherrückte, war es meine Elise, die ihr ein Krankenhaus empfahl und einen Arzt. Für alles würde gesorgt werden. Und so war es auch.

Es gab schon immer einen Markt für Babys. Die Strukturen waren vorhanden. Meine Frau wußte, wen sie schmieren mußte. Es war richtig, was wir getan haben. Das Beste, das ich je gemacht habe. Dora hätte das Kind sowieso fortgegeben. War es denn so falsch, Jeannines größten Wunsch zu erfüllen? Ihre Ehe zu retten? Dafür zu sorgen, daß Fontenots Tochter auch Fontenots Tochter blieb?»

Dora schnarchte leise auf ihrem Stuhl.

«Was haben Sie Joe erzählt?»

«Kein Wort. Er glaubte, es wäre sein und Jeannines Kind, gezeugt, unmittelbar bevor er auszog. Das hat sie ihm gesagt, das hat sie jedem erzählt, der nicht wußte, wie es in Wahrheit war. Den Geburtstag des Kindes hat sie erfunden. Aimée ist jünger, als sie glaubt.

Nach einer Weile wollte Jeannine mich dann nicht mehr sehen. Das war hart. Ich vermute, ich erinnerte sie daran, daß das Baby nicht ihr eigen Fleisch und Blut war. Sie liebte dieses Baby mehr, als sie Joe geliebt hat, mehr als mich. Als Aimée fünf, sechs Jahre alt war, hat Jeannine mich gebeten, nicht mehr zu kommen. Seitdem habe ich sie kaum noch gesehen.»

«Weiß Jeannine, daß das Kind von Joe ist?»

«Bleiben Sie, wo Sie sind!» Das Messer schimmerte dicht an Doras Kehle. «Ich habe es ihr nie gesagt. Aber vielleicht weiß sie es. Es spielt keine Rolle. Sie wollte dieses Baby. Sie liebte dieses Baby von dem Augenblick an, als sie es das erste Mal gesehen hatte. Wissen Sie, von Joe und dem Gefängnis erfuhr sie nie. Das brachte mich manchmal zum Lachen. Da war sie, hatte solche Angst, daß er hinter ihr Geheimnis kam. Und da war er und hatte solche Angst, daß sie hinter seins kam.»

Wo zum Teufel blieb die Polizei? «Wieso haben Sie Dora den Mord an Fontenot angehängt?»

«So war es nicht geplant. Ich wollte fliehen, Joe irgendwo irgendwann abschütteln. Aber dann habe ich sie auf dem Bankett gesehen, und sie war so etwas wie ein Geschenk Gottes.»

«Selbst wenn man ihre Unschuld beweisen konnte, glaubten Sie, daß Dora den Mord gestehen würde, wenn Sie damit drohten, ihre Tochter zu belasten.»

«Ich dachte nie, daß es soweit kommen würde. Ich dachte keine Sekunde, daß Sie herumschnüffeln würden. Es war ein Impuls, ihr Messer einzustecken. Sie hat es neben mich gelegt. Ich habe es nur berührt, wollte wissen, wie es sich anfühlte. Niemand schaute hin. Also habe ich es in meinen Ärmel geschoben, und es fühlte sich gut und kalt und hart an. Ich dachte, gut, wenn sie sagt, daß sie es vermißt, dann war's das für mich. Aber sie hat die Schatulle sehr sorgfältig abgeschlossen und nicht eine Silbe verloren. Und Joe... Joe war auf dem Bankett so von sich selbst eingenommen, hat unentwegt von der Beerdigung seines ‹Freundes› geredet. Nur um mich daran zu erinnern, daß er über T-Bob Bescheid wußte. Das Messer verbrannte mir den Arm.

Wir haben uns dann hier verabredet, während das Dessert serviert wurde. Damit ich ihn bezahlen konnte. Ich sollte ihm für den Rest seines Lebens Geld geben. Zu diesem Zeitpunkt herrschte ein reges Kommen und Gehen. Eine Menge Leute waren angetrunken.»

«Sie auch?»

«Er wollte mich ruinieren, mir alles nehmen. Und das nach allem, was ich für ihn getan hatte, nachdem ich sein eigenes Kind gerettet hatte...»

«Zur Abwechslung mal ein Kind, das vielleicht besser nicht gerettet worden wäre.»

«Das Gefängnis hat Joe verändert. Es hat ihn hart und gemein und verbiestert gemacht, immer auf der Jagd nach der Zeit, die er unwiederbringlich verloren hatte. Ich wußte nicht, daß er so werden würde. Ich wollte immer nur das Beste für das Kind. Ich möchte, daß Sie mir das glauben. Es war eine gute Tat.»

«Es gleicht die Rechnung auch nicht annähernd aus. Sie haben zwei Männer umgebracht.»

«Zwei.» Armand wiederholte das Wort leise.

Spraggue trat einen Schritt näher. «Ich weiß, was Fontenot wußte. Die Leiche auf dem Friedhof.»

«Ich schwöre Ihnen», sagte Armand. «Ich habe T-Bob in Notwehr getötet. Er ist durchgedreht und hat bei dem Überfall einen der Sicherheitsbeamten erschossen. Er wollte mich reinlegen, das ganze Geld nehmen...»

«Das spielt jetzt keine Rolle mehr. Damals hat es vielleicht eine Rolle gespielt, heute aber nicht mehr.»

«Ich wurde zu dem gezwungen, was ich getan habe. Ich hatte einfach keine andere Wahl.»

«Jetzt haben Sie die Wahl. Lassen Sie mich Dora von hier fortbringen. Bevor es zu spät ist. Was haben Sie ihr gegeben?»

«Bleiben Sie, wo Sie sind.»

«Kommen Sie, Armand. Wenn Sie damals so unschuldig waren, wieso haben Sie dann Fontenot um seinen Anteil an der Beute geprellt? Wieso haben Sie ihm erzählt, T-Bob wäre mit dem Geld auf und davon?»

«Er hätte für den Rest meines Lebens etwas gegen mich in der Hand gehabt, wenn ich ihm gesagt hätte, daß ich T-Bob umgebracht habe. So, wie er gewesen ist, als er aus dem Gefängnis kam, hätte er es gegen mich verwendet. Irgend etwas ist mit Joe im Gefängnis passiert. Er ist als völlig veränderter Mensch herausgekommen.»

Spraggue machte zwei Schritte vorwärts. Armand, jetzt in Gedanken tief in der Vergangenheit, schien es nicht zu bemerken.

«Außerdem», sagte er leise, «hatte ich mich an den Gedanken gewöhnt, das ganze Geld gehörte mir. Ich eröffnete mein eigenes Restaurant, verwirklichte meinen Traum. Ich hatte nie einen reichen Onkel, nur den Traum. Für mich war alles erledigt. Ich hatte meine Schuld gegenüber Fontenot mit seiner Tochter beglichen.»

«Fontenot glaubte Ihnen den reichen Onkel?»

«Bis die Gruft geöffnet wurde.»

«Warum auch nicht?» sagte Spraggue. Noch einen Schritt. «Sie waren schließlich Freunde.»

«Ja, wir waren Freunde.»

«Er wußte sofort Bescheid, als er den Zeitungsartikel sah?»

«Er wußte, daß wir uns auf dem Friedhof treffen wollten.»

Ein weiterer Schritt. «Lassen Sie mich Dora fortbringen. Mehr verlange ich nicht.»

«Stopp!» Armand hielt das Messer an Doras Kinn. Spraggue erstarrte.

«Mit einem Messer im Hals nützt sie Ihnen nichts, Armand. Ihr Tod muß wie Selbstmord aussehen, andernfalls taugt das Geständnis nichts, richtig?»

«Sie kann sich selbst erstechen.» Armands Hand bewegte sich langsam. «In den Bauch vielleicht. Wie Joe. Und das wird sie auch, wenn Sie noch einen Schritt näher kommen.»

«Es läuft nicht, Armand. Ziemlich selten, Selbstmord mit dem Messer. Man wird eine Autopsie durchführen, finden, was Sie ihr gegeben haben, sich fragen, wieso sie vorher das Zeug geschluckt hat. Und außerdem wird es einen Zeugen geben, oder?»

Das brachte Armand zum Stocken. Seine Zunge schoß vor und leckte wieder über die Lippen. «Ja», sagte er. «Ich verstehe. Hören Sie zu. Wenn Sie nicht wollen, daß ich sie direkt aufschlitze, dann kommen Sie jetzt schön langsam hier rüber.»

Wo zum Teufel steckte Rawlins?

«Sie haben geahnt, wo sie sich umbringen würde», sagte Armand leise. «Sie wollten sie zurückhalten. Dann hat sie ein Messer genommen und...»

Armands Arm flog hoch. Er brüllte, und Dora torkelte vom Stuhl. Quer über ihrem Unterarm tauchte ein roter Streifen auf, wo das Messer sie geschnitten hatte. Sie war aufgestanden, bei Bewußtsein, aber zu benommen von den Medikamenten, um sicher stehen zu können. Sie klammerte sich an Armands Hals, zog ihn mit ihrem Gewicht herunter. Seine Hand mit dem Messer bewegte sich.

Spraggue war da, packte Dora an den Schultern, stieß sie, so weit er konnte, fort von dem Messer. Sie fiel wie ein nasser Sack, doch im Augenblick konnte er sich nicht weiter um sie kümmern. Armand schien sie vergessen zu haben und ging auf ihn los.

Spraggues Hand tastete auf dem Tisch hinter sich herum, fand einen Topfdeckel, schleuderte ihn in Richtung Armand. Der duckte sich blitzschnell, kam näher, fuchtelte wie wild mit dem Messer.

Aus dem Augenwinkel sah Spraggue, wie Dora sich aufrappelte. «Bleiben Sie unten», brüllte er. «Gehen Sie raus.»

Armand drehte den Kopf. Jetzt bekam Spraggue den Griff eines Topfs zu fassen. In der Hoffnung, daß es eine schwere Bratpfanne und kein winziges Butterpfännchen war, zielte er auf Armands Unterarm.

Der Koch drehte sich um, riß den Arm hoch und erwischte Spraggue am Handgelenk. Spraggue ließ die Pfanne fallen, konnte aber noch einen Tisch zwischen sich und Armand bringen.

Dora klammerte sich an ein rotkariertes Tischtuch, um sich auf den Beinen zu halten, taumelte auf Armand zu, nicht fort von ihm. Ihre Lippen bewegten sich, aber Spraggue konnte kein Wort verstehen. Sie packte etwas von einem Tisch. Es blitzte in ihrer Hand.

Armand drehte sich zu ihr hin, dann wieder zu ihm. Er entschied sich für Dora. Sie konnte er schnell aus dem Weg räumen, wie sie so benommen dahertorkelte, und sich dann wieder um Spraggue kümmern.

Eine mit Ketten an der Decke befestigte dünne Metallstange hing über Spraggue. Schwere *Calphalon*-Pfannen baumelten daran. Spraggue sprang auf einen Tisch, faßte die Stange an beiden Enden und zog mit aller Kraft. Riß die ganze Konstruktion herunter.

Das Scheppern hielt Armand auf, aber nur einen Augenblick lang.

Spraggue nahm die knapp zwei Meter lange Stahlstange. An einem Ende hing immer noch die Kette. Er sprang vom Tisch. Dora konnte er nicht mehr sehen.

Das Plakat war weiß mit knallroter Schrift. *Chicago Cutlery*. Der Schrank hatte gläserne Schiebetüren. Abgeschlossen. Er schwang die Stange wie einen Baseballschläger. Das Glas zersplitterte. Er zog die Stange den Rahmen entlang, entfernte scharfkantige Splitter, damit er mit dem Arm hineingreifen konnte. Ein Messer von der Größe eines Shakespeareschen Dolches steckte er in die Tasche und packte dann den dunklen Holzgriff eines noch größeren Messers.

«Armand!» brüllte er. «Dora!»

Links von ihm, zwei Tischreihen entfernt, klapperten Töpfe und Pfannen. Er grätschte über einen Tisch, stieß einen Servierwagen zur Seite.

Armand kniete über Dora, in der erhobenen Hand das Messer. Ihre Hand umklammerte seinen Unterarm, drückte ihn zurück, doch ihr

Gesicht verriet, daß sie nicht mehr lange kämpfen konnte. Ihre Augen waren weit auf. Furchtlos.

Spraggue schlang den linken Arm um Armands Hals und drückte ihm das Messer an den Rücken. «Fallen lassen», befahl er.

Das Messer des Kochs fiel auf den Boden, Spraggue trat es fort. Es schimmerte auf dem Teppich wie der abgebrochene Ast eines silbernen Baums.

«Ich bringe Dora jetzt hier raus», sagte Spraggue.

«Ich dachte, sie wäre bewußtlos», knurrte Armand. «Ich dachte, sie wäre tot.»

Zusammengekrümmt lag sie auf dem Boden. Spraggue hörte sie schwach atmen. Ihr Gesicht konnte er nicht sehen. Aus tiefen Schnitten an ihren Unterarmen quoll Blut.

«Ich muß sie ins Krankenhaus bringen.»

«Nur zu.»

«Die Polizei wird bald hier sein.»

«Ich geh hier nicht weg.» Armand starrte das Messer auf dem Teppich an, gut einen Meter entfernt, außerhalb seiner Reichweite. «Es ist aus.»

«Das hängt ganz von Ihnen ab», sagte Spraggue.

VIERUNDZWANZIG

Bei Tageslicht war der Hoodoo-Laden nicht halb so magisch! Unter der Staubschicht wirkten die überfüllten Regale weniger verlockend, der Krimskrams nur noch billig statt schillernd. Als Spraggue sich bückte, um eine blaue, mit dunkelblauen Pfeilen und Kreisen bemalte Voodoo-Plastikpuppe aufzuheben, summte eine Fliege in sein Ohr. Er fragte sich, ob der Preis wohl die Nadeln einschloß. Wäre der Laden nur von Kerzen beleuchtet gewesen, hätte er das MADE IN TAIWAN auf dem Schildchen nicht lesen können.

Auch Sister Delores, in unscheinbarem Rock und Bluse einer x-beliebigen Verkäuferin, wirkte tagsüber weniger beeindruckend als abends. Spraggue hoffte, daß seine Tante trotzdem Spaß an der «PSI-Lesung» hatte. Bestimmt. Rawlins war bei ihr, und gelegentlich drang schallendes Gelächter aus dem Hinterzimmer.

Er schloß die Augen. Der Laden roch immer noch heftig nach Zauberei.

«Ihre Tante, *Monsieur*. Ist sie bald fertig, damit wir zum Flughafen fahren können?» Doras Stimme erschreckte ihn. Dora hatte zwar etwas von diesem angespannten Ausdruck der vergangenen Woche verloren, aber ihre Stimme klang immer noch steif und unsicher. Seit sie im Krankenhaus aufgewacht war, nicht wußte, wo sie war und was passiert war, hatte sie nicht mehr gelächelt. Sie hatten seitdem auch kaum ein Wort gewechselt.

«Sobald Flowers kommt, werden wir aufbrechen. Keine Sorge.» Er legte die Voodoo-Puppe wieder auf die Theke und drehte sich zum Bücherregal um.

«*Monsieur*», raunte sie. «Ich möchte mich bei Ihnen bedanken.»

«Hören Sie, Sie haben Fontenot nicht umgebracht. Und die Geschworenen wären auch zu diesem Schluß gekommen, wenn es der Polizei nicht klargeworden wäre, bevor alles andere passierte.»

«Nein, nicht dafür. Ich bedanke mich nicht, weil Sie mich aus dem Gefängnis geholt haben. Es klingt schrecklich, ich weiß, aber ich möchte Ihnen für Paul Armands Tod danken, für sein Schweigen.»

Spraggue starrte auf den Holzfußboden. «Für sein Schweigen können Sie sich bei mir bedanken. Das Verdienst für seinen Tod will ich nicht.»

Rawlins hatte ihnen die Szene im Ausstellungsraum des *Imperial Orleans* beschrieben. Selbstmord mit dem Messer. Selten, aber es kam vor. Spraggue wollte nicht drüber nachdenken. Er war überzeugt, daß er noch oft davon träumen würde, von roten Spritzern auf goldenen Teppichen.

«Darf ich Sie etwas fragen?» sagte Spraggue, um die Erinnerung zu vertreiben. «An dem Abend, als Sie versucht haben, sich aus dem Hotel zu stehlen...?»

«Es muß Armand gewesen sein. Ich hatte einen Anruf bekommen. Eine verstellte, flüsternde Stimme. Sie sagte, wenn ich zum alten *Absinthe House* ginge, würde ich etwas über meine Tochter erfahren.»

Wenn sie in dieser Nacht gegangen wäre, dachte Spraggue, wäre sie nie wieder zurückgekommen.

«Hat die Stimme Ihnen auch gesagt, Sie sollten eine Nachricht in Ihrem Zimmer hinterlassen?»

«Ja. Später habe ich sie allerdings zerrissen. Ich konnte nicht gehen, weil Sie da waren, und ich wußte auch nicht, ob ich der Stimme glauben sollte.»

«Haben Sie die Stimme erkannt, als sie wieder anrief?»

«Ja, und da wußte ich bereits, daß er die Wahrheit sagte, weil ich sie mit eigenen Augen gesehen hatte.»

«Sie wußten sofort, daß es Ihre Tochter war, als sie ins Hotel kam. Wieso? Sie sieht ...»

«Nein», sagte Dora leise. «Sie sieht mir nicht ähnlich. Aber als ich sie im Licht stehen sah – meine Mutter ist gestorben, als ich noch sehr jung war. Ich habe seit Jahren nicht mehr an sie gedacht, aber in dem Augenblick habe ich sie dort stehen sehen, meine Mutter. Meine Tochter.»

«Armand muß das Hotel oder Aimée beobachtet haben.»

«Er hat gesagt, sie hätte ihn umgebracht. Daß sie mein kleines Mädchen sei und ihn umgebracht hätte. Ich habe ihm geglaubt. Ich hätte es vielleicht nicht tun sollen. Aber ich habe nicht ... ich kenne sie nicht, und auch nicht diesen Mann, den Mann, zu dem mein Joseph geworden war. Diesem Mann hätte ich wer weiß was zugetraut.»

«Aimée haben Sie nichts gesagt?»

Doras Stimme war nur noch ein Flüstern. «Ich kann nicht.»

«Warum?»

«Jeannine.»

«Was schulden Sie Jeannine?»

Dora zuckte mit den Achseln. «Sie hat mein Kind wie ihr eigenes großgezogen. Denken Sie mal darüber nach, *Monsieur*. Wenn Ihr Leben auf einer Lüge basiert, einer Lüge, die Sie einmal vor langer, langer Zeit erzählt haben, sich selbst genauso wie allen anderen, würden Sie dann wollen, daß jemand kommt, das Tischtuch herunterreißt und das Porzellan zerschlägt?»

«Jeannine hat ihren Tisch viel zu kunstvoll gedeckt. Sie hätte Aimée sagen können, daß sie adoptiert ist.»

«Wie denn? Solange Joseph da war?» Doras Hände glitten über die

Regale, berührten etwas, streiften etwas, nahmen es, als besäßen sie einen eigenen Willen. «Ich habe mir einmal gesagt, daß es mir genügt zu wissen, irgendwo auf der Welt ein Kind zu haben. Die Vorstellung, mein Kind sei glücklich, genügte mir.»

«Genügt das jetzt nicht mehr?»

«Nein, heute nicht mehr.» Sie ließ ein Tarotspiel fallen, nutzte die Gelegenheit, es aufzuheben, als Vorwand, um den Kopf zu senken und fortzuschauen. «Heute möchte ich alles in meinem Leben ändern. Ich möchte dieses Mädchen in die Arme nehmen und ihr sagen, alles, was ich besitze, gehört dir. Laß mich einfach nur die Zeit wiedergutmachen, die ich dir genommen habe. Und dann wird mir klar, daß sie es nicht weiß. Für sie ist es gleichgültig. Sie wird es nie erfahren.»

Dora legte die Tarotkarten sorgsam in das Regal zurück, legte sie parallel zur Kante des Bords. Ihre Hand zitterte. «In meinem Innersten bin ich überzeugt, daß Jeannine kein Recht hatte, so zu tun, als hätte es mich nie gegeben. Mein Innerstes sagt mir aber auch, es wäre falsch, ein Wort zu sagen. Aimée hat eine Mutter. Jeannine hat eine Tochter. Mit einem einzigen Wort könnte ich sie auseinander reißen. Und mein Herz würde dieses Wort gern sagen.»

Eine Touristin kam durch die Tür marschiert und verkündete ihrem mit Kameras bepackten Begleiter, daß der Laden einfach zu reizend sei. Spraggue suchte nach tröstenden Worten. Ihm fiel keins ein. Kein passendes. Er legte eine Hand auf Doras Schulter.

«Ich warte draußen», sagte sie. «Auf das Taxi.»

All die verdammten Wenn und Aber, dachte Spraggue. Wo blieb Flowers überhaupt? Hätte er nicht inzwischen längst Pierce und das Gepäck im Hotel abgeholt haben müssen?

Er nahm eine Handvoll bunter *gris-gris*-Glücksbringer aus einem Korb. Blau, gold und weiß. Liebe. Geld. Schutz.

Wozu die Eile? Zu Hause wartete kein Engagement. Kein Leben eines anderen, das er führen konnte. Die alte, panische Angst des Schauspielers überkam ihn, das Gefühl, einfach zu verschwinden, wenn es niemanden gab, dessen Rolle er spielen, keine Maske, die er über sein wahres Gesicht ziehen konnte.

Keine Geliebte. Keinen Sohn und keine Tochter.

Der widerwärtig süße Geruch aromatischer Kräuter ließ ihn husten.

Tante Mary und Rawlins tauchten aus dem Hinterzimmer auf. Der Sergeant strahlte wie ein Anfänger beim Poker, der versucht, sich einen Royal Flush nicht anmerken zu lassen. Sister Dels melodische Stimme lud ihn ein, jederzeit wieder mal reinzuschauen.

«Ihre Tante besitzt eine starke Aura positiver Energie», sagte Rawlins zu Spraggue.

«Das hätte ich Ihnen auch vorher sagen können», erwiderte Spraggue trocken.

«Sie hätten mir eine ganze Menge vorher sagen können», sagte Rawlins.

«Ihr Apparat war besetzt», sagte Spraggue. «Vielleicht hätte ich es weiter versuchen sollen, aber ich war nicht sicher, daß sie im *Imperial Orleans* waren. Ich dachte, unsere Chancen wären größer, wenn Sie die anderen Möglichkeiten überprüften. Tut mir leid.»

«Und mir tut es leid, daß ich nicht pünktlich gewesen bin. Ihr verdammter Taxifahrer...»

«Jetzt kaut nicht schon wieder alles durch», sagte Mary. «Am Ende ist doch alles gut ausgegangen.» Sie schob eine Hand unter Rawlins' Arm. Ihre Aura positiver Energie hatte ein paar der roten und grauen Locken in Unordnung gebracht und in ihre Stirn fallen lassen.

«Hat Sister Del euch eine gute Geschichte ausgesponnen?» erkundigte sich Spraggue. «Ruhm und Reichtum?»

«Glück in der Liebe», meinte Rawlins. «Ganz eindeutig Glück in der Liebe.»

«Michael», sagte Mary und schaute Rawlins in die Augen, obwohl sie den Namen ihres Neffen sagte. «Wenn du und Pierce ein paar Tage ohne mich auskommen könntet...»

«Ich kann. Was Pierce betrifft, habe ich keine Ahnung.»

«Ich habe noch nie richtig *Mardi Gras* erlebt», sagte sie.

Ein zufriedenes Grinsen breitete sich auf Rawlins' Gesicht aus und ließ seine Augen aufleuchten.

Magie.

Flowers fuhr das Taxi halb auf den Bürgersteig und legte sich auf die Hupe.

LINDA BARNES

Ein Interview

Haben Sie Schreibkurse genommen, bevor Sie zu schreiben begannen?

Barnes: Nein. Meine schriftstellerische Laufbahn ist die Geschichte zweier Wettbewerbe. Als Siebzehnjährige habe ich einen Literaturpreis des *National Council of Teachers of English* gewonnen und gab daraufhin prompt das Schreiben auf im Glauben, daß alles, was man mit siebzehn beherrscht, nicht viel wert sein könne. Ich verfolgte eine Schauspielkarriere und schrieb erst wieder, als man mich drängte, für einen Theaterwettbewerb der High-School ein Stück zu verfassen. Nachdem wir gewonnen hatten, habe ich dann wieder zu schreiben begonnen.

Nachdem Sie als Dramatikerin den High-School-Preis gewonnen hatten, wandten Sie sich dem Roman zu. Was hat Sie bewogen, zu wechseln?

Barnes: Meine Schule war in ein neues Gebäude umgezogen, das kein Theater hatte. Deshalb dachte ich, daß meine Dienste nicht mehr gebraucht wurden. Ich konnte keine andere Anstellung als Lehrerin finden. Die vorherrschende Anschauung war damals «zurück zu den Grundlagen», und da betrachtete man das Drama als unnötigen Schnörkel. Am liebsten schreibe ich Stücke für eine Truppe mir bekannter Schauspieler, und nachdem ich nicht mehr als Lehrerin arbeitete, hatte ich eben keine solche Truppe mehr. Nach New York zu fliehen in der naiven Hoffnung, dort eine Truppe zu finden, die gerade eine Dramatikerin suchte, schien mir wenig zukunftsträchtig. In New York wimmelte es von Dramatikern, die am Hungertuch nagten. Also habe ich angefangen, Detektivromane zu schreiben. Das ist etwas, was man allein machen kann.

Warum lieber Detektivromane als Sex and Crime?

Barnes: Ich habe das geschrieben, was ich gerne lese. Zu Detektivromanen hatte ich mich schon immer vor dem Theater geflüchtet – das mich ziemlich weit von der Wirklichkeit entfernt hielt.

Haben Sie versucht, sich bei Ihrer Arbeit an einem Kriminalromanautor zu orientieren, den Sie bewunderten?

Barnes: Nein. Ich glaube, ich habe versucht, einen Kriminalroman zu schreiben, der mich ansprach. Mit dem traditionellen britischen Kriminalroman war ich nicht zufrieden. Er schien überhaupt nicht aus meiner Welt zu stammen. Auch mit dem realistischen amerikanischen Kriminalroman, den ich zwar liebe, in dem die Frauen aber ziemlich schlecht wegkommen, war ich nicht zufrieden. Also dachte ich, ich könnte vielleicht etwas schreiben, was ich den Mittelatlantischen Thriller nenne. Ich dachte, ich könnte mit Michael Spraggue einen Amerikaner schaffen, dem ich ein paar britische Gefühle und etwas von meinem eigenen Feminismus mitgebe.

Halten Sie sich für eine feministische Autorin?

Barnes: Ich halte mich für eine Autorin, und ich bin Feministin – meiner Definition nach ein Mensch, der erwartet, daß ihm nicht aufgrund seines Geschlechts irgendwelche Vorteile eingeräumt werden.

Sind Sie der Meinung, daß Ihre Romane eine feministische Botschaft vermitteln?

Barnes: Ich bin der Meinung, daß sie eine humane Botschaft vermitteln, und ich glaube, daß jede Botschaft eines Romans einerseits davon abhängt, was der Autor sendet, andererseits aber auch davon, wie die Leser es auffassen. Viele Leser entdecken in meinen Romanen eine feministische Botschaft, und wer bin ich, daß ich da irgendwelche Ausflüchte mache? Ich glaube nicht, daß ich mehr tue, als das Leben so zu zeigen, wie ich es sehe. Ich nehme mir nicht vor: «Jetzt schreibe ich einen feministischen Kriminalroman.»

Haben Sie das Gefühl, daß Frauen, die Kriminalromane schreiben, Grenzen gesetzt werden?

Barnes: Kann sein, aber ich akzeptiere keine dieser Grenzen, falls sie existieren. Ich schreibe, was ich schreibe, und da kann mich niemand einschränken, außer dadurch, daß er meine Arbeit nicht veröffentlicht. Schreiben ist eine Tätigkeit, die man allein ausführt und die sich, wie ich hoffte, als Ausweg aus dem Sexismus erweisen würde. Auf dem Papier sieht alles Gedruckte gleich aus, ob es nun von einem Mann oder einer Frau stammt. Ich würde sehr gern glauben, daß ein Werk auf die gleiche Art bewertet wird, ob es nun von einem Mann oder von einer Frau verfaßt worden ist. Ich würde es gern glauben, aber dem steht manchmal die Wirklichkeit im Weg. Bei der letzten Tagung, die ich besucht habe, teilten mir einige Männer, angeblich Krimifans, mit, daß sie niemals Kriminalromane von Frauen lesen.

Es ist Fakt in der Literaturgeschichte, daß Schriftstellerinnen auf dem Gebiet der Detektiv- und Kriminalromane weit erfolgreicher waren als in jedem anderen Genre, wenn man die Schauerromane einmal beiseite läßt. Würde man eine Liste der großen Kriminalromanautoren aller Zeiten aufstellen, wären außerordentlich viele Frauen dabei. Haben Sie eine Erklärung für dieses Übergewicht der Frauen unter den erfolgreichen Kriminalromanautoren?

Barnes: Nein, aber das ist sicherlich ein ausgezeichnetes Beispiel, wie die Rollen verteilt sind. Die Frauen, die einem einfallen, sind Britinnen, und ich glaube, man hätte Probleme, amerikanische Frauen zu finden, die ganz oben sind. Die Briten hatten anscheinend schon immer eine viel weniger starre Ansicht darüber, was Männer und was Frauen tun können, und ich denke, wenn eine Frau den phänomenalen Erfolg einer Agatha Christie hat, dann ebnet dies bis zu einem gewissen Grad vielen anderen den Weg. Die lange Reihe britischer Kriminalromanautorinnen ist zum Teil eine Reaktion auf: «Na ja, das ist ein Gebiet, auf dem ich mich hervortun kann.» Da eröffnen sich Möglichkeiten, und ich glaube, daß Schriftsteller davon beeinflußt werden.

Sie haben Ihren ersten Kriminalroman geschrieben und sind wahrhaftig verlegt worden. Wie?

Barnes: Das ist mir noch nicht ganz klar. Ich habe ihn losgeschickt; ich habe eine Agentin gefunden; und sie hat ihn verkauft. Es ging aus heutiger Sicht alles blitzschnell, aber damals empfand ich es als langwierigen, ermüdenden Prozeß. Damit, daß es mir nicht gelingen würde, einen Roman zu publizieren, hatte ich allerdings nie gerechnet. Als ich mein erstes Stück schrieb, kam nach einer Vorstellung ein

Zuschauer zu mir und fragte mich, ob er es herausbringen könne. Wahrscheinlich habe ich damit gerechnet, daß mir das auch mit meinem Roman passieren würde. Stellen Sie sich meine Überraschung vor! Heute denke ich, hätte ich gewußt, wie schwierig dieses Geschäft ist, dann hätte ich wohl nie die Nerven für dieses erste Buch gehabt.

War Ihre Theatererfahrung mehr als nur Hintergrund für Ihre Romane? Glauben Sie, daß Sie durchs Stückeschreiben etwas darüber gelernt haben, wie man Handlungen aufbaut?

Barnes: Sehr viel. Es ist mehr als ein Zufall, daß so viele Kriminalromanautoren auch Stücke schreiben. Sowohl das Theater als auch der Kriminalroman haben etwas Unmittelbares an sich. Man hat eine bestimmte Zeit zur Verfügung, um den Leser eines Kriminalromans zu fesseln; und man hat eine bestimmte Zeit zur Verfügung, um sein Publikum für ein Stück zu interessieren. Die Knappheit, die ein moderner Zweiakter erfordert, kommt dem Kriminalroman zugute. Daß ich vom Theater kam, hat mir auch beim Entwickeln von Figuren geholfen. Durchs Schauspiel habe ich, soviel ich konnte, über Menschen erfahren und was sie antreibt, zumindest habe ich es versucht. Ich habe mich bemüht, eine Fülle von Charakteren kennenzulernen. Als ich Schauspielerin war, bestanden manche Aufgaben darin, daß wir in Bussen oder Zügen irgendwelchen Leuten folgten und versuchten, einen Gang, einen Blick oder eine Stimme zu imitieren. Und jetzt merke ich, daß ich bei der Entwicklung meiner Figuren eine Menge von diesem Schauspieltraining verwende.

Wenn Sie eine Figur brauchen, die Sie nicht aus Ihrem Gedächtnis abrufen können, gehen Sie dann aus dem Haus, um auf der Straße, im Bus Jagd auf sie zu machen?

Barnes: Das geschieht selten so bewußt, aber wenn ich auf der Straße bin, wenn ich mit öffentlichen Verkehrsmitteln fahre, nehme ich die Menschen um mich herum wahr und speichere sie. Auf diese Weise bin ich selten um eine Figur verlegen.

Die meisten Rezensenten Ihrer Bücher kommen auf Ihre dichten Handlungen und Ihr rasantes Tempo zu sprechen. Arbeiten Sie detaillierte Entwürfe Ihrer Handlungen aus, bevor Sie zu schreiben beginnen, oder wachsen Ihre Geschichten organisch?

Barnes: Ich entwerfe viel vorher, aber meine Entwürfe sind nie in Stein gemeißelt. Ich merke, daß vielleicht der erfreulichste Teil des Schreibens dann kommt, wenn der Entwurf verschwindet und es plötzlich einen neuen Dreh, eine neue Wendung gibt, die man vorher gar nicht gesehen hat, die einem aber wundervoll stimmig vorkommt. Ich lasse mich immer vom Impuls leiten und mache mir um den Entwurf später Gedanken.

Aus der literarischen Gerüchteküche verlautet, Sie hätten Spraggue nach vier Romanen fallengelassen. Was hat Sie zu dieser Entscheidung bewogen?

Barnes: Sagen wir mal, er hat jetzt ein Ferienjahr. Es handelt sich weniger darum, daß ich Spraggue fallengelassen habe, als vielmehr, daß ich mich in eine andere Figur verliebt habe. Mein Plan war immer, vier Bücher mit Spraggue zu machen und dann zu schauen, ob ich noch mit ihm zufrieden bin. Da er eine Figur ist, die ich geschaffen habe, als ich wirklich noch nicht viel vom Schreiben verstand, habe ich gemerkt, daß ich im Hinblick auf ihn Entscheidungen getroffen habe, die ich nicht mehr rückgängig machen konnte und bei denen ich mich nicht wohl fühlte.

Jetzt sprechen Sie über die Probleme einer Serienfigur.

Barnes: Genau. Ich mußte ihn an die Bücher anpassen, die ich schon geschrieben hatte, aber ich wollte mehr und merkte, daß sich das am besten durch eine andere Figur lösen ließ. Da mir der Wechsel aber große Sorgen gemacht hat, habe ich beschlossen, meine neue Figur probehalber in einer Kurzgeschichte auftreten zu lassen.

Warum haben sich eigentlich so viele gute, ja sogar großartige Kriminalromanautoren an eine Serienfigur gekettet? Könnte es einfach an der Erwartung der Leser liegen, daß ein erfolgreicher Held oder eine erfolgreiche Heldin immer wieder Gegenstand eines Buchs wird?

Barnes: Ja, so ein Druck besteht tatsächlich. Die Leute gehen von Serien aus. Wenn man einmal seinen Namen fest in Verbindung mit dem Namen einer Figur gebracht hat, dann fragen die Leute eben: «Wann kommt denn der nächste Spraggue heraus?» Als ob man von jetzt bis in alle Ewigkeit über ihn schreiben würde. Wenn man weiß, daß es einen Markt für ein weiteres Buch mit dieser Figur gibt, fällt es schwer, einfach zu sagen: «Na ja, eigentlich will ich nicht mehr über ihn schreiben.» Der Boden schwankt einem ein wenig unter den Füßen. Ich fürchte, die Leute werden in den neuen Roman von Linda Barnes schauen und sagen: «Moment mal, wo ist denn Spraggue?» Aber ich denke, Carlotta Carlyle wird ihnen bestimmt besser gefallen.

Werden Sie vier Carlottas schreiben?

Barnes: Ich weiß noch nicht. Ich weiß, daß ich mindestens zwei Carlottas schreiben werde. Sie reizt mich, und ich glaube, daß viele Möglichkeiten in ihr stecken.

Besteht eine Chance, Carlotta und Spraggue in einem Roman zusammenzubringen?

Barnes: Ich weiß nicht. Sie leben nah beieinander, und es ist denkbar, daß sie einander über den Weg laufen. Jetzt im Moment bezweifle ich, daß sie überhaupt miteinander reden würden. Das einzige, was sie gemeinsam haben, ist ihre Größe: sie sind beide 1,85 Meter groß.

Im Fernsehen ist Spraggue in Fleisch und Blut aufgetreten. Inwieweit hatten Sie damit zu tun, und wie hat es Ihnen gefallen?

Barnes: Ich war an dem Fernsehfilm nicht beteiligt.

Niemand hat Ihren Rat eingeholt?

Barnes: Niemand hat auf meine Ratschläge gehört, und mir hat das Resultat nicht gefallen. Aber ich würde es vielleicht wieder tun.

Wenn man von Ihrer Theatererfahrung ausgeht, haben Sie jemals daran gedacht, direkt fürs Fernsehen zu schreiben?

Barnes: Ich würde lieber direkt für einen Film schreiben, weil ich glaube, daß man da mehr tun kann, daß das nicht ganz so unsicher ist. Drehbücher würden mich interessieren. Normalerweise beginne ich immer mit Dialogen und finde das äußerst entspannend. In Dialogen ist viel Bewegung. Es macht mir Spaß, sie zu schreiben. Eines Tages würde ich mich gern an Drehbüchern versuchen, aber jetzt im Augenblick bin ich mehr daran interessiert, aus Carlotta eine Romanfigur zu machen. Man erfährt in Romanen soviel mehr über Menschen. Vielleicht wechselt sie später zur Leinwand über. Ich glaube, ihr erster Roman wäre gut für einen Film geeignet.

Was haben wir zu fragen vergessen?

Barnes: Ich hätte gern, daß man noch etwas mehr darüber erfährt, wie ich meine Figuren verändert habe. Mit dem Sprung von Spraggue zu Carlotta wechsle ich von einem Detektiv, der ein Ross-McDonald-Typ ist – so dünn, daß er in der Geschichte verschwindet, ein unnahbarer, distanzierter Mann, der zum Leben die Distanz eines Schauspielers hat –, zu einer engagierten, aktiven Detektivin, die sich von Natur aus gern überall einmischt. Ich wechsle von der eher distanzierten dritten Person zur energiegeladenen ersten. Es macht Spaß, etwas so ganz anderes zu tun. Mit Spraggue habe ich versucht, den Mittelatlantischen Detektiv zu kreieren. Mit Carlotta versuche ich eine lebensfähige amerikanische Detektivin zu schaffen, eine verantwortungsbewußte, erwachsene Frau mit einer anderen Stimme als der des typisch amerikanischen, nüchternen, männlichen Detektivs. Für Carlotta spielen menschliche Beziehungen eine wichtige Rolle, und sie will diese Beziehungen als eine kalte, bis auf die Spitze getriebene Gerechtigkeit aufrechterhalten.

Linda Barnes

«Carlotta Carlyle ist eine großartige Bereicherung der schnell wachsenden Gruppe intelligenter, witziger, verführerischer, tougher, aber dennoch verwundbarer Privatdetektivinnen ...»
The Times

Carlotta steigt ein
(thriller 2917)
Carlotta Carlyle, Privatdetektivin, Ex–Cop und Hin–und–wieder–Taxifahrerin, bekommt von der alten Dame Margaret Devens den Auftrag deren spurlos verschwundenen Bruder zu suchen...
«Linda Barnes' Stil gefällt mir ungemein gut: klar, straff und aufregend.»
Tony Hillermann

Carlotta fängt Schlangen
(thriller 2959)
Zwei Fälle halten Carlotta in Atem: in Fall 1 sucht sie im Auftrag ihres kürzlich suspendierten Freundes Mooney eine Entlastungszeugin. Hauptmerkmale: Wasserstoff–Blondine, attraktive Nutte, Schlangen–Tätowierung. Fall 2 beschert ihr eine halbwüchsige Ausreißerin, Tochter aus gutem Hause und Schülerin der ebenso teuren wie angesehenen Emmerson–Privatschule. In beiden Fällen führen die Spuren in Bostons üblen Rotlichtbezirk.

Früchte der Gier *Ein Michael Spraggue-Roman*
(thriller 3029)
Michael Spraggue, Schauspieler und Detektiv (auch wenn seine Lizenz schon abgelaufen ist) bekommt es in seinem ersten Fall mit gleich drei Kofferraum–Leichen zu tun.

rororo thriller

Marathon des Todes
(thriller 3040)
Jemand will die Wahl von Senator Donagher verhindern und Spraggue einen Mord...

Blut will Blut
(thriller 3064)
Wer goß Blut in den Bloody Mary, wer enthauptete Puppen und Fledermäuse? Und wer legte den toten Raben ins Büro des Theaterdirektor? Michael Spraggue wird wieder einmal gefordert.

Im Wunderlich Verlag ist erschienen:

Carlotta jagt den Coyoten
Roman
288 Seiten. Gebunden

Carlotta spielt den Blues
Roman
288 Seiten. Gebunden

rororo thriller wird herausgegeben von Bernd Jost. Ein Gesamtverzeichnis der Reihe finden Sie in der *Rowohlt Revue*. Jedes Vierteljahr neu. Kostenlos in Ihrer Buchhandlung.

3025/2

Paula Gosling

«Es sieht so aus, als seien zur Zeit die besten Krimi–Autoren weiblichen Geschlechts. **Paula Gosling** zu versäumen wäre ein Fehler für Krimi–Fans.»
Frankfurter Rundschau

Ein echtes Gaunerstück
(thriller 2939)
Wahrscheinlich hätte die schöne Ariadne noch ein paar fröhliche Jahre vor sich gehabt, mit einem Mann, der sie anbetete und einer liebevollen Stieftochter – wenn sie nicht im unpassenden Moment gelacht hätte...
«Ein spannender und amüsanter Krimi für Strandkorbtage.»
Frankfurter Rundschau

Tod auf dem Campus
(thriller 2858)
Professor Aiken Adamson war ein gehässiges, hinterhältiges Ekel. So hat Lieutenant Stryker beim Motiv ein Dutzend Verdächtiger, beim Alibi aber keine – zunächst jedenfalls...
«Bildung schützt vor Dummheit nicht – zum Vorteil des Lesers, der in genußvoller Spannung gehalten wird, wenn Selbstüberschätzung die Wissenschaftler zu verhängnisvollen Begegnungen mit dem Täter führt, wenn überraschend akademische Fassaden bröckeln und aus der wütenden Gegnerschaft zwischen dem Polizisten und einer Verdächtigen eine Liebesgeschichte entsteht.»
FAZ

rororo thriller

Alpträume
(thriller 3070)
Ein Autounfall raubt Tess Leland nicht nur den Ehemann: Wohnungseinbrüche folgen und anonyme Telefonanrufe, sodaß schließlich auch die Polizei nicht mehr an einen simplen Autounfall glaubt.

Der Polizistenkiller
(thriller 2971)
In Grantham versetzt eine Mordserie Polizisten in Panik. Drei Kollegen sind schon tot, aus dem Hinterhalt erschossen. Den ersten Tip gibt kein Informant, sondern der Polizeicomputer...

Blut auf den Steinen
(thriller 2826)
Wychford ist ein kleines verträumtes Städtchen am Ufer des Flusses Purle – bis grausame Frauenmorde die Idylle zerstören.

Ruth Rendell

«Mich fasziniert jedesmal wieder, wie leise–harmonisch die Romane von **Ruth Rendell** beginnen, wie verständlich und normal die ersten Schritte sind, mit denen die Figuren ins Verhängnis laufen. Ruth Rendells liebevoll–ironisch geschilderte Vorstadtidyllen sind mit einer unterschwelligen Spannung gefüllt, die atemlos macht.»
Hansjörg Martin

Eine Auswahl der thriller von Ruth Rendell:

Dämon hinter Spitzenstores
(thriller 2677)
Ausgezeichnet mit dem Gold Dagger 1975, dem begehrtesten internationalen Krimi–Preis.

Der Pakt
(thriller 2709)
Pup ist sechzehn und möchte seine Stiefmutter loswerden. Aus dem Spiel mit der Schwarzen Magie wird tödlicher Ernst...

Flucht ist kein Entkommen
(thriller 2712)
«... ein sanfter, trauriger Thriller. Mit einer Pointe wie ein Feuerwerk.»
Frankfurter Rundschau

Die Grausamkeit der Raben
(thriller 2934)
«... wieder ein Psychothriller der Sonderklasse.»
Cosmopolitan

Der Kuß der Schlange
(thriller 2934)

Die Masken der Mütter
(thriller 2723)
Ausgezeichnet mit dem Silver Dagger 1984.

3017/3

rororo thriller

Durch Gewalt und List
(thriller 2989)

Den Wolf auf die Schlachtbank
(thriller 2996)

Mord ist des Rätsels Lösung
(thriller 2899)

In blinder Panik
(thriller 2798)
«Ruth Rendell hat sich mit diesem Krimi selbst übertroffen: die Meisterin der Spannung ist nie spannender zu lesen gewesen.»
Frankfurter Rundschau

Die Tote im falschen Grab
(thriller 2874)

Mancher Traum hat kein Erwachen
(thriller 2879)

Der Herr des Moores
(thriller 3047)

«Ruth Rendell – die beste Kriminalschriftstellerin in Großbritanien.»
Observer Magazine

Crime Ladies

«Es liegt in der Tradition des Kriminalromans, daß Frauen bessere Morde erfinden. Aber warum? Diese Frage kann einen wirklich um den Schlaf bringen!»
Milena Moser in «Annabelle»

Patricia Highsmith
Venedig kann sehr kalt sein
(thriller 2202)
Peggy liegt eines Morgens tot in der Badewanne. Niemand zweifelt, daß sie sich selbst die Schlagader aufgeschnitten hat. Nur für den Vater ist klar: der Ehemann muß schuldig sein...
«Unter den Großen der Kriminalliteratur ist Patricia Highsmith die edelste.»
Die Zeit

Nancy Livingston
Ihr Auftritt, Mr. Pringle!
(thriller 2904)
Pringle vermißt eine Leiche
(thriller 3035)
«Wer treffenden, sarkastischen, teils tief eingeschwärzten Humor und exzentrische Milieus schätzt, komm mit Privatdetektiv G.D.H. Pringle, einem pensionierten Steuerbeamten, der die Kunst liebt, ganz auf seine Kosten.»
Westdeutscher Rundfunk

Anne D. LeClaire
Die Ehre der Väter
(thriller 2902)
Herr, leite mich in Deiner Gerechtigkeit
(thriller 2783)
Peter Thorpe zieht an die Küste von Maine und hat zum erstenmal in seinem Leben den Eindruck ehrlichen, rechtschaffenden Menschen zu begegnen. Hier gibt es keine Lügner, Diebe, Mörder. Oder doch?

3022/3

rororo thriller

Jen Green (Hg.)
Morgen bring ich ihn um! *Ladies in Crime I - Stories*
(thriller 2962)
Diese Anthologie von sechzehn Kriminalgeschichten von Amanda Cross über Sarah Paretsky bis Barbara Wilson zeigt in Stil und Humor die breite schriftstellerische Palette der Autorinnen.

Jutta Schwarz (Hg.)
Je eher, desto Tot *Ladies in Crime II - Stories*
(thriller 3027)

Irene Rodrian
Strandgrab
(thriller 3014)
Eine Anzeige verführt so manches Rentnerpaar, die Ersparnisse in ein traumhaftes Wohnprojekt im sonnigen Süden zu investieren. Sie können ja nicht ahnen, daß sie nicht nur ihr Geld verlieren, sondern auch ihr Leben aufs Spiel setzen...
Tod in St. Pauli *Kriminalroman*
(thriller 3052)
Schlaf, Bübchen, schlaf
(thriller 2935)